SABINE REICHEL

EVELYN HOLST | Life is a Bitch – Das Leben ist eine Zicke

Das Buch

Der Zeitpunkt, an dem sie erkennt, dass die beste Freundin größeren therapeutischen Wert hat als drei Liebhaber und zwei Psychiater, steht jeder Frau bevor. Egal ob Single auf der Suche nach einem geeigneten Lebensabschnittspartner oder Ehefrau kurz vor der Scheidung: die beste Freundin versteht, was es heißt, wenn man die ersten Anzeichen der Untreue des Ehemann entdeckt, sie kennt den Kampf gegen die Schwerkraft an Bauch-Beine-Po und die Versuchung, den natürlichen Lauf der Dinge aufzuhalten. Sie weiß, wie einsam ein Single-Abend sein kann. Sie liebt die Kinder ihrer Freundin, sie ermutigt sie, alleine auszugehen, sie lobt ihre tolle Figur.

Kurzum, sie ist die stärkste Verbündete, wenn man als Frau, Freundin, Mutter, Tochter oder Schwester im Wahnsinn des Alltags zu verzweifeln droht. Sie sagt die Wahrheit, gelegentlich auch die ungeschminkte, und sie liebt Versöhnungen, denn sie weiß, dass das Leben eine Zicke ist.

Die Autorinnen

Evelyn Holst, geboren 1952, studierte zunächst Geschichte und Englisch und arbeitete nach dem ersten Staatsexamen 13 Jahre lang als Reporterin beim »Stern«, die letzten fünf als Korrespondentin in New York. Sie schrieb zahlreiche Romane, die zum Teil verfilmt wurden, und ebenso viele Originaldrehbücher für Fernsehfilme. Evelyn Holst lebt mit ihrer Familie in Hamburg.

In Hamburg geboren und aufgewachsen, verbrachte Sabine Reichel viele Jahre als freie Autorin und Journalistin in New York und Los Angeles. Zuletzt veröffentlichte sie die Ode an die Traurigkeit »Wenn ich den Blues im Herzen habe«. Heute lebt sie in Berlin als Drehbuchautorin und Autorin für internationale und nationale Medien, unter anderem. für »Elle«, »Brigitte Woman« und die »Berliner Zeitung«.

SABINE REICHEL
EVELYN HOLST

Life is a Bitch –

Das Leben ist eine Zicke

Roman

Diana Verlag

In diesem Roman ist jede Ähnlichkeit mit lebenden oder toten Personen, mit Ereignissen und Orten vollkommen zufällig und unbeabsichtigt.

FSC
Mix
Produktgruppe aus vorbildlich bewirtschafteten Wäldern und anderen kontrollierten Herkünften
Zert.-Nr. SGS-COC-1940
www.fsc.org

Verlagsgruppe Random House
FSC-DEU-0100
Das für dieses Buch verwendete
FSC-zertifizierte Papier *München Super*
liefert Mochenwangen Papier.

2. Auflage
Originalausgabe 07/2006

Umschlagillustration | © Gavin Reece/Digital Vision/getty images
Umschlaggestaltung | Hauptmann & Kompanie Werbeagentur,
München-Zürich, Teresa Mutzenbach
Herstellung | Helga Schörnig
Satz | C. Schaber Datentechnik, Wels
Druck und Bindung | GGP Media GmbH, Pößneck
Printed in Germany 2006
ISBN-10: 3-453-35144-4
ISBN-13: 978-3-453-35144-8

http://www.diana-verlag.de

Hallo A.,
ich habe so ein komisches Gefühl im Bauch, dass mich mein Göttergatte betrügt, aber ich will eigentlich noch nicht darüber reden, weil ich hoffe, dass ich mich irre.

Deine S.

Oh nein!
Wie kommst du denn bloß darauf, dass George dich betrügt? Irgendwelche todsicheren Anzeichen? Geht er immer zum Fitnessclub? Bringt er dir Blumen mit? Riecht er am Hals nach »Chanel«? Hat er Lippenstift an der Unterhose? Oder macht er »Überstunden«, von denen er wie frisch gewaschen nach Hause kommt? Oder bist du nur in der Midlife-Crisis und siehst Gespenster-rinnen. Mein Rat: ruhig bleiben und die Detektivmütze aufsetzen ... soll ich dir helfen? Du weißt, ich bin raffiniert ...

Deine A.

Hallo meine Süße,
Lippenstiftspuren an der Unterhose? Es lebe deine Fantasie! Vielleicht hast du Recht und ich sehe Gespenster, aber es sind zwei Dinge auf einmal passiert, die mich einfach stutzig machen. 1. Er hatte Kopfschmerzen im Bett, was noch nie passiert ist. Noch nie! Wir waren mit Freunden unterwegs, hatten beide getrunken, und als wir im Bett lagen, hatte ich richtig Lust auf eine kleine Nummer zum Einschlafen, was auch nicht jeden Tag passiert. Worüber er sich sonst immer beklagt, aber egal. Ich rutsche also rüber, er murmelt: »Bin schon eingeschlafen, Schatz.« Morgens dann der zweite Schock. Er steht im Bad, ich denk, ich spinne, er hat sich seine Brusthaare rasiert. Nach schätzungsweise dreißig Jahren Brustfell hat er auf einmal be-

schlossen, es mache ihn alt und unappetitlich! Da es mich nie gestört hat, MUSS doch eine Frau dahinterstecken, oder? Vielleicht sogar ein Mann? Er wäre ja nicht der einzige Ehemann, der kurz vor der Rente altschwul würde.

Deine S.

Hey!

Dein Mann altschwul – nie im Leben! Außerdem hätte er auch gar keine Chancen mehr in der Schwulenszene. Aber auch ein heterosexueller Mann jenseits der vierzig hat das Recht, sich ohne die Erlaubnis seiner Ehefrau seine Brusthaare zu rasieren! Sicher nur ein vorübergehender Anfall. Du weißt, wie hart es für Männer sein muss, nicht mehr der umschwärmte Adonis zu sein, da wird eben gezupft, gefärbt, gedehnt, gequetscht, gerannt, getrickst – und was noch alles.

Deine schlaue A.

Liebe A.,

apropos Brustfell. Mein Frauenarzt hat mir heute erzählt, dass er das Alter seiner Patientinnen an der Form ihrer Schamhaare erkennt. Über vierzig ist es der blickdichte, ungezähmte Busch, unter vierzig das sorgfältig rasierte Dreieck. Bin sofort nach Hause gefahren und habe versucht, mich unter vierzig zu stutzen. Sehe jetzt dort aus wie ein wild gewordener Handfeger ...

Deine S.

Hallo S.,

so, so, beim Frauenarzt treibst du dich rum ... Sieht er wenigstens gut aus? Du kennst den Witz? Ein männlicher Gynäkologe ist wie ein Automechaniker, der noch nie ein Auto besessen hat ...

Übrigens habe ich es mal mit dreißig zum Valentinstag mit einer Herzrasur untenherum versucht. Der Boyfriend war begeistert, aber es pikste und kitzelte hinterher, dass ich die Überraschungen von da an auf andere Körperteile verlegt habe. Wenn man allerdings den statistisch erfassten Aussagen von Männern Glauben schenken mag, gilt immer noch die Losung: Lost in the jungle ...

Dein Naturkind

Hallo A.,
zum Glück ist mein Schamhaar noch nicht grau. Frauen färben dann ja angeblich, und wenn sie nicht aufpassen, wird alles knallorange. Ob sich Männer auch so viel Stress damit machen? Ich glaube nicht, oder kennst du einen Mann mit gefärbtem Schamhaar?

Deine Forscherin

Hallo S.,
nein, ich kenne nur Männer, die aussehen, als hätten sie gefärbtes Schamhaar auf dem Kopf, siehe diesen Regisseur-Fuzzi – du kennst die Frisur, allgemein bekannt unter dem Namen »comb over«, auch schön mit »Kämmüber« übersetzbar. Da gibt es die glatte, schmierige Version und eben den Kräuselkopf. Aber das wäre echt eine Marktlücke, oder? »Poly Color« oder »L'Oreal« könnten doch mal was entwickeln, wie wäre es mit folgendem Werbespruch: »Haben Sie auch solche Angst vor dem ersten grauen Haar? Nein, nicht oben! Unten!«

Deine Charme(nicht Scham)-Haarexpertin

Hallo Frau Schlau,
sag mal, worauf achtest du eigentlich bei einem Mann? Stimme, Hände, Körper? Auf einen schönen Männerpo zu hoffen, erübrigt sich ja in unseren Breitengraden, meine Erfahrung ist, je nördlicher der Mann, desto flacher sein Hinterteil. Gibt es eigentlich Pobacken-Implantate? Noch eine Marktlücke.

Deine S.

Hallo S.,
jetzt ist aber Schluss mit deinen lüsternen Gedanken. Ich sag's ja, ihr Mütter denkt immer nur an das eine. Wahrscheinlich treiben wir Nichtmütter euch in diese Zwangslage. Habe heute etwas Interessantes beobachtet und dachte, wie sehr wir doch von der doppelten Moral geformt sind und von dem, was »schicklich« ist. Sah eine junge Mutter im Bus, die ein sehr tiefes Dekolleté hatte. Ihr ziemlich großer Busen quoll aus dem engen kleinen T-Shirt, es war wirklich an der Schamgrenze, auch ohne dass man Mutter ist. Gut, es war ein heißer Tag, aber in dem Moment, als ich ihre Hand den Kinderwagen umklammern sah, dachte ich: »Sie ist doch eine Mutter, warum kann sie sich nicht etwas züchtiger anziehen.« Albern, nicht?

P.S. Zu deiner »Körperteilfrage«. Ich persönlich bin ja Stimmen- und Händefreak. Mit Quengel- oder Piepsstimme kann keiner bei mir landen. Und mit Patschhändchen auch nicht. Und dann triffst du jemanden, der genau das hat, aber sonst wahnsinnig witzig, ja sogar sinnlich ist – und schwupps, schon hast du das Patschhändchen dann eben doch auf dem Knie – oder an anderen Körperteilen. Well, c'est la vie, wie der Franzose, der eher eine hohe Stimme hat, so schön sagt.

Deine A.

Hallöchen A.,
was Mütter angeht, so bin ich zwar selbst eine, wenn im Augenblick auch leicht gestrafte, du weißt, meine Kinder sind dreizehn und sechzehn, nicht gerade das Alter, wo man sie ganz besonders doll lieb hat, aber es gibt zwei Mami-Arten, die ich ganz besonders schrecklich finde. Die lange Stillerin, deren fünfjähriger Sohn ihr vor allen die Bluse aufknöpft, und die dann sagt: »Ich weiß, es ist zu lang, aber wir beide finden's noch so schön.« Ich stelle mir dann immer den Ehemann, falls es ihn gibt, vor, der mit seinem Sohn um die Brust der Mutter kämpfen muss. »Nein, mein Sohn, jetzt bin ich mal wieder dran.« Grundregel: Wenn der erste Zahn kommt, wird abgestillt. Genauso schätze ich diese Öko-Muttis, die mit Sojasprossenkeksen im Jutebeutel auf dem Spielplatz hocken, jedes Plastikspielzeug verbieten und jeden Zuckerkrümel. Als ich noch tagsüber rauchte, hab ich denen immer gern einen schönen, fetten, giftigen Rauchkringel ins Gesicht geblasen.

Welche Mütter gehen dir denn ganz besonders auf die Nerven?

Deine S.

Liebes Mutterl,
oh Gott, ich kenne die Stillerin ohne Ende! Eine gute Freundin von mir nämlich. Nichts, aber nichts war peinlicher als ihre 3-jährige Tochter – sie hat insgesamt drei! –, die plötzlich während des Dinners auf ihren Schoß kroch, ziemlich aggressiv die Knöppe vom Kleid aufriss wie ein ungeduldiger Lover und mit einer flotten Handbewegung einen Busen rausriss und nuckelte, während wir leicht angewidert daneben saßen und uns die Spaghetti lustlos reinzogen. Die Freundin war irgendwie nicht besonders peinlich berührt, aber die eigenen Töchter – zwölf und sechs –

guckten ziemlich resigniert. Das Irre war, dass scheinbar solches Benehmen »vererbt« wird, denn sie hatten das als Kleinkinder genauso gemacht. Der Ehemann (sie sind inzwischen getrennt, klar!) kriegte so einen Hassblick, so eine Mischung aus Ekel, Wut und Sehnsucht, das werde ich nie vergessen.

Dann liebe ich noch die demonstrativen Restaurant-Mütter, die selbstgefällig und leicht strafend von uns allen verlangen, dass wir Kreischen und Toben beim teuren Dinner toll finden. Ansonsten, werte Freundin, sind Mütter, die paffen, die Übelsten, muss ich sagen. Rechts 'n Baby im Arm, links 'ne Zigi in der Hand. Schlimm! Die armen Dinger können sich ja nicht wehren. Gebt den Kindern eine Chance, mein Gott! Die Welt wird schon noch giftig genug für sie sein. Ich bleibe nun mal militante Nichtraucherin und deshalb jung und schön!

P. S. Hier bei mir in der Redaktion paffen sie wie die Indianer, und ich habe mir einen Tischventilator hingestellt!

Deine A.

Hallo, du junges, junges Ding,
ja, es wird immer dann ganz schrecklich, wenn Mütter vergessen, dass sie auch noch was anderes sind als das. Ehefrauen, Freundinnen, Schwestern. Wenn sie diese fanatischen Muttertiere werden, die sich ausschließlich über ihre Kinder stülpen. Genauso schlimm wie diese Frauen, die nur für ihre Männer leben. Das Gattinnensyndrom. Mein Mann sagt, mein Mann findet aber ... nie ich, immer nur wir. Wenn ich so einer Frau begegne, flüchte ich sofort. Ich bin zwar Ehefrau und Mutter, und ich liebe Männer, aber ich halte sie nicht für überlebenswichtig. Ich bin der Meinung, dass wir uns viel zu oft und viel zu ausführlich mit ihnen be-

schäftigen. Sie sind Männer, und das ist auch gut so, und jetzt bitte ein anderes Thema.

Aber vielleicht bin ich als langjährige Ehefrau, gefühlte Ehedauer manchmal 200 Jahre, auch nicht die Richtige für dieses Thema. Wer sich immer an den gedeckten Tisch setzt, hat ja auch nicht immer Hunger oder so ähnlich. Wie siehst du das als Single? Vermisst du einen Mann in deinem Leben? Oder liegst du gern am Trockendock? Hihi.

Warum finde ich das eigentlich witzig? Bin ja vielleicht selbst bald am Eintrocknen.

Deine S.

Ach, meine S.,

du meinst, ein Mann im Haus erspart den Vibrator, oder so? Ich spreche immer von etwas, was ich »klassische« Gefühle nenne, so wie Sehnsucht nach Intimität, ein Zugehörigkeitsgefühl. Dazu gehört auch, dass ich schon manchmal einen Mann im Hause vermisse, der einfach da ist und bleibt. Allerdings habe ich mit der Ehe an sich ein Problem, wie du weißt. Habe ich ja auch hinter mir. Das würde ich mir wohl nicht mehr antun. An Affären haperte es ja nicht, auch wenn das etwas weniger geworden ist in den letzten drei Jahren. Frühstück im Bett mit Sex auf Brötchenkrümeln, zusammen Zeitung lesen oder kochen, Massagen kriegen und Blumen, im Kino knutschen usw. sind alles Dinge, die ich vermisse. Seufz. Aber von einem netten Lover, den man nur ein- oder zweimal die Woche trifft, kriegt man das natürlich auch ohne Ehe. Ehrlich gesagt, es sind doch die Ehemänner, die derlei selten liefern. Eins ist klar – du weißt, echte Weisheiten sind oft banal –, man strengt sich mehr an, wenn nicht alles selbstverständlich ist, und Routine ist nun mal das Ende von Aufregung und heißem Sex. Kennst du ja alles. Und du weißt auch, die Scheidungsraten sind so hoch wie nie ... Hast du nicht manchmal Scheidungsfantasien, so wie ich Partnerfantasien habe? Vielleicht gerade nicht die passende Frage ...

Deine A.

Liebe A.,
aber hallo hab ich die! Meine Vorstellung von einem idealen Leben wäre, sagen wir, vier Kinder von vier verschiedenen Männern, die alle woanders wohnen, und ich lebe in einem großen Haus mit einer tollen Haushälterin, Putzfrau etc. und am Wochenende schicke ich meine Kinder zu ihren Vätern und empfange meinen Liebhaber. Viele Ehefrauen, die ich kenne, würden lieber mit Frauen zusammenwohnen und Männer nur als Liebhaber halten, denn nichts ist ja unerotischer als ein gemeinsamer Haushalt. Aufwachen und dabei seine Nasenhaare sehen, beim Frühstück er die untere, du die obere Brötchenhälfte, seine Schmutzwäsche immer vor, nie im Wäschebehälter, seine Barthaare im Waschbecken, du kennst jedes Geräusch, jeden Geruch in- und auswendig. Du reichst ihm das Klopapier in die Toilette, wenn er »Wir haben mal wieder kein Klopapier« ruft. Er schneidet seine Fußnägel auf dem Bett, du reibst seine Platte mit Haarwuchsmittel ein, er kauft dir Tampons und in den Wechseljahren das Hormonpflaster. Das ist natürlich nicht nur furchtbar, sondern ganz oft auch sehr gemütlich und tröstlich. Nur eins ist es nicht: sexy – und wenn man als Ehefrau mal wieder Lust hat, dann muss man sich an einen anderen Mann wenden, sonst kauft man sich was scharfes Schwarzes und er sagt: »Ist was mit Oma?«

Machen dich denn Ehefrauen aggressiv, die immer so tun, als würden sie ständig von der Torte naschen und für dich würden nur die Krümel übrig bleiben?

Deine S.

SSSSSSSS,
Was? Solche Kuchen fressenden Ehefrauen kenne ich gar nicht. Oder ich nehme so eine absurde Haltung gar nicht wahr, weil sie ja die Krümelmonster sind, nicht ich. Ich bedaure ja die meisten Ehefrauen, die tagtäglich genau dem ausgesetzt sind, was du so perfekt beschreibst. Besonders die Haarwuchslotion. Könnte ich auch für meine Geheimratsecken gebrauchen!

Deine Neidlose

Liebe A.,
muss dich hier sofort unterbrechen! Du hast schon Geheimratsecken? Wie grauenhaft! Nimm sofort Hormone, das kommt von den Wechseljahren, du bist auf dem Weg zur Glatze!

Deine besorgte S.

Liebe S.,
kleiner Scherz, Goldie, reg dich bloß nicht auf! Ich habe noch mein volles Haupthaar, und da ich ja doppelt so viel davon habe wie du, musst du dir um mich wirklich keine Sorgen machen!

Deine A.

Ist ja gut, du blöde Nuss,
bin ich doch tatsächlich auf deinen doofen Scherz hereingefallen. Muss daran liegen, dass Haare schon immer mein Stressthema waren, gerade weil ich leider von einem sehr ungerechten Schöpfer eher mit der Elke-Heidenreich-Variante bedacht worden bin. Vergiss es, ich reg mich ab und du dich weiter über Ehefrauen auf, gell?

Deine S.

Yes Baby,
weiter also mit der Ehe, ich kenne sowieso nur eine einzige, nämlich eure, die ich neidisch von außen als harmonisch und funktionierend betrachte, der Rest ist durchschnittlich düster bis deprimierend. Ist deine vielleicht die Ausnahme, die die Regel bestätigt, trotz deiner momentanen Eifersuchtsfantasien? Ich wünsche es dir wirklich. Aber sicher erinnerst du dich noch an deine Single-Zeiten, an die Außenseiterposition, die wir hübschen Singles innerhalb der straffen und bewachten Ehefront plötzlich hatten? Da war man plötzlich der ungebetene Gast. Wie oft wurde ich in den »mannlosen« Jahren von Einladungslisten zu geselligem Beisammensein und Dinner von Ehepaaren gestrichen, nur weil ich ohne Anhang war. Scheinbar gab es nichts Gefährlicheres für ehemüde Männer, als frische »Ware« heiter in ihrer Eheknastwelt herumhopsen zu sehen. Und auch die Ehefrauen kriegten immer einen Strichmund und griffen völlig unmotiviert und heftig nach den Händen des Gatten, als Liebkosung getarnt, um die Besitzfrage zu klären. Bitte, behaltet ihn, sagte ich dann manchmal, was auch total falsch war. Wieso, fragten sie, ist er nicht gut genug für dich? Wie man's macht, es ist immer verkehrt. Dabei sind Ehemänner von Freundinnen für mich schon immer tabu gewesen. Es muss ja noch ein paar unverrückbare, altmodische Regeln geben ... Was meinst du?

Deine A.

Ach A.,
... das ist natürlich die feine Balance, die man als weiblicher Single einhalten muss, damit man von den Ehefrauen eingeladen wird. Man muss ihnen signalisieren, was für ein tolles Exemplar sie an Land gezogen haben, super, der reinste Wahnsinn, ich verzichte nur ungern, aber ich verzichte.

Denn sonst kommt es zu folgenden Dialogen, die man unter allen Umständen vermeiden muss. »Hey, lass die Finger von meinem Mann, du Schlampe.« – »Sprichst du von dieser fetten Kröte, die mich den ganzen Abend anbaggert? Die würde ich noch nicht mal mit der Kneifzange anfassen.« – »Sag mal, du spinnst ja wohl? Wie redest du denn von meinem Mann?« So die Richtung. Ich finde ja, dass man es Männern auf den ersten Blick anmerkt, ob sie verheiratet sind oder nicht. Sie sehen dann entweder furchtbar domestiziert aus, in den schlimmsten Fällen hat Mutti sie so spießig gestylt, dass sie aussehen wie ihre eigenen Opas, oder sie haben diesen – sorry – ungevögelten Hundeblick, weil Mutti sie schon seit Jahren nicht mehr ranlässt. Ich hoffe sehr, dass meiner da die Ausnahme ist. Vielleicht ein frommer Wunsch, denn er war ja leider nicht immer der Treueste, du weißt, er sieht gut aus, groß, blond (jetzt etwas grau), blaue Augen, und seit ich ihn kenne, wird er auch von anderen Frauen angegraben. Was mich immer fassungslos macht, ist die Unverfrorenheit, mit der diese Schlampen sich produzieren, während ich direkt daneben sitze.

Deine S.

Liebe paranoide Ehefrau,
ach, die verheirateten Männer sind wohl eher überbewertet. Allerdings – es gibt ein paar süße ...

Deine keineswegs Kostverächterin A.

Hey A.,
soweit ich weiß, kannst du da ja leider nur zu gut mitreden. Deshalb ist meine Frage wieder hochaktuell, denn heute Morgen kam ich ins Bad, als mein Sonnenschein gerade

ganz hektisch sein Handy in die Hosentasche stopfte. Handy im Bad? Auf meine Frage, ob er etwas zu verbergen habe, hat er nur dämlich gegrinst und ist rausgegangen. Da stimmt doch was nicht! Was soll ich tun? Kopf in den Sand und hoffen, dass der Anfall vorübergeht, oder ihm hinterherspionieren? Im Augenblick schläft er immer schon vor den Tagesthemen ein. Soll ich diese Tatsache und dass er sofort anfängt zu schnarchen wie ein Tier positiv oder negativ betrachten?

Deine ratlose S.

Allerliebste S.,
ich würde sagen, als positiv, denn wer schnarcht, der sündigt nicht. Gönn dir doch auch mal was Außerhäusiges, sei nicht immer so schrecklich brav! Das Leben ist einfach zu kurz für lebenslängliche Treue.

Tja, meine Süße, ich senke schamhaft meinen Kopf als eine dieser Schlampen, von denen du so streng sprachst. Bin meinen Prinzipien, verheiratete Männer an der Kette zu lassen, zweimal untreu geworden. Kannte allerdings die Frauen nicht. Großer Unterschied! Das eine Mal musste es sein, nie bereut, ein wahnsinnig toller und erfolgreicher Typ, mit dem ich mich noch heute nach 15 Jahren zu flirtigen kleinen Mittagessen samt Martinis treffe – etwas, wofür ich immer offen bin, auch wenn ich superglücklich verheiratet wäre. Man braucht ihn einfach, oder etwa nicht? Den ewigen Verehrer, der immer noch verzückt an deinen Lippen hängt, unruhig auf dem Stuhl hin und her rutscht und dir wie ein junger Hund hinterherhecheln würde, wenn du mit den Fingern schnippst. Zumindest bist du davon überzeugt. Habe dann seine Frau auf einer Party kennen gelernt, und ich schwöre dir, sie wusste es. Die Weiber haben Röntgenaugen, auch wenn sie im Bett jede Nacht Kopfschmerzen haben. Er ließ sich übrigens später scheiden – und rate mal, was? Ich war überhaupt nicht mehr scharf auf ihn!

Deine A.

Du Biest, du Ehebrecherin, du Sünderin!

Kann dich aber etwas verstehen. Habe auch noch einen ehemaligen Verehrer, an den ich manchmal mit gewisser Sehnsucht denke, aber er ist irgendwie verschwunden ... und wie war das mit dem zweiten?

Deine Ehefrau

Hallo Mutti,

das zweite Mal war weniger elegant. Es war leider ein Kollege aus der Redaktion, ein Don-Juan-Reporter, der meine Telefonnummer brav zu Hause hinterlassen hatte, damit er zu erreichen war!!! Kein Scherz, der verlässliche Reporter und Ehemann, so wie man ihn sich wünscht. Sie rief dann an und beschimpfte mich als »dumme Fotze«, jawohl, so unfein geht's zu, wenn der Gatte Gockel spielt. Er ließ sich tatsächlich versetzen und ich lernte »Finger weg von Kollegen«. Aber nun sag mal selber, wo kriegt man in unserem Alter unverheiratete Männer her? Entweder sie sind vor Schreck schwul, komplett ein Wrack, hassen Frauen oder sind bei ihrer 2. oder 3. Ehe mit Blondie, die mal ganze 26 ist. Man sollte mal in die Online-Dating-Szene gucken ... hast du das mal gemacht? Vielleicht ist da dann auch eine Anzeige von deinem Goldstück drin? Hihi! Text etwa so: »Grau melierter, sexy Mann mit Erfahrung, der das Leben von allen Seiten kennt, tolerant, romantisch und großzügig, sucht sie, die kinderlose Frau, die sich verwöhnen lässt. Blond, jung und reich wäre ein Plus« ...

I'm sorry, ich kann es mir nicht verkneifen, weil ich dich nicht ganz ernst nehme im Moment ...

Deine A.

Liebe A.,
du hast mir gerade den Tag ruiniert.

Danke.

Deine S.

Liebe S.,
tief durchatmen. Und immer dran denken – selbst wenn er was täte, dann täte er nichts, was du nicht auch tun würdest. Treue ist oft Mangel an Angeboten.

Dein manchmal etwas zynischer Single A.

Liebe A.,
Mensch, du hast gut lachen, du bist Single. Du kennst die Freuden und die Leiden einer Ehe nicht. Ich war früher weiß Gott kein Kind von Traurigkeit, aber seit ich verheiratet bin, sehe ich das Thema Geliebte natürlich mit anderen Augen, weil ich ja weiß, wie man sich als betrogene Gattin fühlt, ziemlich beschissen nämlich. Als ich selber vor tausend Jahren mal Geliebte war, da wäre ich im Boden versunken, wenn ich die Ehefrau auch nur auf der anderen Straßenseite gesehen hätte. Und wenn ich ihr begegnet wäre und sie nett gefunden hätte, aus die Maus, ich hätte das Verhältnis sofort beendet. Aber diese jungen Hühner kennen da nix, im Gegenteil, ein dicker goldener Ehering heißt für die nur: Der ist besetzt, der muss besonders geil sein! Am schlimmsten sind die 36- bis 42-Jährigen, bei denen die biologische Uhr tock tock tock macht, da rasen die

Hormone durch den Körper, die kennen keine Gnade. Wenn so eine verhinderte Mutter auf deinen Kerl scharf ist, hast du keine Chance. Der Mann einer Kollegin hatte mal ein ganz flüchtiges Verhältnis zu einer Kollegin, dachte er, und benutzte natürlich Kondome, aber sie hat ein Loch hineingepikst, und jetzt ist er unfreiwilliger Vater von Zwillingen. Alimente bis zum Abwinken.

Schockierte S.

Liebe S.,
du kennst immer die wildesten Geschichten. Sind die wirklich alle passiert oder deiner, wie ich mich noch gut erinnern kann, äußerst wilden Fantasie entsprungen?

Deine A.

Liebe A.,
hab noch eine auf Lager. Ich hab mal eine Kontaktanzeige in der Szene aufgegeben: »Wo sind all die Männer hin, wo sind sie geblieben?« Nur Schrott. Einer war Richter mit einer Vorliebe für Fesseln. Der brachte zum Date eine Rolle Schnürband mit. Aber meine ältere Cousine hat kürzlich im Internet einen Mann kennen gelernt, jetzt will sie sich scheiden lassen. Kurz vor der Silberhochzeit. Das Leben ist eine Zicke.

Deine S.

Mensch S.,
du machst mich völlig depressiv, gibt es überhaupt noch Männer für eine Frau wie mich? Wenn ja, wo, wenn ja, welche? Antworte mir sofort!

Deine A.

Selber Mensch, mein Engelchen,
mach dich mit einer traurigen Wahrheit vertraut – es gibt keine freien Männer in unserem Alter, wobei ich mal sehr großzügig bin, denn schließlich bin ich fast ein ganzes Jahrzehnt jünger als du, und werde es immer bleiben, ha!

Sorry. Hier ist mein Rat: Du wirst besser fündig, wenn du dein Beuteschema ausweitest, soll heißen, wenn du nicht nur nach Männern schielst, die älter, größer, stärker, klüger und reicher sind als du, sondern z. B. auch dem sexy Taxifahrer, der seit 28 Jahren über Hegel promoviert, eine Chance gibst. Oder mal genauer nachschaust, wenn dir ein junger Arbeiter aus der Baugrube nachpfeift. Online-Dating finde ich aber auch gut. Go for it, Girl.

Deine S.

P. S. Wie ich schon sagte, das Leben kann Zicke oder Schlampe sein. Was ist dir lieber?

Liebe S.
Das Leben mag eine Zicke sein, aber ICH bin es nicht. Ich bin nicht hinter älteren Männern her. Im Gegenteil. Gott sei Dank! Aber noch mal zu den Ratten unter den Männern. Vergiss nicht die Meisterbaggerer, die sich ja auch gerne mal als unverheiratet ausgeben, während sie auf der Pirsch sind. Und noch gibt es keine unsichtbare Schrift auf der Stirn jener Männer, die beim ersten Kuss sichtbar wird, wild aufflackert und sich »Ehemann, ätsch!« liest. Aber Fakt ist und bleibt: Jeder ist der oder die, für den oder die er sich ausgibt. Wer sich als Freiwild vorstellt, der kann auch gejagt werden. Wen er zu Hause sitzen hat, ist mir erst mal egal. Ich persönlich würde nie einen verheirateten Mann anmachen, aber die zwei Ringträger (die ihre Ringe nicht am Finger hatten) waren hinter mir her, nicht umgekehrt.

Oh Gott, mir fällt gerade ein, dass ich lüge. Der eine, der Nette, nahm seinen Ring demonstrativ ab, bevor wir ins Bett stiegen. Der lag dann da so hübsch, rund und anklagend wie ein Fanal (der Ring, nicht der Mann) neben der Kondompackung. Was für ein Foto! Ich hab's aber gut überstanden, die Schuldattacke, meine ich. Ich hatte mal einen Freund, der sein Apartment zweimal im Monat seinem besten verheirateten Freund lieh, damit der seine Freundin in aller Ruhe vögeln konnte. Ich fand es eigentlich unmöglich, und wir diskutierten dann noch ewig, was denn nun echte Freundschaft ist und ob es moralische Verpflichtungen gibt. Darf man seinem besten Freund oder seiner besten Freundin zu betrügerischem Sex verhelfen? Partners in crime?

Deine A.

Liebe A.,
kommt wirklich auf die Situation an, ich würde jeder Freundin meine Wohnung für ein Schäferstündchen zur Verfügung stellen, würde sogar mein Ehebett für sie frisch beziehen und mich verkrümeln, aber nur, wenn ich ihren Ehemann nicht kenne oder für ein Arschloch halte. Dann sogar mit dem allergrößten Vergnügen, da bin ich absolut frauensolidarisch! Für einen guten Orgasmus müssen wir Frauen doch zusammenhalten, oder? Kannst du das als Ewig-Single nachvollziehen?

Liebe S.,
darf ich kurz in deine amüsanten und auch hitzigen Tiraden und Anmerkungen hineinschalten, mein Engel? Ich WAR verheiratet. Zweimal. Also sag nicht immer »du als Single«. Was richtig ist, und auch das haben wir billionen-

mal diskutiert, ist, dass ich scheinbar entweder nicht das Talent zur Ehefrau oder aber die neurotische Disposition habe, die ich mit vielen Frauen teile, nämlich mir die falschen Männer auszusuchen. Ich verstehe vielleicht nicht 100 %ig, was du durchmachst, aber ich habe eine gewisse Ahnung, o. k.? Ein Grund für mein Eheversagen war sicherlich auch, dass ich eine extreme Abneigung dagegen verspürte, überhaupt eines schönen Tages Nachforschungen anstellen zu müssen ... Aber ich sehe ein, dass du das in deiner Situation machen musst. Naive Frage: Warum bedeutet dir »Treue« so viel und was heißt das für dich? Sollten wir nicht alle loslassen von der Idee der Exklusivität? Auch wenn mir Eifersucht nicht fremd ist, so ist doch meine Meinung, dass uns niemand gehört – und umgekehrt ...

Dein »moderner« Gott-sei-Dank-Single A.

Liebe A.,
wenn du keine Eifersucht und kein Besitzdenken kennst, dann hast du nie geliebt.

S.

Liebe S.,
ehrlich? Bist du Expertin? Oder schreibst du jetzt Ratschläge für das »Neue Blatt«? Aber wenn das denn so ist mit dem »nicht geliebt«, dann bin ich sehr froh darüber!

A.

Liebe A.,
wer nicht geliebt hat, hat nicht gelebt.

S.

Meine Güte, S.,
große Worte! Du hast die Liebe nicht gepachtet (wenngleich auch Eifersucht, wie's scheint). Erinnerst du dich an Peter, meine große Liebe? Und an Dieter? Und an Michi, meinen ersten Ex-Mann? Hast du sonst keine Sorgen?

Deine haarscharf am »Leben« vorbeischlitternde A.

Hallo A., du strenger Haudegen,
doch, ich hab andere Sorgen. Mein Sohn hat gerade eine Sex-Hotline angerufen, als ich beim Einkaufen war, und jetzt rief ein richtig fies klingender Mann von der Telefongesellschaft zurück und wollte meine Postleitzahl haben, und als ich zuerst überhaupt nichts begriff und ihm sagte, wieso, die hätte er doch längst, da wurde er giftig und sagte, dann müsse er die Polizei benachrichtigen, und als ich mir dann meinen Sohn vorknöpfte, der zuerst natürlich alles abstritt, erfuhr ich endlich das ganze Elend.

Also, BILD-ZEITUNG, die Anzeige – Stöhnen, bis du kommst – und mein pubertierender Sohn. Ich rief dann selbst die Polizei an, der Polizist lachte und sagte, ich könne mit maximal fünfzehn Euro die Minute rechnen. Wird vom Taschengeld abgezogen, als Strafe. Seufz. So was sagt einem auch kein Mensch, wenn sie noch winzig und süß in deinen Armen liegen.

Deine S.

P. S. Sein Vater hat erstaunlich wenig geschimpft, als er von der Sache erfuhr. Sehr verdächtig. Hab übrigens die Wahlwiederholung auf seinem Handy mehrfach gecheckt, aber entweder bin ich zu blöd oder er hat alle verdächtigen Nummern und Messages gelöscht. Die Sache wird immer undurchsichtiger.

Liebe S.,
Jungs – sage ich nur. Hattest du nicht Lust gehabt, ihm eine zu kleben, oder legst du das in der Kindererziehungsakte unter »so ist das Leben in unserer heutigen übersexten Welt« ab? Speaking of übersext oder meinetwegen auch »unterbedient«. Was sagst du zu der Perle der Perversitäten, die ich gestern gefunden habe? »Scharfe Oma sucht Mann für untenrum!« Absolut kein Scherz, und zu finden in der biederen RTV-Beilage. Obendrüber ist die Anzeige von einem Treppenlift, auf dem ein netter Opa mit Stock sitzt. DER ruft bestimmt nicht an, oder vielleicht gerade? Sag mal, waren Omas nicht einmal Frauen, die gemütlich zu Hause im Ohrensessel saßen, ihren Enkeln relativ unnütze Kleidungsstücke mit raffinierten Mustern strickten, Schokoriegel, selbst gebackene Kekse und »Caro«-Kaffee bereithielten und diese wahnsinnig praktischen orthopädischen Schnürschuhe und hellbraune »Bleyle«-Strickjacken trugen? Soll uns das nun auch noch genommen werden? Vielleicht würden bei mehr altmodischen Omas die jungen Enkel weniger solcher Dienste anrufen – aber ich glaube, ich träume nur ...

Deine A.

Liebe A.,
ja, du träumst. Sohnemann meinte maulend, dass alle bei ihm in der Klasse solche Nummern angerufen haben, »nur um mal zu sehen ...«

Deine entnervte S.

Liebe S.,
immer mit der Ruhe, tief durchatmen.

Ein Freund erzählte mir mal, dass eine Zeit lang dauernd heiße Weiber, die's ihm »besorgen« wollten, anriefen, und er einmal so verwirrt war, dass er ein paar Minuten dranblieb und sich wie in Trance, Schwanz in der Hand, Fleck auf der Büx, wiederfand. Kostete ihn auch ein paar Mark, aber keine soo schlecht angelegten, meinte er. Warum gibt's so wenig Herren mit schönen Stimmen, die man anrufen kann?

Und da wir von Anrufen reden ... ich würde an deiner Stelle mal einen Moment Handys und Hotlines vergessen. Ich weiß, du bist keine große Analytikerin, aber frag dich mal ganz ehrlich, worum geht es hier? Verletzte Gefühle? Angst, verlassen zu werden und als Single-Mutter dahinzuvegetieren? Konzentriere dich doch auf dich. Nebenher kannst du ja die Lauscher offen halten ...

Deine A.

Mensch A.,
du hast völlig Recht, TD, Thema erst mal durch, wenn er fremdgeht, will ich es im Grunde gar nicht wissen. Denn wäre ich in Bekennerlaune, wenn ich mal schwach werden sollte? Vermutlich nicht. Was meinen missratenen Sohn angeht, klar hätte ich ihm am liebsten eine gescheuert, vor allem weil mich die Vorstellung, dass er sich am Telefon womöglich einen runter – ... nein, ich will mir das nicht vorstellen. Ich finde ja Männer, die masturbieren, sehen total lächerlich aus, und ich möchte auch überhaupt nicht wissen, wie ich dabei aussehe. Ich hatte mal einen Lover, der wollte immer, dass wir gleichzeitig masturbieren und uns dabei in die Augen gucken. Nie im Leben! Wahrscheinlich bin ich einfach zu spießig für so was; ich finde ja auch Sex im Dunkeln eigentlich ganz schön. Vor allem total entspannend, wenn man den Mann nicht sooo gut kennt. Dann rückt man sich nicht ständig diskret zurecht, damit der Bauch nicht wabbelt oder der Busen schlackert ... da pas-

siert es einem nicht wie einer Freundin von mir, die mit einem jungen Tunesier in der Kiste war, der liebevoll ihre Beine streichelt und sagt: »Chérie, deine Schenkel erinnern mich an eine Flusslandschaft.« War sehr lieb gemeint, kam trotzdem gar nicht gut. Was war das Verrückteste, was du je mit einem Mann gemacht hast? Mein verrücktestes Sexerlebnis war mit meinem Mann, nachts an der Alster, er hatte einen Gips am Bein und neben uns bellten die Hunde. Das war natürlich in unserer Anfangszeit. Jetzt kriege ich einen Bandscheibenvorfall, wenn ich nur dran denke.

Deine S.

P. S. Übrigens, vorhin hat ein Uraltlover bei mir angerufen, den ich ungefähr zwanzig Jahre nicht gesehen habe. Er wohnt wieder hier und will mich sehen. Gestehe, dass ich ein bisschen aufgeregt bin, obwohl ich zwar weiß, dass wir mal Sex hatten, aber keine Ahnung mehr, ob es gut, schrecklich oder langweilig war. Warum vergisst man solche Sachen und merkt sich stattdessen, wie viele Ehemänner Liz Taylor hatte? Sieben.

Liebe S.,
ja, es stimmt, Schrott merkt man sich leichter als Wichtiges. Ich weiß zum Beispiel noch die alten Telefonnummern meiner Hauptlover auswendig, eine hab ich in einer etwas schrägen, leicht alkoholisierten Nacht mal angerufen, und stell dir vor, der Typ wohnte da noch, nach zwanzig Jahren! Er meldete sich, ich sagte, ich bin es, und er wusste noch, wer ich bin! Hätte ihn am liebsten sofort vernascht vor lauter Nostalgie, aber da hörte ich im Hintergrund Kindergeschrei und hab schnell wieder aufgelegt.

Gute Idee mit dem Lockerlassen. Konzentriere dich lieber auf deine Jobsuche, von der du seit Jahren redest und die du nie in Angriff nimmst. Du wirst sehen, wenn du wieder etwas »Außerhäusiges« zu tun hast, wird sich deine Aufmerksamkeit auf ganz neue Dinge lenken. Wie zum Beispiel Sex mit deinem neuen, superscharfen Chef, der wie alle Chefs dieser Tage dein Sohn sein könnte. Was mich zur Beantwortung deiner spannenden Frage bringt und mir nostalgische Hitzewellen (NICHT wechseljähriger Art) beschert. Das Verrückteste in Sachen Sex? Im Wald, an einem naturgeschützten, »Betreten verboten«-Platz. Herrlich warmer Herbsttag und ich landete auf sehr leckeren und dann sehr zerquetschten Butterpilzen und piksenden Tannennadeln. Es war wunderbar, weil wir so gelacht haben. Dieses Verbotene, Frische, das vermisse ich. Das andere war auf dem Klo bei einer sehr schönen Party in einem sehr schönen Bad. Im Stehen, so wie im Kino, mit Kleid-Hochschieben (gut, dass ich immer Kleider liebte), Schlüpfer mit einer Hand, dann mit dem Fuß runterzurren, er einfach nur die Hose aufmachen ... ach ja, und den Wasserhahn laufen lassen. Ich stöhne ja gerne mal etwas lauter, wie du von unserer Skireise vor tausend Jahren weißt – du mit Andreas, ich mit Tommy, alle in einem Zimmer. Man war mal so schön ungehemmt. Ob das wohl wiederkommt, wenn man über sechzig ist?

Deine A.

Hallo Schlampe,
du stöhnst *etwas* lauter? Ja, daran erinnere ich mich noch gut, die Wände haben gewackelt, wenn du mit einem Kerl zugange warst. Ist das immer noch so schlimm?

Deine S.

Hallo S.,
ja. Aber ich wollte noch mal was zu dem grellen Licht der Wahrheit sagen. Es gibt ja wohl so was wie Dunkel- oder Hell-Lover (damit meine ich nicht »Höllen«-Liebhaber, das ist wieder etwas anderes). War immer ein Fan von »nichts ist schöner als ein kleiner Nachmittags...«, während andere arbeiten. Sehe aber auch den Schwabbel-Oberschenkel-Punkt inzwischen ganz gut.

Du weißt ja, dass ich fünf Jahre lang einen zwölf Jahre jüngeren Lover hatte. Und das ist erst drei Jahre her. Er kam gerne mittags in meine Wohnung – freiberuflich zu sein hat seinen Charme –, und ich muss gestehen, dass ich die Jalousien runtergelassen und so schön schräg eingestellt habe, dass nur das allersofteste Licht auf unsere Körper fiel. Bemerkte auch, dass ich die Missionarsstellung plötzlich als sehr günstige und komplementäre Stellung sah. Alarmierend finde ich allerdings, dass ich mich wie eine leicht verdrehte Balletttänzerin aus dem Bett entfernte und versuchte, »anmutig«, sprich so stromlinienförmig aussehend wie möglich, ins Bad zu gelangen, durchaus auch das Bettlaken etwas heftig mitriss, um es mir neckisch um die Hüften zu schlingen.

Mein Busen lässt sich sehen, aber die Oberschenkel ... sie geben den Worten Dellen und Orangenhaut eine sehr einprägsame Bedeutung. Warum sind wir nur so crazy mit unseren Körpern? Ich ärgere mich richtig.

Und was hast du nun mit deinem alten Lover vor? Du triffst ihn natürlich! Das musst du. Aus Neugierde, aus Nostalgie, oder nur um zu sehen, was du damals an ihm fandest. Was, meinst du, ist sein Motiv? Also, tu nichts, was ich auch nicht tun würde! Allerdings: Du bist Mutter!

Deine A.

Ach mein A-chen,
habe sehr gelacht über deine Mail. Was man dem Partner, den man schon lange kennt, manchmal optisch zumutet, ist schon schlimm. Ungeschminkt sowieso, aber gern auch mit der dicken Fettcreme im Gesicht, einmal hab ich sogar meine Brille (aschenbecherdick, da 8 Dioptrien) dabei aufbehalten, die Kontaktlinsen waren schon im Behälter, und auch er geniert sich nicht, vor mir nackt, nur mit Socken bekleidet, herumzulaufen. Wir putzen uns im Tandem die Zähne, gurgeln mit Mundwasser um die Wette, er schneidet seine Nägel auf dem Badewannenrand, während ich meine Achselhöhlen in der Dusche rasiere, alles die totalen Scharfmacher. Aber alles andere wäre nach fast zwanzig Ehejahren auch irgendwie verkrampft. Ist man eigentlich irgendwann zu alt und hässlich für Sex? Ab wann kann man sich einem anderen nicht mehr zumuten?

Deine zweifelnde S.

Mensch S.,
ich würde sagen, wenn auf dem Nachttisch die Corega-Tabs sprudeln und man verschämt nach der Erwachsenenwindel greift.

Rollstuhl ist sicherlich auch nicht so erotikfördernd. Oder gerade.

Deine A.

Liebe A.,
ich hatte mal einen Liebhaber, als ich 24 und er 50 war, mit dem hab ich immer nur nach einer Flasche Rotwein und im Dunkeln gevögelt, und eines Tages wache ich auf und sehe ihn in der Morgendämmerung vor dem Bett stehen und an seinem Bein herumfummeln. Ich setzte meine Brille

auf, und was sehe ich – er zieht sich einen Stützstrumpf über! Weil er Krampfadern hatte. Da war's vorbei. Jetzt, wo ich selbst fast so alt bin, wäre ich natürlich nachsichtiger, aber damals, jung und unsterblich, war ich richtig angewidert.

Ach ...

Liebe Zweiflerin,
komm, man muss wohl mal loslassen von alten Bildern – besonders den schönen, perfekten, glatten –, obwohl, leicht ist es nicht ... Die Gedanken sind frei, wer kann sie erhaschen? Heißt dieses Volkslied nicht so? Man kann sich also vorstellen, was man will und wer man ist.

Deine A.

Liebe A.,
ich erinnere mich gerade an diese Doppelnacht mit dir, obwohl wir damals ziemlich bekifft waren. Sex war ja so normal wie atmen oder essen. Man lag irgendwo, jemand lag daneben und es ergab sich was. Wenn meine Tochter auch nur einen Bruchteil von dem machen würde, was ich damals ... ich würde sie ins Kloster sperren! Und meinen Jugendfreund werde ich heute noch anrufen und dir morgen berichten. Wahrscheinlich ist er dick und ohne Haare und dieselt schon nach. Bin heute vage frustriert. Mein Leben nervt mich im Moment. Muss was ändern.

Deine S.

Liebe S.,
gute Idee, ändere dein Leben! Schmeiß deinen Mann raus, geh wieder in deinen Beruf zurück, gib die Kinder ins

Internat, werde Nonne oder Professorin, studier noch mal! Ich bin dabei, ich unterstütze dich! Und vergiss nicht: Was auch immer Frauen tun, sie müssen es zweimal so gut machen, um halb so wichtig genommen zu werden wie Männer.

Deine A.

Du sagst es, Schwester!

Deine S.

Also Schwester,

wollte noch mal etwas zum Kiffen sagen, weil du's erwähntest. Warum, weiß ich wirklich nicht, aber vor ein paar Monaten hat mir eine alte Freundin einen Briefumschlag zugesteckt, mit einem verschwörerischen Lächeln und dem Satz: »Damit du 'n bisschen relaxter wirst.« Was das nun wieder heißen sollte ... aber irgendwie war's lustig. Gras war drin, nur ein ganz bisschen, für einen Joint, und dazu Blättchen, weil sie ja weiß, dass ich als Nichtraucherin derlei nicht im Hause habe. Was soll ich sagen, ich habe den Umschlag immer noch hier herumliegen. Vielleicht habe ich auch Schiss, weil ich sonst ganz enthemmt werde und dummes Zeug mache. Das letzte Mal – vor fünf Jahren – habe ich zwei kleine Züge auf einer Party geraucht und war so angeturnt, dass ich nur gekichert habe und dann zwölf Stunden durchschlief. Hätte mir den langlockigen jungen Mann greifen sollen, der mich an meinen ersten Freund Frankie erinnerte, und im Drogenrausch noch mal die Freuden des »free sex« genießen sollen. Ach, die goldenen Jahre von Sex, Drugs and Rock 'n' Roll! Warum ist das bloß so eine unschlagbare Kombination?

Dein Ex-Hippie

Liebe Hippiefrau,
ob man sich das alles nur einbildet mit der »Freiheit«? Ich war ja etwas angepasster als du, aber ich habe auch einen inneren Soundtrack, der mich in andere Gefilde transportiert und sehr glücklich macht.

Imagine all the people ...

Deine Blauäugige

Liebe Idealistin,
was sagst du eigentlich zu deiner Tochter oder deinem Sohn, wenn sie mit einem Päckchen Haschisch nach Hause kämen? Würdest du lügen, wenn sie fragen, ob du das mal probiert hast? Ach, fuck drugs! Nichts, was ein Gläschen Veuve Clicquot nicht wieder in Ordnung bringt, oder? Ich habe meinen Eltern in Mallorca mal eine gerollt, sie haben auch dran gezogen, neugierig waren sie ja, und meine Mutter kicherte nur und sagte: »Ich merke nichts«, ein Klassiker. War wirklich irre komisch. Meinem Vater gefiel der Joint ausnehmend gut. Er ist aber auch Typ Suchtbolzen, wie alle Väter, die Jungs im Krieg waren.

Aber was ich wirklich fragen wollte, und ich sitze hier mit angehaltenem Atem – bei dir am Telefon war nämlich länger besetzt –, hast du deinen alten Schwarm nun angerufen, oder er dich? Und ist dir vielleicht bei seiner Stimme wieder eingefallen, wie er im Bett war? Davon hängt doch vielleicht ab, ob und wann du ihn triffst, du raffiniertes Aas, oder?

Deine A.

Hallo, du neugierige AAAAA,
bin etwas albern heute, was vermutlich daran liegt, dass mein Ex-Treffen eine Mischung aus Komödie und Tragödie war, mit einer kräftigen Prise Ironie gewürzt. Wie ich es

befürchtet habe, hatte der Zahn der Zeit ihn ziemlich hartnäckig benagt, sorry, muss aufhören, mein Süßer hat gerade die Wohnung betreten, die Kinder nerven, die Lasagne brennt an. Bis später!

Deine S.

... ich warte gemütlich bei einem Glas kalifornischen Chardonnays auf deinen Bericht!

A.

Hallo A.,
da bin ich wieder! Die Schlacht ist geschlagen, die Lieben abgefüllt, das Geschirr in der Maschine. Manchmal denke ich mit viel Sehnsucht an die Zeit zurück, als ich noch jeden Morgen aus dem Haus ging und mich meine Wohnung abends aufgeräumt und sauber empfing, weil zweimal die Woche die Putzfrau da war! Nur-Hausfrau-sein ist manchmal wirklich anstrengend, und keiner würdigt es. Keiner lobt dich. Keiner sagt, Mensch A., wie du heute wieder das Klo geputzt hast, allererste Sahne. Und deine Lasagne schmeckt auch vorzüglich, auch wenn sie aus der Tüte kommt. Nichts davon. Drei Stunden gekocht, was in drei Minuten hinuntergeschlungen wird. Okay, drei Stunden ist übertrieben, dreißig Minuten, aber trotzdem. Mail mir sofort was Nettes, sonst versinke ich im Trübsinn.

Deine S.

Meine Super-S.,
du bist die schönste, klügste, beste, witzigste Nur-Hausfrau der nördlichsten Hemisphäre, die ich kenne. Deine Lasagne ist zum Sterben lecker, deine Klobrille duftet wie ein Rosengar-

ten, deine Töpfe sind blanker als die Türklinken im Buckingham Palace ... reicht das? Wie war's denn nun mit dem Ex?

Deine A.

Hallo A.,
er war klein und moppelig, und während ich auf ihn zuging, fiel mir auch wieder ein, wie der Sex damals mit ihm war – sein Schwanz ist so klein, dass ich damals etwas wie »Tu ihn rein« oder so ähnlich gemurmelt habe und er ganz beleidigt erwiderte, er sei doch schon längst drin. Über diese Erinnerung musste ich so lachen, dass es trotzdem ein schöner Abend wurde, und wenn ich mich nicht so genau an seinen Winzpenis erinnert hätte, wer weiß? Zum Glück wohnt er weit weg und kommt nur selten in meine Stadt. Das zum Thema Ex-Lover. Oder sollte ich ihn anders nennen, wo es schließlich gar nicht zum Äußersten gekommen ist?

Deine S.

Tja, S.,
wenn dich meine unmaßgebliche Freundinnenmeinung dazu interessiert: Ich finde beim männlichen Geschlechtsteil dann doch das Mittelmaß am angenehmsten – und es ist sicher eine der wenigen Situationen, wo mir ein Mittelmaß akzeptabel erscheint. Es gibt ja auch ein prächtiges Mittelmaß. Du hast dich gar nicht zu meinen kiffenden Eltern geäußert. Ich dachte, du bist total schockiert.

Deine A.

Liebe A.,
bin ich auch. Kiffende Eltern sind eine für mich zutiefst befremdliche Vorstellung, zumindest bei meinen Eltern. Die

waren immer drogenfrei und besonders fromm, was in meiner Pubertät zu sehr heftigen Auseinandersetzungen führte. Ich erinnere mich an ein Gespräch mit meiner Mutter, als ich 18 war und sie mich fragte, mit wie vielen Männern ich denn schon ... »Mit drei Männern«, erwiderte ich wahrheitsgemäß, und sie erbleichte und meinte, da müsse ich aber aufpassen, denn Männer mögen keine ausgetretene Fußmatte. Ja, genau so drückte sie sich aus, und da ich damals schon gern das letzte Wort hatte, sagte ich nur, und Frauen mögen keine abgelutschten Lollis.

Damals hab ich das nur gesagt, um sie zu ärgern, jetzt, zwei Jahrzehnte später, finde ich, dass ich damals Recht hatte. In meinen wilden Zeiten hat es mich angeturnt, wenn ein Mann schon mit tausend Frauen geschlafen hatte, und auch ich war immer stolz darauf, dass die Zahl meiner Liebhaber im hohen zweistelligen Bereich liegt, wie hoch? Keine Ahnung. Ich habe sie nie gezählt. Du? Heute finde ich den Gedanken eines im Prinzip monogamen Mannes viel reizvoller.

Meine wunderbare Osteopathin Jutta hat mir gerade von einem ehemaligen Liebhaber erzählt, der saugut im Bett und ansonsten eine Katastrophe war, weil er, so ihre Theorie, sonst nichts zu bieten habe, keinen Job, kein Geld, und deshalb alles mit seinen Liebhaberfähigkeiten wettmacht. Muss man sich leisten können, so einen Mann, gell?

Deine S.

Oh ja! Und glaub's mir, ich weiß, wovon ich rede! Kenne fast nur solche sexy Katastrophenmänner und kann es mir eigentlich NICHT leisten! Ist deine Mutter immer noch so eine gestrenge Madame?

A.

Liebe A.,
meine Mutter ist heute viel abgeklärter, aber ich bin die Älteste, sie war eine junge, wie gesagt, sehr fromme Mutter, es war halt alles einen touch too much für sie. Meinen ersten Joint hab ich mit 17 geraucht und bin danach im Bahnhof wie eine Verrückte die Treppen immer rauf- und wieder runter- und wieder raufgerannt und habe gekichert. Danach hab ich beim Inhalieren leider immer so gehustet, dass ich nach dem ersten Zug keine Lust mehr hatte, einmal danach habe ich Kokain probiert, das hätte mir gefährlich werden können, wenn ich damals mehr Geld gehabt hätte.

Deine S.

Liebe Orgien-S.,
es bringt mir große Freude, dich so reden zu hören, denn ich kenne dich ja noch aus den Zeiten, in denen du eine SEHR muntere, nichts anbrennen lassende Femme fatale warst. Ich habe das immer bewundert, denn obwohl ich ja in den wilden 70ern WG-geschädigt (und manchmal, das muss ich auch sagen, WG-beschenkt) war, gehörte ich eher zu der schüchternen Sorte. Jetzt im Rückblick wirkt auf mich der größte Teil dieser »Sexorgien« im Namen der Freiheit ziemlich provinziell, angestrengt und unerotisch. Wohl hauptsächlich, weil es einen gewissen Pflichtcharakter hatte und man nicht spießig wirken wollte. Ich landete mit mindestens drei oder vier Herren im Bett (für FFs – Flottfickerinnen – eine niedrige Zahl, ich weiß), die ich mir ohne den »Freiheits«-Anspruch wohl gar nicht sooo dringend ausgesucht hätte. Toll daran ist und bleibt – im Namen der Emanzipation – der hohe Experimentiercharakter (ohne Angst vor Aids, aber mit Antibabypille). Wirklich jeder fand, ich schwöre es, dass Frauen sich genauso wie Männer alles

nehmen durften. Die Eifersucht, und die gab's natürlich, hielt man tunlichst versteckt, denn Besitzdenken war peinlich. Gar keine ganz falsche Philosophie! Für mich, das wohlerzogene, schüchterne Mädchen aus einer »guten« Familie, war also letztendlich diese Zeit der wechselnden Laken, pardon Schaumstoffmatratzen – die Laken wurden weniger gewechselt –, Gold wert.

Übrigens, bei uns zu Hause gab es das Wort Sex nicht, und auch nicht Geschlechtsverkehr. Es gab da irgendwie ein großes, drohendes »es«, das man irgendwie nicht tat, weil es zu unerwünschten Kindern führte. Meine Mutter hätte lieber ihr Chanelkostüm-Imitat verbrannt, als mich zu fragen, »ob ich denn schon ...«

Also, ich sage »Viva WG« und »Bravo, freie Sexfront«.

Deine Kommune-Maus

Liebe Kommunardin,
so, so, schüchtern willst du gewesen sein! Jetzt mal ehrlich, sind wir nicht auch froh, dass das alles vorbei ist?

Deine S.

Hallo S.,
das sehe ich wie du. Locker vom Hocker ist die Devise. Flirten ist nicht nur eine wunderbare, elegante Kunst, die keinen Dreck macht, Spaß bringt, jung hält, niemandem schadet, sondern auch eine echte Kommunikationsform. Es ist inzwischen so, dass ich mit Männern, die nicht gut flirten können, überhaupt nicht in die Gänge komme. Echt gute Flirter – und damit meine ich nicht Plattquassler, sondern Charme und eine subtile erotische Ausstrahlung – sind gut im Bett. Oder?

Deine Flirterin der A-Klasse

Hi Flirtmaus,
sag mal, redest du eigentlich irgendwie um den heißen Brei? Wolltest du nicht von diesem P. etwas erzählen?

Neugierig, deine S.

Ach S.,
du durchschaust mich schon wieder. Also, er ist das gleiche Alter, sehr witzig und smart, tut seit ewigen Zeiten so, als wäre er hinter mir her, und nennt mich leider »Mädel«! Wir haben uns jetzt endlich ein paarmal getroffen, und er sagte doch tatsächlich: »Wollen wir nicht was miteinander anfangen?« Scheinbar haben wir hier Mister Originell am Werk. Ich sagte nur ganz trocken: »Was denn?« – »Na, knutschen«, meinte er treuherzig. »Und warum das?«, entgegnete ich. »Ach, das wäre toll. Ich glaube, wir sind perfekt füreinander«, meinte er und guckte mich immerhin für seine Verhältnisse sehr begehrlich an. Ich gähnte innerlich und dachte, das Ganze hört sich irgendwie nach CDU und mausgrauem Trevira-Anzug ca. 1963 an. Da merkte ich dann, dass ich Gott sei Dank noch nicht »erwachsen« bin, sondern immer noch in der Fantasiewelt der hitzigen Teenagergedanken leben möchte, so mit vor Aufregung stottern, Augen senken und feuchten Achselhöhlen (von anderen Plätzen ganz zu schweigen). Vielleicht dachte er, ich »ziere« mich nur. »Bist doch noch ein scharfer Feger«, raunte er mir beim Abschied zu. Nein, ich mache keine Scherze! »Oh, danke, das freut mich«, sagte ich mit so einer triefenden Ironie, dass selbst er es mitkriegen konnte. Tat er aber nicht. Du, das ist ein irre intelligenter Mann, wirklich. Aber bei Frauen, Erotik und Sex ist der auf Prinz Charmeless mit Pennäler-Panache reduziert. Trotzdem: Ich werde mir Mister Mädel noch ein wenig angucken ...

Bis dann, dein Teenager

Lieber Teenie,
meiner Lebenserfahrung nach ist guter Sex nach wie vor ein noch nicht gelöstes Rätsel. Warum es mit wem ganz ohne Anstrengung einfach supergut klappt und mit einem anderen, der besser aussieht, witziger und erfolgreicher ist, überhaupt nicht, bleibt offen. Ich hatte den besten Sex meines Lebens mit Männern, die als Partner nie in Frage gekommen wären, Männer, mit denen ich ständig Zoff hatte, die mich anstrengten und manchmal schlecht behandelten, Männer, die, Verzeihung, manchmal scheiße aussahen und in ganz, ganz früheren Zeiten auch welche, die ein bisschen schmuddelig waren. Heute wäre ich schreiend davongelaufen, damals hat es mich nicht gestört. Meine Ekelschwelle ist sowieso im Laufe der Jahrzehnte immer niedriger geworden, heute würde ich ungern in Bettwäsche liegen, die ein anderer schon vor mir benutzt hat, damals, du hast es ja angedeutet, wurden Laken alle paar Monate einmal umgedreht.

Vor zehn Jahren war ich mal zufällig bei einer Orgie dabei, es war in Las Vegas, und in dem Hotel, in dem ich wohnte, fand die sog. »Lifestyle Convention« statt, soll heißen internationales Rudelbumsen mit gesellschaftlichem Anspruch. In jedem Zimmer ging's zur Sache, standen große Schüsseln mit Kondomen herum, und aus purer Neugierde stand ich dann eines hellen Vormittags in einer Suite vor einem Doppelbett, auf dem ein Knäuel von in sich verbrezelten Leibern vor sich hin lutschte und stöhnte. Ich gestehe, ich war fasziniert, aber als sich dann aus dem Knäuel ein Männergesicht herauswühlte und mich aufforderte: »Hey, willste mitmachen?« – da habe ich schleunigst die Flucht ergriffen.

Ich bin sexuell ja doch eher ein bisschen die Maulhure, auch zu einem Dreier hab ich's noch nie gebracht, im letzten Moment hatte ich Angst. Deswegen war ich früher auch ganz oft im Schwimmbad auf dem Sprungbrett und bin, nach meinem ersten Sprung mit Riesenbauchklatscher, trotz aller guten Vorsätze danach immer wieder beschämt die Treppe heruntergestiegen.

Was deinen Nachbarn »Mister Mädel« angeht, Worte können Killer sein. Lustkiller. Und wer mich scharfer Feger nennt, wird mir nie an die Wäsche dürfen.

Deine S.

Gestrenge Schwester!
Bin sicher, auf MM werden wir noch öfter zu sprechen kommen. Mit dem bin ich nicht durch, der ist zu nett. Den »scharfen Feger« und das »Mädel« werden wir ihm aber abgewöhnen müssen, was? Obwohl ich generell mit Umerziehungsmaßnahmen aufpassen muss. Eigentlich müssen das alle Frauen, denn wir haben nicht nur das Schuhtick-Gen, sondern auch das Mecker- und Verbesserungs-Gen. Ich finde dieses ständige »den Mann ummodeln Wollen« schrecklich und komplett verlorene Liebesmüh. Man wird schnell selber zum Feindbild.

Ich glaube, Männer hassen nichts mehr als Meckertanten, erinnert sie an ihre Mütter. ALLES erinnert sie an ihre Mütter, das ist der Fluch, den wir Frauen unbedingt brechen sollten, wenn es geht. Eine Freundin von mir, vierzig, die mit einem neuen »schwierigen« Mann aus der Filmbranche zusammen ist, klagte mir ihr Leid. Außer dass er wie die traditionell weibliche Version eines Mannes ist, nämlich komplett abhängig von ihrem Lob, ihrer Zustimmung, ihrer Bestätigung, und rumjammert, wenn sie nicht genug Zeit hat, hat er zu ihr gesagt: »Ich arbeite an dir meine Mutter ab.« Das ist ja geradezu erfrischend bewusst und ehrlich, führt aber nicht zu einer tollen Beziehung oder heißem Sex, wenn du mich fragst. Er schnarcht, war bei ihr zu Besuch, sie konnte nicht schlafen und legte sich mit Ohropax ins andere Zimmer (gut, dass sie ein anderes Zimmer hat!). Er stand tödlich beleidigt (man erwartet ihn geradezu im Nachthemd und mit verheulten Augen) in der Tür, mitten in der Nacht, und sagte: »Du kümmerst dich nicht um mich. Ich kann nicht schlafen.« Anstatt ihn rauszuschmeißen, hat sie sich entschuldigt und geschworen, sich zu bessern. Da verstehe einer die Frauen.

Kopfschüttelnder Gruß von A.

Hallo A.,
deine Freundin scheint aus der Kategorie »Mann verzweifelt gesucht« und »Bitte tritt dich ab, ich bin deine Fußmatte« zu sein. Ich verstehe es genauso wenig wie du ...

Ebenso kopfschüttelnd, S.

Liebe S.,
aber wirklich! Derlei Benehmen gestattet man doch nur Kindern. Ich bin oft erstaunt, und ich denke, das vergessen wir immer, wie verletzlich, wie ängstlich und unsicher Männer sind, und wie sie eigentlich immer wieder schnell zu kleinen Jungs reduziert sind, die an Mamas Schürzenzipfel hängen (und wohl auch am liebsten an ihrem Busen!). Darin liegt ja auch das Geheimnis der Frauen-Power begraben. Ich finde es ehrlos und übel, sich als Frau mit Männermanipulation durchs Leben zu powern, indem man, vielleicht unbewusst, die Mutti raushängen lässt. Du hast doch einen Sohn, der, so wie ich ihn kenne, sehr lieb und schmusig ist – sehr gut übrigens. Was vermittelst du ihm über Mütter, Frauen, über dich selber? Hasst er dich manchmal? Beschwert er sich bei seinem Vater?

Ich wollte ja immer einen Bruder haben ... ach, die alte Story, alle Nur-Schwestern, die ich kenne, wollten immer einen Bruder haben, wohl in der Hoffnung, dass er der große Beschützer ist und man schon mal seine Rolle als bewundernde Prinzessin üben kann, während Schwestern ja gerne mal einen gewissen fiesen Messer-im-Rücken-Charme versprühen ...

Na ja, trotzdem: Viva Sisterhood, oder?

Deine A.

Liebe Schwester,
da hast du Recht, mein Sohn ist noch immer sehr schmusig, was manchmal merkwürdig ist, weil er schon so groß und kräftig ist, immer mehr wie ein Mann riecht und einen ziemlich ausgewachsenen Schniedel hat. Er kommt noch immer gern zu uns ins Bett und kuschelt, und ich bin dann so ein bisschen hin und her gerissen, ob ich ihn nicht lieber vors Bett setzen soll. Es wäre mir total peinlich, wenn er in meinem Bett eine Erektion bekommen würde. Findest du das verklemmt?

Ich hoffe, dass er mal ein richtig guter Liebhaber wird, der nicht so an einer Frau herumschrammelt, sondern instinktiv die richtigen Knöpfe drückt. Ein Mann, der gut im Bett ist, hat es im Leben leichter, davon bin ich fest überzeugt. Befriedigte Frauen machen glücklich, unbefriedigte zicken und nörgeln. Mein Sohn hat sich immer schon für Mädchen interessiert, auch als er noch ganz klein war, er wird kein Mann werden, der vor einer Frauenhandtasche zurückschreckt wie ein Vampir vor der Knoblauchzwiebel.

Mach mal den Test und bitte einen Mann, er solle dir, sagen wir »einen Tampon« aus deiner Handtasche reichen. Kann auch nur ein Lippenstift sein. Und dann beobachte mal den angewidert-ängstlichen Gesichtsausdruck, mit der ein ausgewachsener Mann ins Dunkle deiner Handtasche greift. So als erwarteten ihn glitschige Würmer oder benutzte Monatsbinden. Genauso reagiert er auch bei dem Satz: »Schatz, ich habe meine Monatsblutung.« Panik, Ekel! Wenn dagegen ein Mann »Schatz, ich fürchte, meine Prostata ist vergrößert« sagen würde, dann würden wir alle »Ach du Ärmster, lass mal fühlen« erwidern. Wir sind einfach die Stärkeren.

In diesem Sinne,

deine S.

Hallo Komikerin,

herrlich, die glitschigen Würmer in der Handtasche! Hat nicht jede Frau ein besonderes »Tampon-Erlebnis« mit Männern auf Lager? Ich war vor Jahren mal wochenlang in Mexiko mit meinem Freund Jan, nur mit kleiner Reisetasche und so. Ich kriegte meine Tage, während wir in einem winzigen Ort waren. Jan sprach sehr gut spanisch, also schickte ich ihn los auf der Suche nach Tampons. Ich hätte sicherlich im Laden das Wort »Tampones« oder so rausgekriegt, aber wer weiß, mexikanische Männer sind so frauenfeindlich, die wissen gar nicht, was das ist. Er kam nach einer Stunde wieder mit einer Schachtel riesiger spanischer Binden und behauptete, er hätte es dem mexikanischen Herrn in dem Lehmhüttenladen nicht vermitteln können, was er meinte, und die hätten auch keine Tampons gehabt. Ich glaube, er hat sich wortlos die Schachtel genommen, die da im Regal stand, froh, einer Erklärung entgangen zu sein. Jan habe ich völlig aus den Augen verloren, aber immer wenn ich vor mir bei »Schlecker« eine Frau ein riesiges Bindenpaket aufs Laufband hieven sehe, muss ich lachen ... Gibt bestimmt inzwischen Tampons in Xatlan, Oaxaca oder Popocatepetl, aber sicher immer noch keinen Mann, der sie der Frau oder Freundin dort kauft.

Vielleicht muss das so sein?

Deine A.

Hallo Süße,
auch die Tampon-Erlebnisse haben sich geändert. Meine Tochter hatte ein sehr nettes – und zwar mit ihrem ersten Freund. »Mama, weißt du, woran ich gemerkt habe, dass er mich wirklich liebt?«, hat sie mich gefragt. »Daran, dass er mir meinen Tampon, der mir ganz tief reingerutscht war, ohne dumm zu labern einfach rausgezogen hat.« Fand ich irgendwie auch sehr niedlich.

Deine S.

Liebe S.,
schön zu hören, dass die junge Generation beherzt zugreift und weniger Ekel und Angst vor der Vagina hat, besonders mutig, da sie ja nun auch noch Monologe hält (haha). Aber es schnippeln ja noch genug Völker an der Klitoris herum, wenn sie können. Das ist allerdings nicht Ekel, sondern mehr eine Urangst vor der sexuellen Power der »Verschlingerin Frau«. Bibber, bibber machen sie dann, die Männer, denn was sie am meisten wollen, erschreckt sie am meisten. Viele Frauen haben allerdings auch ein Rad ab, wenn es um Penisse geht. Ich habe bei vielen Frauen nicht so sehr Penisneid, sondern Penisanbetung festgestellt. Will sagen, dass sie Herrn Penis den Vortritt vor Fräulein Muschi geben, was den Wichtigkeitsgrad angeht.

P. S. Mister Mädel nervt. Nachdem ich eine Woche nichts gehört habe, er auch meinen sehr netten Anruf nicht beantwortet hatte, meldete er sich mit einem hingeschmetterten »Mädel, du hast da ein Problem. Ich war beschäftigt.« Ja und? Wir sind alle beschäftigt. Ich sehe das Knutschen noch nicht so recht ...

Deine A.

Liebe A.,
was die Fixierung von Frauen auf den Penis angeht – ich glaube, im wirklichen Leben mögen die meisten von uns das ganz normale Mittelmaß am liebsten. Zu meinem Dreißigsten habe ich von meinen Kollegen ein Foto von Long Dong Silver bekommen, einem amerikanischen Pornostar. Dessen Schwanz war so lang, dass er ihn knoten konnte. Aber wenn er eine Erektion bekam, rauschte so viel Blut in sein Mörderteil, dass er ohnmächtig wurde und nichts davon hatte.

In diesem Sinne, einen schönen Dienstag.

Deine S.

Hey,
macht sich doch schick – so ein geknoteter Schwanz, besser als die falsche Krawatte. Du wirst keinen Mann finden, der seinen Schniedel nicht letztendlich wundervoll und superwichtig findet, dabei ist egal, ob er krumm, klein, zu rötlich, zu bläulich, zu schlaff, zu dick, zu kurz ist – was ja auch tatsächlich alles relativ ist. Hast du mal die Episode von »Sex and the City« gesehen, in der Samantha heulend bei einer Runde Cocktails auftaucht, nachdem sie endlich mit ihrem Traumschiff im Bett gelandet ist, sich sogar extra länger als fünf Minuten, nämlich ganze drei Tage zurückgehalten hatte, und dann hatte er einen Schwanz wie ein Cocktailwürstchen. »Ich mag nun mal Riesendinger«, jaulte sie. »Size matters«, sagen ja die Amis, bei denen alles nach Größe geht,

also auch das Ursprungsland der künstlichen Penisvergrößerung ist. Ich unterstütze aber auch die These, dass es auch darauf ankommt, WAS er damit macht. Oder eben nicht. Was uns zu einem Klassiker führt – errätst du's? Fängt mit »I« an und kann zu einem der frustrierendsten Erlebnisse im Bett führen. Passiert angeblich in den besten Familien, den potentesten Männern mit den schönsten Frauen (nämlich mir!).

Ihr Auftritt, gnädige Ehefrau!

Deine A.

Hallo A.,
oh Gott, du sprichst vom Hängersyndrom, von der schlappen Nudel? Ein absoluter Albtraum! Ich finde nichts nerviger, als wenn man mit einem Mann im Bett liegt und auf einmal merkt, da stimmt was nicht, da müsste doch was hart werden, was sich noch immer so weich wie eine Nacktschnecke anfühlt. Man tut als nette Frau dann eine Zeit lang so, als wäre nichts, man versucht, das schlüpfrige Teil diskret in sich hineinzustopfen, man seufzt und stöhnt, eigentlich vor Ungeduld, aber hofft, dass es so klingt, als sei man tierisch erregt. Dann kommt der Zeitpunkt, wo sich der Mann mit den Worten »Is wohl nich mein Tag heute« zurückzieht und irgendwie sauer und beleidigt ist, und jetzt ist alles, was man als Frau sagen kann, verkehrt. Macht doch nichts, kann doch jedem mal passieren. Ist mir aber noch nie passiert, sagt er dann, und du denkst, bin ich jetzt schuld, oder was? Wir können doch auch kuscheln, Schatz. Noch verkehrter, denn kuscheln ist was für Schlappis, er ist ein Hengst, er will dich mit seinem harten Superglied in den Taumel der Begierde rammeln. Fummelt man weiter, macht ihn das nervös, hört man auf, ist er gekränkt. ICH HASSE IMPOTENTE MÄNNER! Weil sie so tun, als sei es das Ende der Welt. Wobei irgendwann bei jedem Mann der Augen-

blick kommt, wo er im Kopf zwar geil ist, aber der Schwanz nicht mehr so hart wird wie früher. Ist überhaupt nicht schlimm, hab ich mir von meinen Freundinnen sagen lassen, aber ein Mann muss da erst mal reinwachsen. So wie wir in die Wechseljahre. Saß kürzlich mit einer Kollegin beim Italiener, als sie einen Hot Flash kriegte. Ohne Vorwarnung fing sie an zu tropfen, tupfte sich mit der Serviette das Gesicht ab und sagte: »Ich möchte jetzt am liebsten nackt vor einem offenen Kühlschrank stehen.« War kein so richtig schöner Moment. Geht es bei dir auch schon los?

Deine S.

Liebe Schwanzspezialistin (darf man das sagen?),
erst noch mal zu dem »Cold Flash«. Oh, wie wahr! Auch ich hatte in meinem ja nicht so kurzen Leben drei intime Begegnungen mit der »schlappen Nudel« und kann bestätigen, man kommt selten so richtig unbeschwert und fröhlich trällernd aus diesem »flachen« Territorium raus. Obwohl Humor ja sonst eigentlich alles kuriert oder aufrichtet. Also, die Protagonisten waren zwei jüdische New Yorker Anwälte, in meiner Zeit als Auslandskorrespondentin, und ein Münchner (was ja auch als »Ausländer« qualifiziert). Sagt uns das etwas? Vielleicht ist die Angst vor der deutschen Frau, die ja gerne mal als Waltraut die Walküre und Panzer in Nylons gesehen wird, zu groß? Anwalt numero eins, mit dem ich es zweimal versuchte, ließ seinen Schwanz ziemlich eingerollt, ja ich würde sagen, verschreckt, auf seinem Schamhaar rumliegen. Erst tat er so, als würde das ganz normal sein und so gehören; vielleicht hoffte er, dass ich das als typisch jüdische Sitte einstufte. Ich konzentrierte mich dann aufs Küssen und sprach vom Wetter, musste dann aber plötzlich schnell nach Hause. Sagte ich. Ehrlich, ich fand's einfach nur saulangweilig, sonst nichts, auch

nicht als Minderung meines Sex-Appeals. Da er ein netter Typ war und man ja an der deutsch-jüdischen Freundschaft mit allen Mitteln und einer etwas überhöhten Anstrengung bastelt, wiederholten wir das Programm noch mal – dieses mal in meinem Bett – mit demselben Resultat. Wieder fand er nichts daran seltsam ... und nun kommt der Kicker. Ich war mit einer Anwältin befreundet, die ihn lange kannte und scharf auf ihn war. Obwohl sie einen Freund hatte, konnte sie ihrer alten Lust auf ihn nicht widerstehen und landete mit ihm im Bett. Rate mal, wie das ausging! Mit tränenerstickter Stimme rief sie mich an und erzählte mir eine Stunde lang von dem Schlappschwanz und ihrem verzweifelten Marathon der verschiedenen Stellungen. Als ich ihr von mir und Schlappi berichtete, beruhigte sie sich etwas. Also, hier hatten wir einen Serientäter.

So was ist mir danach als »reifere« Frau aber nie wieder passiert ... na ja, das Leben ist eine Zicke, besonders, wenn du jung bist!

Apropos jung, Anne Bancroft, alias »Ms. Robinson«, die wunderbare Verführerin aus »Die Reifeprüfung«, die einen pickligen Dustin Hoffman, den Sohn ihrer Nachbarin, verführt, ist gestorben. Sie war sensationell, und mal ganze 38, eine »reife« Frau damals! Ach, wer wäre nicht mal gerne so eine Nachbarin. Stell dir mal vor, es wäre dein 18-jähriger Sohn. Du würdest mich doch abmurksen, oder? Heute gibt es leider keine Ms. Robinsons mehr, sondern nur noch Porno im Internet ...

Deine Frau Robinson

Liebe gnädige Frau,
faszinierende Geschichten, mein Engel, aber wollte ich nicht von dir wissen, wie es mit dir und den »heißen Jahren« steht? Geständnisse ganz anderer Art sind hier gefragt!

Deine S.

O. k, o. k.,
du fragst mich, ob ich schon schwitze? Nee, Gott sei Dank nicht, obwohl ich leicht wechseljährig bin. Es soll ja viel Vererbung sein. Wie hieß noch dieses erfolgreiche Buch? »Ich sehe in den Spiegel und sehe meine Mutter.« Also habe ich meine Mutter gefragt. Sie war keine wilde Schwitzerin, nur komplett depressiv, was ich natürlich als Teenager nicht so gemerkt habe, außer dass sie extrem launisch war. Es fängt aber an mit den Schlafstörungen, 4 Uhr auf den Schlag, hellwach, nichts zu machen, also liest man, macht sich Pfefferminztee, denkt über die Gemeinheiten des Lebens nach, wie z. B. Altwerden und warum man die letzten zwanzig Jahre keine Gummihandschuhe beim Abwaschen getragen hat, denn dann hätte man jetzt feine, straffe weiße Händchen wie eine Lady und nicht wettergegerbte Pranken wie ein Bauarbeiter. Ich schwöre dir, schon allein wegen der Schlafstörungen werden diese zwei nächsten Frauen-Generationen die belesensten und schlauesten überhaupt sein. Mister Mädel rief ganz süß an, ob ich nicht bald mal rüberkommen wollte zum »Probeliegen«. Warte auf eine etwas heißere Anmache ...

Deine A.

Liebe Glückliche,
sei froh, dass du offensichtlich ein leichter Wechseljahre-Fall bist, denn wenn's dich so richtig erwischt und du auf Hormone verzichten willst oder musst, dann hast du harte Jahre vor dir. Verschwitzte, glühende Jahre, die kein Ende nehmen.

Ganz besonders schlimm ist es für späte Mütter, deren Töchter zeitgleich in die Pubertät kommen. Meine Freundin Claudia saß mit ihrer 13-jährigen Tochter Charlie bei McDonald's, als sie ihre erste Hitzewallung bekam. Eine Woge aus Glut und Schweiß überschwemmte sie, während

Charlie ihren Big Mac hinlegte und sie voller Entsetzen anstarrte. »Igitt, Mama, du siehst ja schrecklich aus«, rief sie, während meine arme Freundin zur Damentoilette stürzte und ihr Gesicht unter den Wasserhahn hielt. In dem Alter kennt man ja als geplagte Mutter sowieso nur vier Sätze: Das zieh ich nicht an. Das ess ich nicht. Keine Ahnung, wann ich nach Hause komme. Du nervst, Mama. Claudia hat dann mit Yoga angefangen und einen Club für betroffene Mütter gegründet, den sie »Fliegender Tamponwechsel« genannt hat. Schöner Titel, gell?

Deine S.

Liebe S.,
bin ich froh, dass ich den Hormonkriegen zwischen Müttern und Töchtern entfliehen darf!

Deine A.

Liebe A.,
man entflieht als Mutter gar nichts! Denn Töchter in der Pubertät können auch unabhängig von den Wechseljahren die schiere, pure Hölle sein. Fragen wie »Mama, warst du eigentlich hübscher, als du Papa kennen gelernt hast?« sind da noch harmlos. Egal wie cool du dich selber fühlst, für deine Töchter bist du nur noch peinlich. Du fährst sie zu einer Party und sollst am liebsten um die Ecke halten und bloß nicht aussteigen. Beim Abholen gilt dasselbe, im Auto sitzen bleiben und keine unbequemen Fragen stellen, bei Bedarf das Portemonnaie herausholen und ansonsten für Wäsche, Essen im Kühlschrank und Gemütlichkeit sorgen, so hätten sie dich gern. Sehr, sehr undankbar, wenn du mich fragst. Nach all den Jahren, wo wir unseren Töchtern die Welt erklärt haben, sind wir jetzt die Schwächeren. Die

Erziehung ist abgeschlossen. Und wir lechzen wehmütig nach einem Gefühl, das uns gnädig, häppchenweise zugeteilt wird. Wir sind wütend, aber unsere Wut interessiert nicht. Die Töchter bestimmen, wann, wenn überhaupt, geredet wird, sie rufen an, wenn es ihnen passt, ansonsten eiskalt Mailbox. Sie knallen nach einem Streit die Haustür zu und treffen sich mit Freunden, während wir schluchzend ins Kissen beißen und die Welt untergeht.

Eine Scheißzeit, und ich stecke noch mittendrin. Aber sie wird vorübergehen ...

Deine S..

Hallo arme Mama,
ich musste bei deiner Beschreibung der wunderbaren, blutsaugerischen Kinder, die in dem sonnigen Teeniealter nur nehmen, nehmen, nehmen, an mich selber denken. Wir waren auch so. Ich war schon entsetzt, wenn ich abwaschen und einkaufen musste, und maulte herum, als hätte man mich gebeten, nackt einen Sack Kohlen die Treppen raufzuschleppen. Meine arme Mutter! Eines Tages wird dich deine Tochter um Verzeihung bitten, oder vielleicht ganz einfach sehr, sehr dankbar sein. Oder auch nicht. Die Frage ist, nützt das dann was? Du siehst, ich bin in einer düsteren Stimmung. Habe mit meinem 85-jährigen Vater telefoniert, das ist nie irre lustig.

Gruftige Grüße,

deine A.

Hallo A.,
was egoistische, nervige Teenies angeht, so war auch ich selbst wohl ein Schreckensbeispiel. Ich fand meine Eltern damals den Inbegriff von Spießigkeit und Peinlichkeit. Ich

erinnere mich noch an eine Party bei mir zu Hause, wo meine netten Eltern sich extra ins Kino geflüchtet hatten, und als sie nach Hause kamen, war die Bude voller kiffender, trinkender, knutschender, ihnen völlig unbekannter junger Leute. Es sah aus wie nach einem atomaren Erstschlag, und ich weiß noch, wie ich meinen Vater, der sich über ein dickes Brandloch im Teppich aufzuregen wagte, mit den Worten »Mach mir jetzt bitte keine Szene, es ist doch nur ein Teppich« anraunzte. Meine Eltern haben sich dann in ihr Schlafzimmer verzogen, und ich war nur sauer, dass sie mir meine schöne Party kaputtmachten.

Weil ich mich noch sehr gut daran erinnere, habe ich meiner Tochter strikt verboten, in meiner Abwesenheit Freunde einzuladen. Ich kann nur hoffen, dass sie sich daran hält, denn meiner eigenen und jetzt mütterlichen Erfahrung nach ist das Gehirn eines Teenagers ein schwammiges Sieb, es hört nicht zu, es merkt sich nichts, und der Rest ist sofort vergessen.

Gruß von »Wissend, weil Mutter«

Liebe Neunmalkluge,
Jugend kennt keine Tugend! Es gibt einen schönen alten Ami-Film, in dem die beste Freundin der mit einer bösartigen Tochter geplagten Freundin sagt: »Ich persönlich finde, dass Krokodile die richtige Idee von Mutterschaft haben. Sie fressen ihre Kinder auf.« Du hattest übrigens nichts zu deinen Gelüsten auf pickelige Jünglinge gesagt.

Dein Kroko

Lieber Alligator,
ich hatte nie solche Gelüste. Aber je älter ich werde, desto älter werden ja auch die Männer, nach denen es mich even-

tuell gelüsten könnte, und da ich in absehbarer Zeit noch keine Lust auf abwärts fallendes Fleisch und Haare, die aus jeder Körperöffnung sprießen, habe, wer weiß? Ich habe eine Freundin, die ist jetzt 58 Jahre alt und hat bis vor kurzem nur mit älteren Männern geschlafen. Der Älteste war 84, sie war erst 35, und wenn sie diese Geschichte erzählt und alle Frauen runde Schreckensaugen kriegen, dann fügt sie immer hinzu: »Im Stehen. Am Schreibtisch. Zwei Mal.« Glaubst du, dass Johannes Heesters noch bis zum Schluss konnte?

Deine S.

Liebe Ms. Sex,
iiiiih, Johannes Heesters. Ich sah ihn vor einem Jahr in einer Talkshow, mit »junger« Ehefrau – alles ist jung gegen 102! Er hatte noch viel Haar und sang leider ganz gruselig mit dieser operettigen Knödelstimme. Bin sicher, alte Damen fanden ihn umwerfend und knackig. Nun könnte man einwerfen: »Wartet ab, in zwanzig Jahren wird Mick Jagger dort sitzen, die Gummilippen vielleicht kosmetisch gestrafft, weil sie sonst auf das Kinn hängen würden, und ›Satisfaction‹ nödeln.« Immerhin, Rock ist Rock und nicht »Weaner Madl«, denn wenn was übrig bleibt von uns und unserer Kultur, dann sind's die Songs und die beste Musik, die es je gab. So isses! Punkt. Warum eine 35-Jährige mit einem 84-Jährigen schläft, so wie deine Freundin, ist eines der großen Geheimnisse des Universums. Es sei denn, sie ist als Alleinerbin eingesetzt!

Mein Vater, der sich ja gern und lange als Charmeur vom Dienst sah – was er auch sein konnte, hatte ja als 70-Jähriger eine 45-Jährige, die ihm »ein bisschen zu alt war«. Er sprach bei meinen Besuchen dann auch unaufgefordert von »noch gut können«, was in der Geheimsprache der alten Kriegs-Haudegen wohl heißen soll, sie kriegen einen hoch – und den wohl auch rein. Nicht dass ich ihn gefragt hatte. Ich fand's schlimm und wollte es nun wirklich nicht wissen. Ich guckte aber seine Freundin dann immer so schräg von der Seite an und überlegte, wie das wohl aussehen würde, die zwei im Bett. Ich hätte sie beinahe mal gefragt, ob er nur ein alter Angeber ist oder sich da tatsächlich was abspielt. Ließ es dann aber. Töchter, Väter und Sex gehen irgendwie nicht zusammen – egal in welcher Kombination, das ist mein Fazit. Ich vergesse nie, wie mein Vater auf seine Armbanduhr guckend rastlos hin und her raste und auf mich wartete, als ich zu meiner ersten Party durfte, mit sechzehn bitte schön! »Ich will nicht, dass du an solche Männer, wie ich es mal war, gerätst«, warnte er mich in einer seltenen Stunde der Wahrheit. Nee, Papi, bin ich nicht. Die waren heißer und Meilen schädlicher und frecher als du!

Armer Vati!

Deine A.

Meine Schönste,
zu diesem Thema fällt mir folgender Witz ein: Ein uraltes Ehepaar sitzt auf einer Parkbank. Plötzlich und ohne Vorwarnung nimmt die Frau ihren Stock und haut ihrem Mann damit ans Schienbein. »Autsch!«, schreit der, »wofür war das denn?« – »Für sechzig Jahre schlechten Sex«, sagt sie. Er schweigt. Zehn Minuten lang. Dann nimmt er seinen Stock und schlägt sie ans Schienbein. »Manno!«, kreischt sie, »und wofür war das?« – »Dafür, dass du den Unterschied kennst«, sagt er.

Zum Abschluss eine Neuigkeit. Weil du immer sagst, dass ich einen Job brauche, war ich bei einem Vorstellungsgespräch im Personalbüro unserer Tageszeitung. Du weißt, ich war ja nicht nur Einkäuferin, sondern auch mal kurz rasende Reporterin, und der Personalchef begrüßte mich mit den Worten: »Dass Sie sich das in Ihrem Alter noch antun wollen. Nehmen Sie Platz.« Das tat ich und versuchte, einen jugendlichen Eindruck zu machen, obwohl ich ihm am liebsten eine gedonnert hätte. Er will sich melden. Vielleicht bin ich doch besser bedient, wenn ich bei meinen Leisten bleibe und die Fashion-Szene mal auschecke.

Bin irgendwie deprimiert. Fühle mich alt und uncool.

Deine S.

Liebe S.,
sei nicht so deprimiert! Noch hast du keinen echten Grund dazu. Warte mal ab.

Man muss leider sagen, dass der Jugendwahn perverse und alarmierende Formen annehmen kann, auch wenn wir alle damit beruhigt werden, dass die heute 40-Jährigen die neuen 20-Jährigen sind und die 50-Jährigen wie ich die neuen 35-Jährigen. Also, dein biologisches Alter mag 45 sein, im verzerrten Schielblick der Gesellschaft bist du dreißig! Außerdem siehst du doch gut aus! Ich habe in meiner längeren Karriere leider auch erlebt, dass ich vor mir einen 34-jährigen Schnösel von Chefredakteur sitzen hatte, der alles besser wusste und dachte, er sei in der Position, Brotkrumen an die vor Altersschwäche ächzenden Omis zu verteilen. Da helfen nur Intelligenz, Witz und weltlicher Charme, wenn du mich fragst. Die generelle Regel für Vorstellungsgespräche ist: Wenn die Chefs Jungs sind, verwirre sie, indem du sie lobst, wenn sie Mädels sind, bloß keine Konkurrenzgedanken inspirieren. Sachlich bleiben, vielleicht die Mutterrolle mit reinbringen; wenn sie selber Mütter sind, ist das immer eine »Verschwesterungs«-Nummer, wenn nicht – Klappe halten!

Deine A., die Frau, die alles weiß

Hi Supergirl,
vielen Dank für den Tipp. Werde den jugendlichen Chef über den grünen Klee loben und der Chefin mütterlich übers Haar streichen (sie würde kreischen: »Finger weg von der Frisur!«), dann werden sie ja beide sagen: »Die und keine andere!« Ich bin mutlos. Was soll das denn alles?

Deine S.

Komm, komm,
hatte eine interessante Erfahrung, die auf verdrehte Weise auch Licht auf dieses Arbeitsthema wirft. Ich bin gestern in die Welt der Kunst eingetaucht und hatte wahnsinnige Gedanken, das heißt nicht wirklich wahnsinnig, nur neidisch. Es gab mal wieder eine »Brücke«-Ausstellung, das ist ja die Malergruppe von 1909, in der alle unsere besten Maler kurz zusammen waren, Schmidt-Rottluff, Max Pechstein, Ernst Ludwig Kirchner, Emil Nolde. Ich liebe nichts so sehr wie diese Maler. Ich beneidete die Ausschließlichkeit, mit der sie sich ihrer Malerei widmeten, für sie gab es nichts anderes, es war ihr Leben. Was für ein Luxus, seinen Neigungen und Talenten nachzugehen! Ich dachte an all die jungen Frauen heutzutage, die es so irre schwer haben. Es wird ihnen ja auf diesem grauenhaften Arbeitsmarkt – Tausende finden keinen Ausbildungsplatz! – nicht leicht gemacht, etwas wirklich Echtes, Nützliches, was ihrer Begabung entspricht, zu finden. Wahrscheinlich wirken sie deshalb oft so traurig und ziellos. Meine Freundin Heide rief gerade an. Sie hat ja diese entzückende Tochter von 21, die ihr aber Sorgen macht. Sie studiert Kunstgeschichte, hat sich aber in einen Spanier verliebt, der sie jetzt vom Studieren abhält. Was soll man als Mutter denn machen?

Der Ball ist in deinem Feld. Schieß!

Deine A.

Liebe Grüblerin,
ja, du hast Recht, ich möchte auch nicht mehr zwanzig sein, jedenfalls nicht zwanzig im Jahre 2006. Als ich vor tausend Jahren 20 war, da war der Horizont grenzenlos und ich dachte nach dem Abitur: Was willst du werden? Gehirnchirurgin, Schauspielerin ... ich habe mich dann fürs Lehrerstudium entschieden, weil mein damaliger Freund Referendar war und ich mit ihm eine Schule im Süden irgendwo aufbauen wollte. Alles war möglich, alles war gut. Wir haben die goldenen Jahre gelebt und dachten immer, so sei das Leben halt.

Meine Tochter macht nächstes Jahr Abitur, hat null Ahnung, worauf sie Lust hat, außer zu »Chillen, da wo es warm ist, Mami«. Klingt gut, würde ich auch gern. Unter einer Palme abhängen, vor mich hin kiffen und abends einen Fisch grillen. Kann ich aber nicht, weil ich demnächst Geld verdienen muss. Manchmal tun mir diese jungen Leute richtig Leid, ich fürchte, wenn kein Wunder geschieht und irgendeiner den Karren rumreißt, dann landen sie alle bei Hartz IV, schaufeln Blätter im Park, gründen Ich-AGs, die keiner will. Meine Schwägerin bastelt jetzt als Ich-AG Fotoalben für andere Leute, die aus Papier und die virtuellen. Also wenn das die Zukunft meiner Tochter-Prinzessin ist ... Aber vielleicht wird sie ja auch demnächst Mutter, eben kam ein Brief von der Uniklinik mit einer Rechnung über einen Schwangerschaftstest. Macht Laune, so was. In solchen Momenten muss man ganz verschärft daran denken, wie niedlich sie mal als Babys waren, sonst stopft man seine Brut unangespitzt ins Klo. Bin gespannt, wie sie mir die Sache erklärt, wenn sie aus der Schule kommt.

Manchmal beneide ich dich um dein Single-Leben. Nur ein einziger Mensch kann dich nerven, du selbst.

Deine S.

Liebe S.,
und ich nerve mich oft genug, glaub mir's. Weißt du, das mit den goldenen Jahren habe ich auch so empfunden, absolut keine Begrenzung, bis auf die ollen Spießer (und Nazis) – so empfanden wir sie jedenfalls damals –, die uns mit ihrem Gemeckere und ihrer Kriegsmacke (»Habt ihr doch selbst angezettelt, also lasst mich mit dem Kram in Ruhe«, habe ich mal als 16-Jährige im Wohnzimmer gebrüllt) an unserer Selbstverwirklichung hindern wollten. Wir ignorieren jetzt mal vornehm, dass viele von den damaligen Hitzköpfen aus meiner Generation genau das geworden sind, was sie mal gehasst haben. Es fehlt an Feindbildern für die jungen Leute, an denen sie mal ordentlich ihre Zähne wetzen können, so wie wir es hatten. Alles plätschert so leidenschaftslos dahin, aber gleichzeitig ist dieses »Nichts« mit dem allergrößten Stress verbunden, deshalb will deine Tochter auch Ruhe haben und »chillen«. Hoffentlich ist sie nicht schwanger! Es ist sicherlich wieder nur eine der Perversitäten der Natur, derer es ja so viele gibt, dass die nicht superjungen Mütter mit Teenagertöchtern genau dann aufatmend das Thema Schwangerschaft endlich zu den Akten legen, wenn die prallen Körper der Töchter wie Frühlingsblumen aufpoppen und die Hormone praktisch ein Wettrennen durch die Venen und Gene veranstalten. WAS genau hat sich der liebe Gott, und es war ein ER, sonst kann der Nonsense nicht angehen, bei diesem Timing gedacht? Naturvölker handhaben das glaube ich anders. Da gibt's Rituale und so, und die Mütter können sich ihrer Brut weitgehend entledigen. Smarte Idee.

Ich sage mal jetzt noch nicht: schönes Wochenende, Oma. Und noch nicht anfangen, Baby-Schühchen zu stricken, o.k.?

Deine A.

Oh ja, A.,
absolut. Wenn späte Mütter Töchter haben, sind Wechseljahre und Pubertät zeitgleich. Fliegender Tamponwechsel, wie gesagt. Mal sehen, wann es bei mir losgeht, aber ich bin da ganz gelassen, ich hänge nicht »an meinem Blut«, wie eine lesbische Freundin von mir immer sagt, die ihre Tage schon längst nicht mehr hat und darüber sehr traurig ist. Früher hat sie mit ihren Freundinnen bei Mondinnenschein gemeinsam in den Boden menstruiert, ja, so was gibt es auch in unseren Breitengraden, oder sie hat einen blutigen Tampon bei Leuten im Garten eingegraben, über die sie sich geärgert hat. Eine Art Tamponfluch oder so. Ja, Mondinnenschein, du hast richtig gehört. Das Beste ist natürlich »Ruckbeutlin« anstatt Rucksack. Nun die guten News. Meine Tochter ist zum Glück nicht schwanger. Klar bin ich erleichtert, obwohl ein frühes Enkelkind für mich keine Katastrophe wäre. Drogen wären eher eine, oder ein richtiger Scheißtyp als Schwiegersohn. Sie hat gerade einen jungen Mann »auf Probe«, wie sie es nennt, das heißt, sie unterzieht den Ärmsten den eigenartigsten Tests, um zu prüfen, ob er sie wirklich liebt. Heute Morgen zum Beispiel kam er um 11 Uhr in der Frühe (meine Tochter schläft am Wochenende eigentlich bis in den frühen Abend), weil sie ihm »befohlen« hatte, sich neben sie zu legen. Da sie ja, wie gesagt, ihre Tage hatte, wird nichts Schlimmes passiert sein, ich fand's trotzdem sehr komisch. Er kam, er blieb eine Stunde, dann ging er mit einem breiten Grinsen im Gesicht. Eine Freundin erzählte mir von ihrer 16-jährigen Tochter, die sehr darunter leidet, dass sie als Einzige noch Jungfrau ist. Jetzt hat sie ihre Eltern gebeten, an einem Wochenende zu verschwinden, weil sie sich einen Klassenkameraden auserkoren hat, der es sein soll. Wie findest du so was?

Deine S.

Oh S-chen, du bist herrlich!
Tampons im Nachbargarten vergraben, so wie Fifi seinen Knochen. Muss was mit Buddeln, Spuren und Sniffen zu tun haben. Köstlich! »Mondinnenschein« ist wohl das Komischste, was ich je gehört habe. Ich nehme an, es handelt sich dann auch um die »Erdin« und die »Sonnin«. Ich kann dieses schwachsinnige Geplapper von den Pseudo-Femis und Konsorten, nämlich den asymmetrischen-Haarschnitt-einen-Ohrring-null-BH-Lesben, nicht ausstehen. Ich selber kenne auch ein paar Lesben, aber mehr den punkigen, aggressiven, also »männlichen« Typ. Ich gehöre ja zu den »doofen« Frauen, die nicht zehn Meilen gegen den Wind Schwule und Lesben ausmachen können, vielleicht, weil es mich nicht so brennend interessiert? Ich bin so naiv, dass ich noch nicht mal gemerkt habe, wie mich eine bisexuelle libanesische Studentin verführen wollte, bis ich ohne Hemd dastand. Moment, Moment! Keine voreiligen Schlüsse! May I explain? Erst mal, sie war superschlau und begabt, Journalistin, vielleicht zehn Jahre jünger als ich, sehr sinnlich, riesige Lippen, vollschlank usw. Sie ließ immer mal einfließen, wie herrlich es mit Frauen sei, obwohl sie mit einem sehr strengen israelischen Boyfriend zusammenlebte. Ich lächelte immer mal höflich und sagte »interessant«, wechselte dann aber das Thema. Jedenfalls war sie zum Tee in meiner damaligen Wohnung in New York, schwang einen Fotoapparat und fing an, mich zu fotografieren. Nun gut, warum nicht, sie wollte bald nach Tel Aviv und warum nicht ein Foto ihrer deutschen Freundin haben, das kommt gut. »Ziehst du mal dein Hemd aus?«, fragte sie. Eigentlich eine eben nicht sooo gewöhnliche Aufforderung unter Frauen. Stell dir mal vor, ich bin bei dir zu Hause zu einem Glaserl Wein und sage: »Ich würde dich gerne mal im Schlüpfer sehen, Schatz!« Na ja, nun weißt du ja, dass ausziehen mir nicht so schwer fällt, nach Jahren von WG und

einer kurzen Episode als Model mit 23, die auch ein paar Unterwäsche und Oben-ohne-Fotos beinhaltete. Ich zog mir also leicht kichernd das Hemd aus – BH trug ich ja nicht – und posierte, Hand in die Hüfte gestemmt, »sexy« in die Kamera blinzelnd. Endlich, als sie näher kam und mich so über die Kamera rüber anguckte, sah ich den unverstellt lüsternen Blick, so als wollte sie sich jeden Moment über meine Muschi hermachen; es dämmerte, ich kriegte einen Schreck, zog verbindlich lächelnd schnell mein Hemd an, während ich »Brrr« sagte. Es war überheizt in der Wohnung, es war Dezember, und eigentlich war mir eher zu heiß als zu kalt. Sie guckte mich halb amüsiert, halb enttäuscht an, und wir tranken dann Tee. So, da hast du meine Lesbo-Episode. Habe noch die Fotos! Nicht schlecht. Danach lernte ich noch ein sehr amüsantes Lesbenpaar kennen, sie war Saxofonspielerin in einer ziemlich guten Frauen-Rockband und sah aus wie eine verlebte, zynische Michelle Pfeiffer, und die andere, ein dunkler, strenger Lockenkopf mit Sommersprossen, leitete eine tolle Galerie. Mann, oh sorry, man sagt ja in den Kreisen »frau«, war das ein Power-Paar! Benahmen sich genauso wie Heteros, dieselben Quengeleien, Eifersüchteleien, Bewachungen, Zanks, Manipulationen wie zwischen Herrn und Frau Puvogel ...

Schönen Gruß von deiner (leider) unlesbischen A.

Hallo Lessie,
ich hatte ja mal vor, alterslesbisch zu werden, da gibt es inzwischen eine ganze Menge alter Frauen, die sich, wenn der Mann entweder tot ist oder von einer blutjungen russischen Erbschleicherin gepflegt wird, eine Frau suchen oder von einer finden lassen und dann gemütlich mit ihr noch älter werden. Das fällt nicht auf, weil bei alten Frauen keiner mehr an Sex denkt, im Gegensatz zu alten Männern,

wenn die zu zweit sind, denkt man sofort an Altersgeilheit. Aber da ich Lesbentum bei einer Freundin hautnah miterlebt habe und auch die Streitigkeiten und Kämpfe, denke ich mir, im Alter bin ich dann glückliche Nonne. Oder ich werde asexuell, das scheint ja jetzt in Mode gekommen zu sein, überall lese ich Berichte von hässlichen Menschen, die noch nie Sex hatten und ihn auch nie vermisst haben.

Aber wer weiß, vielleicht treffe ich als Witwe einen heißen Jamaikaner und blühe dann noch mal so richtig auf. Ist Sex sowieso überbewertet, was meinst du? Ich glaube, wenn man keinen hat, vergisst man, dass es welchen gibt. Aber wenn man dann auf jemanden trifft, der einem gefällt, dann ist man wieder wie mit 15. Oder? Wann hast du dich das letzte Mal wie ein Teenager gefühlt? Bei mir schon verdammt lange her, um mit BAP zu sprechen.

Deine S.

Hallo Sex-Sklavin,
das mit dem Jamaikaner wäre eine Möglichkeit. Ich wünschte, dass ich genau in dieser Sekunde einen herumsitzen oder -stehen oder auch -liegen hätte. Jamaikaner meine ich. Ich habe mich wieder so über Mister Mädel geärgert. Irgendwie ist er ein Arsch. Er fängt immer noch jeden Satz mit »Mensch, Mädel« an, und ich fühle mich irgendwie in die 50er-Jahre versetzt. Nicht nur in die Ära der betulichen Herren, die Sekretärinnen einen Klaps auf den Hüftgürtel-Arsch geben, ich meine, ICH fühle mich wie 50. Wir waren ja verabredet, ich bei ihm zu Hause. Es gab eine schlechte Suppe und Tortelloni mit einer schweren Soße. Dann saßen wir auf der Ikea-Couch und er guckte mich an wie ein Cockerspaniel, der auf seinen Spielknochen wartet. Irgendwie merkte ich, dass ich keine Lust mehr auf ihn hatte, und da sagte er auch schon: »Also, du musst das schon irgendwie

in die Hand nehmen, sonst wird das nie was mit uns, ich bin so ein bisschen gehemmt«, und patschte mir aufs Knie wie ein tatteriger Lüstling. »Hat das so schon mal irgendwie geklappt in den letzten zehn Jahren?«, fragte ich ihn. »Oh ja, super«, beteuerte er stolz. »Dann ruf doch die Mädels an, mit denen das geklappt hat«, schlug ich vor, denn ich war keine von denen, so viel stand fest. Ich tat etwas scherzhaft, schob seine Hand zur Seite und dachte, das kann nicht sein. Ich ging dann bald, aber weißt du was? Ich war irre enttäuscht (und ein winziges bisschen erleichtert). Ich hatte mich schon so auf dieses aufregende Gefühl gefreut. Das erste Mal mit einem neuen Mann, und dann noch nach fast zwei Jahren Sex-Pause!

Grrr! Deine frustrierte A.

Liebe Frustbeule,
ach komm, das wird schon wieder. Und bald. Ich spüre es. Du musst nicht so viel nachdenken! Lass dich treiben und halt die Klappe! Du bist doch eigentlich ein Dynamo!

Deine S.

Liebe S.,
eigentlich habe ich ja Schiss, denn mit Sex ist es ja so wie mit anderen Talenten, wenn man's lange nicht macht, dann denkt man, man kann das nicht mehr, und macht sich nur lächerlich. Und doch gibt es nichts Aufregenderes auf der Welt, als mit einem neuen Mann zu schlafen. Ich bin jedes Mal zu einem Teenager reduziert. Man sitzt rum, macht Konversation, dazu diese Unruhe, die schweren Glieder, die flatternden Augenlider, das Weggucken, Haare drehen, seltsam unechtes Lachen, man tut so, als wäre das Geplauder rasend interessant, während man denkt: »Wie

wird's sein? Was für ein Lover ist er? Feurig, zärtlich, sensibel, sinnlich, rabiat, komisch, laut, schnell, hart, heiß, begabt, ungestüm, langweilig?« Und er, was denkt er? Was denken die Männer? Ich habe ein paar gefragt. Sie sind auch aufgeregt, denken an Leistung und wie sie ihre Höhlenmenschenlust ein wenig überdecken können, damit sie nicht als so schrecklich primitiv rüberkommen. Und bei mir denken sie sicher noch: »Was quasselt die so viel?« Denn ich bin Meisterin im Dinge-in-die-Länge-Ziehen, nur um die herrlichen Minuten der Wahrheit, die auf mich zukommen, etwas länger vor mir herzuschieben. Ach, wunderbar! Und nun dieser kleine, unsinnliche Mann, der das Ganze – also mich – angeht wie der Schlüsselnotdienst, der versucht, ein Schloss ohne Schlüssel aufzubrechen. Fuck him! Oder vielmehr eben nicht!

So, ein Neuer muss her!

Deine ent- und leicht verschlossene A.

Yes my A.,

ja, ich glaube auch, dass du einen neuen Mann brauchst, direkter formuliert, du brauchst mal wieder guten Sex, dir fehlt die Durchblutung. Ich finde, man sieht es dir ein bisschen an, dass du solange ohne ... will jetzt nicht das widerliche Wort »durchgevögelt« benutzen, aber die Richtung stimmt. Soll ich dir bei der Suche helfen? Das wäre dann ein Mann in deinem Alter, also so zwischen fünfzig und sechzig – oder suchst du einen Boy-Toy? –, und der ist seltener als ein Trüffel oder sechsblättriges Kleeblatt, es sei denn, du nimmst einen Ehemann mit dem »kleinen Hunger zwischendurch«, wie es so schön heißt. Die gibt es natürlich in jedem Alter reichlich, musst dir ein bisschen Zeit nehmen. Worauf kommt es dir an bei der Suche: auf eine breite Schulter zum Anlehnen, auf den Begleiter beim Ausgehen, auf den Handwerker, auf heißen Sex? Dann und nur dann nimm dir einen unterversorgten, deshalb extrem dankbaren Ehemann. Wie ich als Ehefrau aus eigener Erfahrung weiß, sind Ehe und heißer Sex keine Synonyme. Egal. Du willst einen Mann, du sollst ihn haben. Lies dir in dem Buch »Wenn Märchenprinzen lästig werden« von Peter Sandmeyer die Seiten 198 bis 208 mal durch, da geht es um die erfolgreichen Regeln für Kontaktanzeigen und Partnersuche im Internet. Die wichtigste: auch Fröschen eine Chance geben, manche müssen zweimal geküsst werden, bevor sie zu Prinzen werden!

In diesem Sinne, viel Glück

Deine S.

S., ohne weitere Anrede,

sag mal, tickst du nicht richtig? Sorry, aber ich muss mal was Direktes sagen. Also, erst mal sehe ich blendend aus, von mangelnder Durchblutung kann gar nicht die Rede sein, denn im Gegensatz zu dir (enthalte mich jetzt der Kommentare über Bauch und Hüftrolle) mache ich Yoga UND RAUCHE NICHT!! Und wer weiß, vielleicht habe ich zehnmal so viele Orgasmen täglich, auf welche Art auch immer, wie du sie nur in deinen wildesten Träumen hast, wenn du gelangweilt mit Goldstück im Bett liegst und innerlich Sex-Schafe zählst und an großschwänzige Jamaikaner denkst. Das nur nebenbei und zur Aufklärung. Ich enthalte mich ebenfalls der Kommentare über deinen Mann ... Ich liebe es immer, wenn Ehefrauen, nur weil sie einen Ring am Finger und einen Mann im Haus haben, den sie am liebsten *aus* dem Haus hätten, Singles süffisant Tipps geben. Und sie bedauern. So nach dem Motto »Ich habe ein Dauerabonnement für das Provinztheater«, wo es allerdings nur zweitrangige Lustspiele gibt, und wir armen, armen Singles, übrigens laut Statistik die meistbeneidete Gruppe Mensch, dürfen nur ab und an mal an einer Vorstellung teilnehmen. Ich gehe lieber ab und zu in eine prickelnde Erstaufführung mit Starbesetzung, als Dauergast in der Ahrensburger Waldbühne zu sein!

Und nein, ich will keinen Mann zwischen fünfzig und sechzig! Noch kann ich etwas Pfiffigeres und Jüngeres kriegen, wie es ja bisher auch der Fall war. Ich grabe zwar nicht nach dem Jungbrunnen, aber eine Reflexion meiner selbst brauche ich im Moment noch nicht, das kommt schon von alleine. Man denkt immer, nur Männer haben solche Gefühle gepachtet. Auch bei Frauen gibt es Bravado, Stolz, Beweise sammeln für die noch existierende Virilität und sexuelle Power. Und die wird einem schnell genug weggenommen, wenn man über fünfundvierzig ist. Natürlich, bei Ehefrauen sind alle diese Gefühle im moderigen Keller gelandet, wo sie vor sich hin dümpeln – sorry, meine nicht unbedingt dich.

Und übrigens, ich lese keine »Frauen«-Bücher übers Daten und wie man Männer fängt, die finde ich grauenhaft. Wenn Frauen sich etwas mehr auf ihren Grips verlassen, bzw. ihn erst mal orten würden, denn er hat sich ja offensichtlich seit Jahrhunderten geschickt versteckt, dann waren diese Autorinnen schon lange pleite. Und wenn ich noch einmal die Analogie zwischen Fröschen, Prinzen und Küssen höre und noch ein Buch in der Art »Warum Männer besser U-Boote schrubben können und Frauen immer Ohrenschützer für Pinguine stricken« geschrieben wird, werde ich zur Attentäterin.

So. Wie gesagt, nix für ungut. Aber wir sind ja modern und offen, oder?

Deine angetickte A.

Hoppla!
Wieso bist du denn so »angetickt«? Weil ich voll ins Schwarze getroffen habe? Wer sich verteidigt, klagt sich an, du kennst

doch diesen schönen Spruch. Wenn es zu deinem Wohlbefinden beiträgt, mich und meinen »Wanderdünensex« anzuprangern, so nach dem hohlen Motto »Du hast zwar jeden Tag Erbsensuppe, aber das Würstchen dazu hängt dir doch schon seit Jahren zum Halse heraus, während ich einmal im Jahr ein Acht-Gänge-Menü zelebriere mit den dazugehörigen Superorgasmen«, dann mach es ruhig, ich weiß es besser. Ich weiß, wie oft du frustriert zu Hause gesessen hast, weil irgendwelche, meist verheirateten Typen sich nicht gemeldet haben. Ich war es, meine Gute, nicht verdrängen bitte, die mit dir auf dem Dach dieses spießigen Reihenhauses gekauert hat, weil du dir von einem bulgarischen Privatdetektiv ein Mikrofon ausgeliehen hattest, das wir beide dann an einem langen Kabel in den Schornstein gefummelt haben, weil du wissen wolltest, ob dein Lover noch mit seiner Frau schläft oder nicht. Das Mikro landete dann leider im Wohnzimmer im Kamin, aber wir haben trotzdem genug mitgehört ... Schon vergessen? Schon vergessen, wie du dich vor deinem Kollegen zum absoluten Löffel gemacht hast, weil der, Boris lässt grüßen, ausgerechnet in der Nacht mit dir gevögelt hat, in der seine Frau mit In-vitro-Drillingen niederkam? Später haben wir uns kaputtgelacht und gesagt, das Leben schreibt die besten Drehbücher, aber als es passierte, da musste ich dein Handy verstecken, weil du ihm jede Minute eine neue Liebes-SMS geschickt hast. Du kannst mir nichts vormachen, ich kenne dich zu gut. Du bist manchmal richtig verzweifelt. Du hast deutlich weniger Sex, als du gern hättest. Du hast mich oft beneidet um meinen Mann, auch wenn wir beim Sex nicht mehr am Kronleuchter baumeln. Ja, es ist oft so prickelnd mit ihm wie mit einer schalen Brause, aber wenn ich Lust habe, dann liegt immer einer neben mir, der immer Lust hat. Und dafür bin ich dankbar. Und wenn du in jüngeren, schöneren, naturblonderen Jahren nicht so wahnsinnig anspruchsvoll gewesen wärest, dann hättest du jetzt mindestens drei lukrative Scheidungen hinter dir und müsstest dich nicht mit dem Rentenberater deiner Sparkasse herumärgern.

Deine S.

Ich fass es nicht, S!!!!!!!

Wie bitte? WIE BITTE? Du solltest Lore-Roman-Schriftstellerin werden! Ich bin sprachlos angesichts deiner billigen Unter-die-Gürtellinie-Schläge, oder vielmehr, wenn ich nicht gerade auf Sylt wäre, würde ich geradewegs zu dir rüberrennen und dich für deine dreisten Lügen so zur Schnecke machen, dass deine freche Klappe dir sperrangelweit offen bliebe. Ich finde es absolut fies und unfair, mir mit solchen Sachen zu kommen und mein Vertrauen zu missbrauchen. Wenn man den Schwachsinn liest, dann könnte man denken, ich sei eine verzweifelte UND bekloppte Frau, die sich aus pathologischen Gründen an verheiratete Männer heranmacht. Was ist schon dabei, wenn man mal frustriert zu Hause sitzt und auf einen Anruf wartet? (Der Mann, von dem du sprichst, lebte getrennt von seiner Frau!!) Das Gefühl kennst du ja nun zur Genüge, oder lässt dich dein Gedächtnis plötzlich im Stich? Vor sieben Jahren, in deiner riesigen Ehekrise, wo dein Mann auszog, will sagen: einfach nicht nach Hause kam und fast ein halbes Jahr wegblieb und bei Karin wohnte, die auch noch schwanger wurde? Du hast gejammert wie eine italienische Witwe und lebtest praktisch neben dem Telefon, und du hast mich am Anfang als Detektivin zweimal hinter ihm hergeschickt, als du nicht wusstest, wo er war! Diese eigentlich sehr lustige Geschichte mit dem Mikrofon, meine Liebe, war DEINE Idee, und wir haben uns so schlapp gelacht, dass wir fast vom Dach gefallen sind, remember? Voll krass finde ich deine

Version von den Drillingen! Erstens waren es Zwillinge und ich wusste nichts von deren Existenz, zweitens war ich zweiundzwanzig Jahre alt und in der radikalen, »unbürgerlichen« Phase, in der ich wahrscheinlich derlei auch ignoriert hätte. Interessant, dass du das mit erfundenen Liebes-SMS vermischst, denn Handys gab's damals nicht! Die einzigen SMS, die ich vor einem Jahr in deiner Gegenwart verschickt habe, waren an Andy, und der war süß, sexy und unverheiratet. Vielleicht habe ich übertrieben und war etwas albern, na und?

Staunende A.

Liebe Erstaunte,
ich finde schon, dass du öfter mal übertrieben hast, und das ist ein mildes Wort dafür. Aber wozu sollte ich das immer sagen? Bin ja nicht deine Erzieherin oder persönlicher Bodyguard.

Deine S.

Tatsächlich, liebe S.?
Du sprichst von übertreiben? Ich bin ja nun nicht wie du im geliehenen Nerzmantel und darunter nur einen feuerroten BH und ein Höschen zu einem Feuerwehrhauptmann im Taxi nach Elmshorn gefahren, um ihn zu verführen, oder? Obwohl, ehrlich gesagt, dafür habe ich dich bewundert.

Ganz, ganz fies – aber so sind Frauen eben auch – ist ja wohl die Kante mit dem Rentenberater ... Ja, vielleicht, wenn ich so eine angepasste, verzweifelte Bürgerzicke wäre (ich sage jetzt nicht »wie du«, denn das wäre nicht 100%ig wahr), der es wurscht ist, wer jeden Tag an ihrer Seite liegt, hätte ich in der Tat ausgesorgt. Aber wäre an dreimal geschieden etwas Stolzmachendes dran? Du solltest nicht deine eigenen Ängste so verdecken und auf mich projizieren. Guck mal ganz genau hin. Auch in deiner perfekten Welt gibt es blaue Flecken auf der Seele und viele ungelebte Träume ... und deine Tochterprobleme kommen sicher auch nicht von ungefähr.

Ich bin entsetzt über dich und frage mich, wie lange du schon diese versteckten Aggressionen gegen mich mit dir herumträgst.

Deine A.

Schatzie,
du solltest wieder deine Hormone nehmen. Du klingst wie eine Hexe auf Ecstasy. Johannisbeerkraut soll auch gut sein gegen Gemütsschwankungen.

Deine S.

Hallo S.,
Du hast deshalb lange nichts von mir gehört, weil ich ehrlich gesagt nicht wusste, was ich auf deine für dich typisch flapsige und betont »humorige« Mail antworten sollte. Erst attackierst du Leute, und wenn du nicht mehr weiterweißt, dann drehst du es einfach so hin, als wäre das alles nicht so gemeint. Manchmal langt mir dieser Trick und die Unehrlichkeit ... Und außerdem nehme ich keine Hormone mehr, das weißt du doch. Nachdem ich von dieser Hormonstudie aus Amerika gehört hatte, kriegte ich solchen Schiss, dass ich sie sofort abgesetzt habe. Ehrlich gesagt, habe ich keinen Unterschied mit oder ohne gemerkt. Ich schlafe immer noch schlecht und könnte einmal im Monat jemanden ermorden. In diesem Falle ist der jemand DU!

Deine Lara Croft mit 'ner Knarre in der Hand

Ja, ja, du hast Recht, Lara!
Die Mail war ein klein wenig fies, aber du wirkst auf mich manchmal derart überheblich und perfekt, dass es mich ärgert. Aber deine Hämmer sind auch nicht gerade sanfte Liebkosungen oder eine Schachtel feinster Pralinen, meine Liebe. Bin noch am Schlucken. Frauen sind blutrünstige Biester ...

Deine S.

Liebe S.,
komisch, dass du Frauen erwähnst. Ich habe in letzter Zeit viel über Frauen, Freundinnen und unser aller doch seltsames, verzerrtes Leben voll mit grausamen Regeln nachgedacht. Anlass war ein Treffen mit einer alten Freundin, die ich fünfzehn Jahre nicht gesehen oder gesprochen hatte. Plötzlich ruft sie an, wir telefonierten stundenlang ganz wunderbar und verabredeten uns. Sie warnte mich schon am Telefon, dass sie »ein bisschen rundlich« geworden sei. Sie war immer eine recht hübsche Frau mit dicken blonden Haaren und einer schmalhüftigen Jungsfigur. Aber ist das nicht verrückt, wie wir Frauen schon von vornherein versuchen, einen weniger als perfekten Eindruck zu verhindern. Stell dir mal vor, Peter sagt zu Klaus: »Du, wundere dich bitte nicht, wenn wir uns zum Bier treffen, dass mein Bauch aussieht, als wenn ich im 8. Monat wäre, und ich habe eine Platte, auf der kein Gras mehr wächst.« Alles so nach dem Motto »Ich hoffe, dass du mich trotzdem noch magst«. Dürfen wir nur lieben, was jung, dünn und schön ist? Wie grausam, wie mitleidslos, oder?

Deine schlanke A.

Hallo olles Gerippe!
Stimmt schon mit den superkritischen Augen. Und als Mutter von einer Tochter muss man noch mehr aufpassen, dass man keine blöden Bemerkungen über Essen und Figur macht, wie zum Beispiel: »Na, dich wird Heidi Klum bestimmt nicht als Deutschlands nächstes Supermodel nehmen, wenn du laufend Fritten und schon morgens Zehner-Sparpakete ›Hanuta‹-Waffeln frisst.« Liegt mir manchmal auf der Zunge. Und? Hast du nun den »Moppel« getroffen?

Deine S.

Liebe S.,
ja, sie war recht rundlich geworden, besonders im Gesicht und um die Mitte herum. Mancher würde fett dazu sagen, aber das wäre irgendwie das falsche Wort, das hört sich so herabsetzend an. Weißt du, was sie gleich sagte? Auch wieder typisch Weib – »Na, dein Gesicht ist ja auch sehr viel voller geworden.« Mag ja sein, dass man um die fünfzig um die Backen herum mehr einem Hamster als einer gemeißelten Göttin gleicht, und ich musste auch lachen, aber ich dachte, wie sehr wir in Codes sprechen. Vielleicht ist das der Grund, warum uns Männer nicht verstehen und uns, verdammt noch mal, immer zerstückeln und morden wollen. Die Zeitungen waren in den letzten zehn Tagen voll von Männern, die ihre Frauen und Freundinnen brutal ermordet und in Müllsäcke gesteckt haben. Alle aus Hass, Wut und Hilflosigkeit – und weil die Frau sie verlassen wollte. Können nicht mit, für und bei uns sein, aber auch nicht ohne uns leben.

Und du? Hast du dich wieder so beruhigt, dass du mir den Fortsetzungsroman deiner Ehe schildern kannst? Oder hast du im Zimmer deines Mannes auch einen schwarzen Müllsack entdeckt, der so ungefähr deine Größe hat? Verdient hättest du's ...

Deine A.

Lieber Gruftie,
ach du Schreck, das war jetzt aber eine sehr finstere Mail, bist du in so düsterer Stimmung, weil ich dir Johanniskrauttee empfohlen habe oder weil du solange keinen Sex hattest? Ehrlich, bitte, mein Engel. Oder geht es dir damit wie mir, wenn ich keinen Sex habe, vergesse ich irgendwann, dass es ihn gibt, meine Bedürfnisse schlafen ein wie Dornröschen – und könnten natürlich jederzeit schlagartig wieder erweckt werden, wenn sich jemand, mein Ehemann oder ein anderer, sich mal richtig Mühe geben würde. Ach ja, nicht wieder dieses leidige Thema. Freut mich für dich, dass du keine Hitzewallungen hast, fühle mich derzeit umzingelt von älteren Freundinnen, die, genau wie du, Angst vor Hormonen haben und deshalb auf einer Woge von Schweiß und Tränen schwimmen. Ständig die Frage: »Ganz schön heiß hier, findest du nicht.« Ich bin sicher, wenn unsere Bundeskanzlerin Angela Merkel in die Wechseljahre kommt (oder bereits ist?), schluckt sie bestimmt sofort Hormone, es sei denn, sie will mit Fächer ans Rednerpult des Bundestages. Eigentlich eine nette Vorstellung und sehr im Sinne der Emanzipation. Ja, ich bin Anfang fünfzig und dies ist ein Hot Flash, aber trotzdem bin ich eure Kanzlerin, also gewöhnt euch dran.

Ich weiß auch nicht, ob wir immer so tun müssen, als würden wir nicht alle jeden Tag einen Tag älter. Meine Nachbarin hat sich vor einer Woche Fett absaugen lassen, aber nur vorn, auf dem Rücken wächst noch ein »Tannenbaum«, wie es so schön heißt, dreh dich mal um, dann weißt du, was ich meine. Der Tannenbaum jedenfalls wird in drei Monaten abgesaugt. Eine ehemalige Kollegin von mir hat sich die Augen machen lassen, jetzt hat sie ganz erstaunte Kinderaugen in einem mittelalterlichen Gesicht. Schon mal was von Schamlippen verkürzen gehört? Sind wir alle bekloppt, oder was? Bette Davis hat Recht – alt werden ist nichts für Feiglinge! Hast du den Mut?

Deine S.

Liebe S.,

oh ja, unsere Angie. Ich sehe sie auch mit Fächer im Bundestag stehen und wedeln, während sie gerade einen wichtigen Etat kürzt. Das wäre die Sensation auf der Weltbühne und eine totale Revolution. Dann könnte Müntefering ihr die Stirn etwas abtupfen. Irgendetwas muss er ja zu tun haben. Als Nächstes sehe ich sie dann T-Shirts tragen mit Aufschriften wie »Politic sucks«, »Hartz hat Herz«, oder »Über fünfzig und fabelhaft«, oder aber »Küss mich, ich bin 'n Ossi«. Angie ist ja auch eher rund, aber die Sache mit dem Fett absaugen finde ich pervers. Bewegt euch, Leute! In Amerika gab es jahrelang Anzeigen in Zeitungen über »Vaginal Rejuvenation« – vaginale Verjüngung, und man hat immer rumgerätselt, ob sich je eine Frau wirklich in die Praxis von einem Dr. Jehateneiu-Rhawandabanda (es sind ausschließlich Ausländer, die so was machen) begeben hat mit der fröhlichen Aufforderung: »Ich sehe etwas verbraucht um die Schamlippen herum aus und würde gerne das jugendliche Zwinkern, für das ich so beliebt und bekannt war, zurückerobern.« Ich stelle mir dann immer eine Unterhaltung von zwei Männern in einer Kneipe vor. »Mann, ich war mit einer tollen, sexy Frau aus, sie war gut über vierzig, aber die Pussy war minderjährig! Ein Traum!«

Die Weiber ticken nicht richtig. Die Verstümmelung muss ja mal ein Ende haben. Was ich viel toller finde, ist, wie eine Freundin von mir mit dem Brustkrebs umgeht. Ich habe sie gerade in Frankfurt besucht. Es ist jetzt zwei Jahre her, seit sie ihr die eine Brust abgenommen haben. Sie erzählte mir, dass sie vor drei Wochen mit nacktem Oberkörper ganz offen am See gebadet hat. »Wenn ich das ertragen kann, dann können's andere auch«, sagte sie. Fand ich sehr stark und wunderbar, nach dem Motto, ich glaube, Ingeborg Bachmann hat's gesagt, auch eine schwierige Dame: »Die Wahrheit ist zumutbar.« Die Freundin hat auch keine Lust, mit fünfundfünfzig noch mal die Brust »rekonstruieren« zu lassen, oder wie das heißt. Das wäre dann im wahrsten Sinne des Wortes ein falscher Busen. Was würdest du machen?

Deine A.

Liebe A.,
eine neue Brust müsste her, glaube ich. Aber es ist ein trauriges Thema, denn je älter man wird, desto mehr Frauen kennt man mit Brustkrebs ...

Mag nicht dran denken. Hoffe, der liebe Gott verschont mich.

Deine unfröhliche S.

Liebe S.
Ich finde es immer erschreckend, aber auch ein klein bisschen bösartig ironisch, dass eine der häufigsten Todesursachen von Frauen eben Brustkrebs ist. Sie also an der Körperstelle erkranken, die sie für am wertvollsten halten, von der sie sich am stärksten definieren lassen, und zwar gesellschaftlich, sexuell usw. UND dass es der Körperteil ist, an

dem Männer am zweitmeisten interessiert sind – obwohl sie es gerne abstreiten (die Männer und die Frauen). Werden wir denn immer noch vom nicht so lieben Gott bestraft, weil Eva sich im Paradies ein wenig danebenbenommen hat? Es gibt ja auch Prostatakrebs, aber der hat einen anderen Stellenwert und den kriegen ja auch eher alte Männer. Scheißungerechte Welt!

Du siehst, ich bin in einer meiner supersensiblen, »intellektuellen« Stimmungen ... vielleicht liegt es tatsächlich an zu wenig Sex. Er, Mister Mädel, hat sich übrigens wieder an mich rangeschlichen und traktiert mich mit so Andeutungen, wie dass man »es machen« sollte. Er bringt in mir die Nervensäge raus. Ich sage immer automatisch: »Was machen?«

Ich glaube, ich bin ein verlorener Fall ... Mensch, ich war mal unter den zwanzig heißbegehrtesten Tussis der gesamten Stadt – und die ist groß. Warum habe ich nicht die Kanzler-Karriere eingeschlagen wie Miss Merkel, anstatt ein heimatloser Hippie zu werden? Ich hätte der ganzen Welt ein politisches Make-over verpasst!

Werde jetzt meiner Seele ein Make-over verpassen!

Deine A.

Meine Süße,
ich merke, du hast mir wirklich wieder verziehen und gibst sogar zu, dass deine düsteren Themen, Männer, die ihre Frauen zerstückeln u.a., auch damit zu tun haben, dass dein Sexlife eingeschlafen ist. Damit bist du nicht die Einzige, meine ganz private Feldforschung hat ergeben, dass höchstens zwei Prozent der gesamten Menschheit ein regelmäßiges, glückliches Sexualleben genießen. Entweder sie sind verheiratet, dann ist Sex nach ein paar Jahren entweder oft und öde oder selten und noch öder, oder sie sind Single und

weiblich, dann sind sie Geliebte eines Ehemannes und kochen vor lauter Frust das Haustier der Ehefrau im Kochtopf. Habe mir gerade die DVD von »Fatal Attraction« angesehen, der Film ist ein Klassiker. Angie sieht manchmal auch so aus, als füge sie sich nahtlos in das Ergebnis meiner privaten Feldforschung ein, achte mal auf diese hängende Kinnpartie. Kürzlich hab ich im Fernsehen sogar ein Kinnhaar bei ihr entdeckt!

Deine bissige S.

Liebe S.,
weißt du was? Ich habe mich mit Angie angefreundet, ich meine nicht persönlich, sie rockt ja nun nicht gerade, sondern so als deutsches Image, als Kanzlerin. Ich finde, sie macht das ganz gut. Irgendwie hat sie etwas Pfiffiges, und es ist wichtig, dass es eine Kanzlerin gibt. Wen ich neuerdings liebe, ist Ursel von der Leyen, unsere Familienministerin, Miss Glamour-Girl mit einem leichten Retro-Touch. Die ist bildhübsch, 48, siebenfache Mutter und Frau Doktor (ich höre schon den Scherz: »Und wann hatte sie Zeit, ihren Doktor zu machen?«). Nur mit der Elfriede-Jelinek-Frisur muss sie etwas machen, damit da kein falscher Eindruck entsteht. Das Haar muss gekürzt werden, dazu Seitenscheitel und sanfte Wellen – bisschen Moviestar-Frisur, oder aber Pony. In jedem Fall muss es offen getragen werden. Ich finde es genial, wie cool sie tut, wie gleichbleibend charmant sie bleibt, so als hätte sie Image-Consulting in Amerika studiert. Die knarzigen Typen beißen sich an ihr die Zähne aus! Wer sieben Kinder zur Welt bringt, einen Doktortitel hat UND Ministerin ist, hat die Welt am Bändchen wie einen Ballon, wenn du mich fragst. Also, go, Uschi!

Deine politische Beobachterin

Hallo Politikmäuschen,
na ja, hast wahrscheinlich Recht. Normalerweise sind wir Frauen bei Frauen immer viel kritischer als bei Männern. Sie ist jedenfalls schöner als Joschka Fischer. Habe sehr gelacht über deinen Dialog zum Thema »Vaginalverjüngung« und gleich mal meinen Gynäkologen gefragt, wie häufig er eine richtig schöne Vagina sieht: »Ungefähr einmal im Monat.« Fand ich eine triste Statistik, aber ich habe nicht weitergefragt, ob meine dazugehört. War mir zu intim.

Deine S.

Liebe Sexgöttin,
schnarch, schnarch. Das ist mein Sexlife! Bald kommt das Schild »Bitte nicht stören« um die Taille. Also, stimmt so nicht ganz. Ich finde 1½ Jahre (oder doch 2¼) auch etwas lang, aber wenn ich bedenke, dass meine Mutter und meine Großmutter zum letzten Mal Sex hatten, als Hitler bzw. Willy Brandt Kanzler waren, dann stehe ich als einzigartig männermordende, ja pathologische Nymphomanin da. Ich glaube, du, nicht ich, bist übersext bzw. untersext, nicht zu verwechseln mit untersetzt, wie nämlich Angela Merkel. Warum nur, und das habe ich mich als junger Teenie schon gefragt, hat Politik immer etwas mit besonders hässlichen Menschen zu tun? Mein chauvinistischer Vater hatte die Antwort. Hübsche Menschen, ganz besonders Mädchen, brauchen nicht zu studieren, denn das tun nur Menschen, die keinen anderen Ausweg aus dem Fluch, der schlechtes Aussehen ja bedeutet, wissen. Ja, Papi, danke noch mal im Nachhinein für dieses folgenschwere »Kompliment« an mich! Ich hätte gerne studiert, aber da ich das nicht sollte, habe ich dann auch vorm Abi schon in der Schule verschissen. Wusstest du das eigentlich? Deine beste Freundin ist letztendlich nur Mittelschülerin? Siehste, schlau

sein kann jeder, wenn er will. Wäre heute sonst sicherlich Archäologin oder Psychiaterin anstatt ratlos und untersext! Nein! Nicht schon wieder Sex!

Deine Super-Sexbombe

Liebe A.,
du hast dich bei mir beschwert, dass ich immer über Sex rede, und jetzt tust du es ja selber. Meiner Erfahrung nach redet man entweder drüber oder man macht es. Aber, um das Thema erst mal abzuschließen, ich finde schon, dass man es Menschen ansieht, ob sie ein gutes Sexualleben haben oder nicht, und ich finde, besagte Dame sieht einfach nicht gut durchblutet aus. Und was hübsche Mädchen und Studieren angeht, ich hab das Abitur und sogar studiert, aber dann bin ich doch an Mann und Kindern hängengeblieben, statt Generalsekretärin der UN zu werden oder den Regenwald zu retten.

Deine verträumte S.

Sag mal, mein Engel,
bin etwas verstört, weil du mich zwar an deinen schlauen Beobachtungen über Sex und Politik teilhaben lässt, aber das Wesentliche auslässt. Erinnerst du dich an den Anfangsverdacht? Ob ich wohl mal die Geschichte mit deinem Mann weiterhöre? Hat er nun oder hat er nicht? Bei mir gibt's fast nichts Neues. Du weißt, mit meinem Nachbarn Mister Mädel wird das wohl vermutlich nichts, aber ich habe ein bisschen einen sehr interessanten, wenn auch leicht störrischen und zehn Jahre jüngeren Journalisten an der Hand. Neuer Single. Die sind ja immer wie verwundete Seelöwenbabys, so großäugig und sprachlos. Muss ich beobachten mit meinem Männerfernrohr – das, wel-

ches die für Frauen schädlichen Strahlen wegfiltert. Oh, gäbe es das nur!

Deine A.

Ach, mein Engel,
den Ehemann habe ich jetzt mal verdrängt, aber ich möchte dir eine Frage mit auf den Weg geben, über die ich schon den ganzen Tag nachgrübele: Wann hast du zum letzten Mal etwas zum allerersten Mal gemacht? Mir ist noch nichts eingefallen, und das macht mich ganz trübsinnig.

Deine S.

Liebe S.,
ich gehe auf Wolken! Nein, ich habe keinen neuen Mann getroffen, meine Liebe, das wäre wohl deine Interpretation. Ich habe zwar nichts getan, was ich noch nie gemacht habe, aber viel zu selten in den letzten Jahren. Ich war bei einem Rock-Konzert. In diesem Falle zwar gemäßigter Rock, aber sensationell. Kennst du die Sängerin Aimee Mann? Große Kultsängerin inzwischen – wahnsinnige Stimme, eine bildschöne, spröde 44-Jährige, und die Texte sind Wahnsinn, in etwa so: »You parked your old El Dorado and kissed me with bravado.« Immer wenn ich Musik live höre, besonders Rock und Jazz, meine Lieblingsformen, dann bin ich total happy, happy, happy, komplett transformiert in eine authentische Person, die mir nahe steht, die ich bin, die ich verstehe, ja, die selbst ich mit meinen ewigen Selbstzweifeln liebe. Alle Hemmungen sind verschwunden, ich singe mit, ich bewege mich, kann meine Füße nicht stillhalten. Komme ja aus einer musikalischen Familie und sollte mal Popsängerin mit vierzehn werden, wusstest du das? Interessant ist, dass ich auch seit Jahrzehnten immer gleich an-

gezogen zu Konzerten gehe: geripptes weißes Unterhemd, Jeans, roter Lippenstift, silberne Ringe in den Ohren, KEINE TASCHE, kein nichts, einfach nur lean und mean, ohne Zierrat, Sklavin der Musik, die aber gleichzeitig die absolute große Freiheit für mich darstellt. Ob ich das als Oma noch kann? Wenn mich einer fragt, was mich im Leben wirklich glücklich gemacht hat, dann ist die Antwort: Musik (und Kinder, wenn ich welche hätte). Ich raste schon als 14-Jährige aufgeregt los mit einer mühsam vom Taschengeld zusammengesparten Karte und sah Blues-Legenden und Ella Fitzgerald, aber eben auch alles von den Stones, Led Zeppelin, Beach Boys, Bob Marley, Cream, Who, Frank Zappa, Bob Dylan – eben alle die Bands der besten Ära, die es gab. Nur die Fab Four sind mir entwischt; die spielten 1966 in Hamburg ihr letztes Konzert, aber da war ich zu klein! Ich fuhr nach dem Aimee-Mann-Konzert singend in der S-Bahn nach Hause, neben mir zwei Leute, die auch in dem Konzert waren. Wir lächelten uns verschwörerisch an. Nettes Gefühl. Ich brauche so was. Ich würde alles dafür geben, Sängerin zu sein. Ich werde mir nächste Woche Gitarren angucken ... »Es ist nie zu spät für Musik«, sagte eine alte Freundin, die auf die sechzig zugeht und punkiger und witziger ist als viele 30-Jährige und als 50-Jährige in einer Punkband spielte, die »Abwärts« hieß. Ich will ja nicht auftreten ... Habe mich übrigens zweimal in Musiker verliebt, nur weil sie so schön auf ihrer »Fender Stratocaster«-Gitarre (die kosten heute ein Vermögen) spielen konnten. Das war Sex vom Feinsten – ich meine mit ihnen, nicht der Gitarre. Und da wären wir wieder beim Thema ...

P.S. Kann man nicht Mutter sein UND den Regenwald retten? Oder sehe ich das als egozentrischer Single wieder ganz verkehrt?

Deine rockende und rollende A.

Hallo A.,
ach ja, der gute, alte Rock & Roll, bin zwar etwas zu jung (schön, wenn man in den Vierzigern gelegentlich mal zu jung für etwas ist!) für diese Musik, aber sie geht mir trotzdem in die Beine. War kürzlich mit meinen Kindern auf einem Faschingsfest, wo auf einmal »Whole Lotta Love« gespielt wurde, auch einen Tick vor meiner Zeit, aber ich liiiiiebe diesen Song. Ich fing sofort an, meinen Kopf hin und her zu schütteln, wie man es machen *muss* bei dieser Musik. Meine Kinder, die zu Tode erschrocken und peinlich berührt neben mir standen und mir zusahen, habe ich gar nicht bemerkt. Als das Lied zu Ende war, sagte meine Tochter ganz erschüttert: »Bitte mach das nie nie wieder, Mama, du sahst ganz schrecklich aus.« Ich habe nur gelacht, weil ich ihr das natürlich nicht versprechen kann. Ein bisschen Spaß muss sein, auch als Mutter eines Teenagers. Hip-Hop und Rap, Musik, die ich ja von morgens bis abends hören muss, hat mir nie gefallen, eine Mutter, die ich kenne, hört immer ganz laut 50 Cent und Young Buck im Auto, ich finde das affig, zumal sie die Texte, die ja extrem frauenfeindlich sind, vermutlich gar nicht versteht. Meiner Meinung nach bleibt man meistens bei der Musik hängen, bei der man jung war, nach der man geknutscht hat. Deswegen liebe ich unseren Sender Oldies 95, was mein Gatte peinlich findet, weil er meint, dass den nur alte Leute hören, die ihrer Jugend nachtrauern. Ich meine dagegen, das Schöne am Älterwerden ist ja, dass es einem immer »egaler« wird, was andere Menschen meinen. Und was »die ersten Male« angeht, so finde ich, man sollte sie sich öfter gönnen. Einfach mal raus aus der Tretmühle. Mit kleinen Schritten anfangen. Jeden Samstag in einem anderen Stadtteil frühstücken, wäre doch schon mal so ein kleiner, bürgerlicher Anfang. Neue Lippenstiftfarbe. Billigticket für Rumänien kaufen und auf Vampirsuche gehen!

Jetzt muss ich leider für die Sippe kochen. Und zwar nichts Exotisches, sondern wieder Lasagne, sonst killen mich die Süßen.

Tja, als Mutter muss man Kompromisse machen.

Deine S.

Hallo Rocky-Racoon,
was meinst du mit »du bist zu jung für diese Musik«? »Whole Lotta Love« ist von ca. 1968 und hat scheinbar den Weg in dein bedeutend jüngeres Ohr als meins gefunden. Also, fantastische Musik ist zeitlos. Wenn man bedenkt, dass die CD »No 1«, die größten Hits der Beatles, die Charts vor drei Jahren heraufstürmte und alles Neue überrundete und bereits von der 3. Generation gekauft wird ... Bono ist 51, meine Liebe, Bruce Springsteen auch. Ich bin immer von persönlichem Stolz erfüllt, wenn die grauhaarigen, sexy Männer und Frauen aus der Rockszene immer noch spielen – musst mal Annie Lennox, Madonna oder Chrissie Hynde von den Pretenders auf der Bühne sehen. Die sind aggressiv, aber weiblich und heiß, heiß, heiß. Oh, ich liiiiiieeeebe den Oldie-Sender, peinlich oder nicht. Von mir aus kann jeder mithören, wenn ich lauthals mit Ricky Nelson »Hello, Mary Lou« singe. Der von dir erwähnte Herr 50 Cent ist ungefähr genauso viel wert wie sein Name, finde ich. Ich habe eine Freundin mit einer 13-jährigen Tochter, die ist willens, eine Petition für das Aufkleben von Warnungen vor sexistischen, pornografischen, frauenhassenden Texten zu unterschreiben, so wie eine konservative Bürgerzicke. Verstehe ich total. Wobei wir wieder bei dem Thema Frauenhass wären, das ich heute aber bitte schön ignorieren möchte. Was ist bloß los? Sind wir so gefährlich? Ich finde, wir sind entzückende Wesen!

Deine Superfraufreundin

Hi Superfrau,
na ja, ob das Wort entzückend es so trifft, weiß ich nicht, klingt für mich so ein bisschen nach harmlosem Frollein! Ich finde, wir sollten uns in unserem Alter nicht mehr so viele Gedanken über unsere Außenwirkung machen, sondern einfach unser Leben leben, so wie es uns gefällt. Wer Mann und Kinder will, soll sie haben, wer lieber Single ist, auch kein Problem! Das wäre meine ideale Welt.

Deine Träumerin

Hallo Dreamgirl,
ich habe heute wieder eine Geschichte über die Kinderknappheit in Deutschland gelesen. Wir sterben ja praktisch in ein paar Jahren aus. Willkommen, du kinderlose Lost Generation, sage ich nur. So wie der Krieg Schäden in der Generation unserer Eltern hinterlassen hat, so haben Emanzipation und die radikale Veränderung der Gesellschaft nicht unschmerzhafte Abdrücke in uns verursacht. Vielleicht sollte ich doch noch ein vietnamesisches Baby adoptieren, dann kommt auch ein Brad Pitt daher (allerdings kann ich Pitt nicht ausstehen! So was soll's geben). Aber wo ich wohne, ist wohl Klapperstorchhausen, denn rechts und links von mir schieben ernsthaft blickende junge Frauen mit weinroten Haaren und mehr Ringen in Nase und Ohren als eine 1000-jährige Eiche um den Stamm ihre Babys durch die hippen Cafés. Irgendwie ist das Phänomen der jungen Mütter für mich faszinierend, denn als eingefleischter Fan der öffentlichen Verkehrsmittel beobachte ich ihr schweres Schicksal sehr oft. Vorgestern war eine Frau mit einem ca. 4-jährigen zappeligen Jungen im Bus. Er wollte sitzen, sie ließ ihn, blieb neben ihm stehen und guckte gelangweilt weg. Der Busfahrer, ein kompletter Idiot mit Sonnenbrille, der so fuhr, als wäre er

auf Verfolgungsjagd in einem Hollywoodfilm, bremste mit quietschenden Reifen, so dass der Junge vom Sitz fiel und sich den Kopf an der Stange stieß. Er schrie wie am Spieß, und die Mutter guckte ihn mitleidig, aber auch ziemlich unbeteiligt an und sagte: »Siehste, das kommt davon, wenn man sich nicht festhält.« Sag mal, ist das die Art, mit der man in Deutschland mit Kindern umgeht? Nach dem Schuldprinzip? Ich war entsetzt. Jetzt verstehe ich die Kinderknappheit. Die schlauen Gören WOLLEN nicht geboren werden und entziehen sich bereits im vorembryonischen Stadium den aufdringlichen eierjagenden Sperma-Soldaten. Oder hast du deine Kinder auch immer im Bus fallen gelassen?

Deine A.

Liebe A.,
jedes Ding hat ja bekanntlich zwei Seiten. Und genauso, wie es Eltern gibt, die ihre Kinder vernachlässigen und die man bei Brot und Wasser lebenslänglich einsperren sollte, genauso gibt es auch liebevolle, aber manchmal eben überforderte Mütter, die so reagieren wie die Frau im Bus. Es gibt Momente im Leben einer Mutter, da möchte sie ihre Kinder am liebsten aus dem Fenster schmeißen. Diese Momente vergehen, aber es gibt sie.

Bist du jetzt entsetzt?

Deine S.

Hallo S.,
nein, ich bin nicht entsetzt, trotzdem finde ich, dass man eingreifen sollte, wenn man das Gefühl hat, da läuft was schief. Besser Vorsicht als Nachsicht.

Deine A.

Liebe A.
Da hast du absolut Recht.

Dicker Kuss

Deine S.

Liebe S.,
dann ist das ja geregelt, mein Engel.

War eben noch spazieren und habe ein eigenwilliges Bild gesehen. Ich gucke ja abends immer gern in fremde Wohnungen – was die Leute so machen, was sie für Lampen haben usw. Schön, dass die meisten Leute keine Gardinen mehr haben. Weißt du noch, als wir Kinder waren? Ohne Gardinen zu sein war obszöne Zurschaustellung, und außerdem wäre dann der älteren Deutschen liebstes Hobby nicht möglich gewesen: hinter der Gardine zu lauern. Mein erster rebellischer Akt in meiner ersten eigenen Wohnung war, keine Gardinen zu haben. Jedenfalls stand jetzt ein junger Mann ganz versunken am Fenster und bügelte inbrünstig. Kannst du dir unsere Väter mit einem Bügeleisen vorstellen? Ich verwette meine ungebügelten T-Shirts und Bettlaken, dass mein Vater noch nie ein Bügeleisen in der Hand gehabt hat! Tja, die Frau als Versorgerin ist eben doch rarer geworden.

P.S. Du hast mir mit dem »ersten Mal« einen richtigen Floh ins Ohr gesetzt. Ich glaube nicht, dass es meinen Nachbarn involvieren wird. Mein Mister Mädel ist ja zurück und so neckisch wie gehabt. Ich jage lieber Vampire, wie du vorschlägst. Oder Phantome ...

Deine etwas entwurzelte A.

Hallo A.,
entschuldige, dass ich mich so lange nicht gemeldet habe, aber ich hatte das Haus voller Gäste, meine Eltern und meine Schwester mit verzicktem Einzelbübchen haben mich beglückt, und ich war jede Sekunde dieses langen Wochenendes damit beschäftigt, entweder irgendeine Schweinerei (umgekipptes Glas, Ketchupfleck auf der weißen Tischdecke, verstopftes Klo – zweimal!!!!) zu beseitigen oder nicht aus der Haut zu fahren. Ich liebe meine Familie, aber so ein Wochenende nonstop kann sehr anstrengend sein. Zum Glück sind meine Eltern noch rüstig und nicht so verzankt wie viele alte Paare. Nichts ist ja grauenvoller, als wenn sich zwei Greise ankeifen, da möchte man doch am liebsten einfach nur den Sargdeckel zuklappen, damit Ruhe ist, oder? Sorry für den herzlosen Ton, manchmal rette ich mich in die Bösartigkeit, ist meistens nicht so gemeint. Was die Frauenfeindlichkeit von Rap- und Hip-Hop-Texten angeht, in denen es von »Suck my dick, bitch« nur so wimmelt, so bin ich im Prinzip natürlich vehement dagegen, nur fragen mich G Unit oder Eminem als weiße Spießerzicke leider nicht um meine Meinung, also kauft mein 13-jähriger Sohn von seinem Taschengeld ständig CDs mit finster blickenden, goldbehängten Schwarzen auf dem Cover, und manchmal singt er die Texte im Auto mit. Dann habe ich am Steuer eine pädagogische Krise und mache ihn darauf aufmerksam, dass Frauen in der Mehrzahl keine Schlampen sind, die es besorgt haben wollen, und dann nickt er und sagt: »Du hast ja wieder mal so Recht, Mama«, und hört weiter und ich habe die Wahl. Entweder ich bin pädagogisch wertvoll und nehme ihm die CD weg und zwinge ihn, stattdessen die Kinderlieder von Nena zu hören, oder ich hab meine Ruhe. Rate mal, wofür ich mich mitten im dicken Verkehr entscheide? Zumal mein Sohn trotzdem noch das größte Kuscheltier der nördlichen Hemisphäre ist.

Deine S.

Liebe Supermom,
ist doch süß, dein Kuscheltier! Ich beneide dich, denn ich habe nur noch »Petzi«, den abgegrabbelten Steifftierbären meiner Kindheit irgendwo in der Kiste zum Knuddeln. Sonst nix! Du scheinst ja doch irgendwas richtig zu machen.

Deine ungeknutschte A.

Liebe bald wieder Geknutschte,
Kindererziehung ist wirklich Glückssache. Man kann alles darüber lesen und trotzdem alles falsch machen und umgekehrt. Andere sind immer schlauer. Jedes Kind ist anders, jede Situation erfordert anderes Fingerspitzengefühl. Ich habe beschlossen, auf meinen Bauch zu hören und mir zu verzeihen, dass ich keine perfekte Mutter bin. Ich finde, dass meine Kinder trotzdem ganz gut geraten sind, perfekte will ich sowieso nicht, weil ich es ja auch nicht bin. Und was Männer beim Bügeln betrifft, meiner konnte es perfekt, als ich ihn von seiner damaligen Freundin übernommen habe, jetzt stellt er sich so ungeschickt dabei an, dass die Bügelei an mir hängengeblieben ist. Auch hier wieder die Frage: das Thema zu Ende ausstressen und diskutieren oder nachgeben und bügeln? Die Ehe ist eine Aneinanderreihung von Kompromissen mit gelegentlicher Sexeinlage.

Deine S.

Hallo,
ich hoffe, du vergibst mir meine heutige morbide bis tintenblaue Stimmung, aber es ist Sonntag, der Tag des Herrn, der Himmel ist bleigrau, die Luft (hatte versehentlich erst »Lust« getippt. Oh, Sigmund!) feucht, mein Taillenumfang mysteriöserweise 4 Zentimeter dicker, daher offene Hose, und dann habe ich noch meinen tüdeligen Vater besucht.

Wenn ich diese schräge Unterhaltung, die ich mit ihm hatte, im Kino sehen würde, würde ich schmunzeln, aber es ist MEIN Vati, der dieses Jahr zum unfreiwilligen Stand-up-Comedian geworden ist, und da sind die Tränen und das schwere Schlucken näher. Er hatte sich versehentlich mit Penaten-Babycreme die Hände eingecremt, die jetzt weiß unter seinem karierten Sporthemd herauslugten wie Micky-Mausens Handschuhe, und war sehr aufgebracht. Warum ich zum Katholizismus übergetreten wäre, wollte er wissen. »Ich bin zu nichts übergetreten, Vati«, versicherte ich ihm, »und schon gar nicht zum Katholizismus.« Mein Vater selber ist protestantisch erzogen, aber hatte mit Kirche nichts im Sinn. Er glaubte mir nicht, denn er habe mich neben dem Papst mit einem violetten Käppchen und einem viel zu tiefen Ausschnitt stehen sehen. Da war nichts zu machen. Woher er das denn wisse, fragte ich ihn. »Durchs Telefon gesehen«, meinte er knapp. Die Wunderwelt der Technik ist scheinbar perfekt, wenn man neunzig wird. Ich gab's auf und weinte ein wenig, als ich das Heim verließ. Der Freitag hatte übrigens schon im Zeichen der Kirche und des Glaubens gestanden.

Es klingelte und zwei ältere Herrschaften standen da. Sie: mager, groß, langer Rock, Häkelpulli, Brille, nette Dauerwelle. Er verschwitzt, dicker Bauch, über den sich ein dunkelblaues Hemd spannte, spärliches Haar, auch eine Brille. Sie fragten mich vorsichtig und höflich, ob ich vorhabe, etwas gegen das Leid der Welt zu tun, das ja unermesslich ist. Schon holte er eine zerlesene schwarze Bibel heraus, in der bunte Zettel drinsteckten. Ich denke mal, sie waren Zeugen Jehovas, oder glauben die nicht an die Bibel? Ich hatte gerade einen Cappuccino fertig und schmetterte sie ab. Irgendwie waren sie rührend, so anachronistisch, wie aus einer anderen Welt. Was bist du eigentlich? Evangelisch? Katholisch? Protestantisch? Wahnsinn, wir kennen uns so lange, und ich weiß das nicht. So wenig interessiert uns scheinbar formale Religion. Wie erziehst du deine Kinder? Interessieren die sich für so was? Hast du schon mal gebeichtet?

Deine A.

Mensch A.,
nein, ich habe noch nie gebeichtet, weil ich keine Katholikin bin, aber ich fände es ausgesprochen befreiend. Man flüstert seine Sünden, man betet ein paar Rosenkränze, und schwupps, Sünde weg! Sehr praktisch. Warst du fromm als Kind?

Deine S.

Hallo S.,
und wie! Meine Schwester und ich haben ja früher wie verrückt inbrünstig gebetet, süß! Jeden Abend vorm Zubettgehen, mit Hinknien. »Lieber Gott, mach mich fromm, dass ich in den Himmel komm!« Ob das wohl geholfen hat? Habe ich mir einen Stuhl im Himmel erbetet? Meine Eltern waren ja eher Atheisten, das heißt, wir mussten nie in die Kirche. Aber konfirmiert sind wir natürlich. Irre wichtig, denn bei uns zu Hause hieß das, dass wir Mädchen zum ersten Mal hohe Absätze tragen durften und Perlonstrümpfe bzw. Strumpfhosen – vorher nicht! Also wünschte ich mir gleich zur Konfirmation 4 cm hohe Stöckel, obwohl ich nicht gut auf ihnen laufen konnte. Lackschuhe von Görtz! 29 DM, ein Vermögen. Meine Güte, was für eine unschuldige Zeit, in der es reichte, Jeans anzuhaben, wenn man als »rebellisch« gelten wollte. Meinst du, die Kinder von heute verstehen so was oder haben heimlich Sehnsucht danach, auch wenn sie gar nicht genau wissen, was »Unschuld« ist? Dann las ich heute einen Artikel über Rudi Dutschkes Sohn. Dabei

war ein Foto von Rudis Grab, und darauf stand allen Ernstes »Dr. phil. Rudi Dutschke«. Mein Gott, hat man jetzt schon Titel auf dem Grabstein? Ich möchte auf meinem Grabstein meine früheren modelmäßigen Maße haben: 82, 56, 84. So, darf ich dich mit einem populären Poesie-Album-Spruch der 50er-Jahre aus meiner Predigt entlassen? »Edel sei der Mensch, hilfreich und gut.«

Halleluja,

deine A.

Liebe A.,
was du so für tiefe Gedanken hast, mein Engel. Als ich das über deinen Vater las, musste ich unwillkürlich schmunzeln, dabei ist Alzheimer oder Demenz ja weiß Gott kein Grund zur Fröhlichkeit. Die Mutter einer Freundin, die kürzlich an Alzheimer gestorben ist, hat sich in der letzten Phase geweigert, eine Unterhose zu tragen, weil sie überall, Straße, Garten, Kaufhaus, einfach ihren Rock hochgehoben und gepinkelt hat. Du kannst dir vorstellen, wie meine Freundin immer Blut und Wasser geschwitzt hat, wenn sie mit Mami unterwegs war.

Der Vater einer anderen Freundin, der auch Alzheimer hatte, sagte immer zu ihr: »Wissen Sie was, ich habe meine Tochter über alles geliebt.« Ja, es ist verdammt schwer, wenn die Eltern sterben, auch deshalb, weil wir eben nicht mehr jung und unsterblich sind, sondern mittelalt und wissen, dass der Horizont nicht mehr grenzenlos ist. Bei jeder Schwäche, jedem Zipperlein, jeder Krankheit denken wir: »Scheiße, ob ich das auch mal kriege?« Die dünnen Haare, die großen Ohrläppchen, die Vergesslichkeit? Weil wir solche Panik haben, werden wir dann ganz ungeduldig mit unseren Eltern. Also, sei lieb zu deinem Papi!

Deine S.

Oh S.,
hör auf! Ich schäme mich manchmal wegen meiner Ungeduld. Das ist das Schwerste überhaupt. Und ausgerechnet diese Ungeduld habe ich von ihm!

Deine A.

Schatzeline,
weißt du, ich bin froh, dass meine Eltern noch »gut beieinander« sind, wie es so schön heißt, obwohl mich die Arthritis, die meine Großmutter, meine Tanten und meine Mutter hatten bzw. haben, jetzt schon in leichte Panik versetzt. Was tut man gegen vorauseilende Ängste? Tief Luft holen, Yoga, einfach weiterleben? Was deine Frage nach meiner Religion angeht, ich bin lutherisch freikirchlich, weil mein Großvater, ein reicher Halbjude aus Hamburg, damals nach seinem Theologiestudium in die Freikirche eingetreten ist, ein ungeheuer revolutionärer Akt, denn er sollte eigentlich irgendeine Prestigegemeinde in Harvestehude übernehmen. Stattdessen wurde er immer frommer und zeugte sechs Kinder, lebte arm, aber glücklich mit meiner Großmutter. Meine Kindheit war so fromm, frommer geht's nicht. Vor jeder Mahlzeit wurde gebetet: »Komm, Christe, lass dich bitten, nimm deinen Stuhl in unserer Mitten«, und bei meinen Großeltern stand immer ein leerer Stuhl am Tisch, der war für Jesus. Gottesdienst jeden Sonntag war Pflicht. Ich bin die Einzige in der Familie, die ausgeschert ist und jetzt zwar noch immer an Gott glaubt, aber nicht mehr zur Kirche geht. Nur noch Weihnachten. Aber meine Tochter wollte getauft und konfirmiert werden, das durfte sie natürlich. Nach vielen Jahren, in denen für mich jede Art von Religion wie eine Zwangsjacke war, bin ich jetzt entspannter. Ich rede mit Gott, ich glaube, dass es ihn über den Wolken irgendwo gibt und dass er mein Leben be-

obachtet und mich später in den Himmel lässt. Denn da möchte ich hin, schließlich bin ich Norddeutsche, die mögen's nicht so heiß. Hast du eigentlich Angst vor dem Tod?

Deine S.

Hallo mein Engel,

typisch! Du denkst doch wieder, dass es im Himmel wie in Blankenese aussieht! Mein Himmel sieht aus wie Malibu! Las gerade, dass eine von diesen dürren, reichen alten New Yorker Modezicken recht witzig bemerkte: »Ich möchte nackt begraben werden, denn da, wo ich hingehe, kann man auch shoppen, da bin ich sicher.« Aber das ist ja irre interessant mit deinem religiösen Hintergrund. Da kennt man jemanden fünfundzwanzig Jahre und weiß nicht, ob er betet, oder dass der Großvater halb jüdisch ist! Das Tischgebet und die mysteriöse Sache mit dem leeren Stuhl, der für den lieben Jesus reserviert ist, kenne ich auch, »Komm, Herr Jesu und sei unser Gast ...« (»Wann kommt er denn nun, Großmutti?«, fragten wir als Kleinkinder). Bei den exzellenten Kochkünsten meiner Großmutter Josefine (Kohlrouladen, hmm!) bin ich sicher, dass Jesus der Erste an der Tafel gewesen wäre, Nachschlag erbeten und noch seinen Teller abgeleckt hätte. Jesus, der erste Crosscountry Hitchhiker, Tester aller Kochkünste – ich sehe da eine TV-Serie ... Nur, wo setzt sich heutzutage der liebe Junge hin, wo keiner mehr zusammen isst? Mischt er sich bei Burger King unters Volk? Ich nehme mal an, dass sich Jesus heute entsetzt von den ewigen Spaghetti abwenden würde und mit Currywurst nichts am Heiligenschein hätte. Weißt du, was ich aus heutiger Sicht ganz toll fand? Wir aßen zusammen Abendbrot, jeden verdammten Tag! Papa kam nach Hause, die Kinder deckten den Tisch, Mutter schnitt das Brot und arrangierte die Wurst- und Käsescheiben, dann gab es belegte Brote und Tee, das klassische deutsche Abendbrot – daher der Name! Und nix mit im Zimmer bleiben, oder keine Lust haben, oder nicht da sein. Hinsetzen, essen, sich unterhalten. Punkt. Das war doch tatsächlich so, bis ich das Haus verließ! Ich fand's als Teenie natürlich ätzend, weil ich meine Lippen lediglich öffnete, um lustlos eine Scheibe Brot mit Leberkäse (ohne Fettrand!) reinzuschieben, aber sonst vor Wut und Unverstandenheit stumm war ... Aber es ist wohl so: Der Rückblick verändert die Perspektiven total. Danke, Mami und Papi, für die nervende Strenge und das Kleben an Traditionen!

Deine wohlerzogene A.

Liebe A.,
das sind ja ganz neue, fromme Töne von dir. Hoffe, meine Tochter denkt mal genauso.

Deine S.

Liebe S.,
wird sie bestimmt! Aber noch mal zum Glauben. Ich verstehe immer mehr den Sinn und die Wichtigkeit irgendeines Glaubens, ja einer Bekennung, einer inneren Führung. Seitdem ich diese Schübe von absoluter Depression habe, suche ich sehr nach Halt und Sinn, muss ich sagen (danke, lieber Gott, für die Wechseljahre, sehr raffiniert und selbstsüchtig von dir!). Die Bibel liegt nun nicht bei mir auf dem Tisch; ich bin mehr für Meditieren und yogamäßige Ruhe. Die Erkenntnis, dass weltliche Dinge in Konsumform wertlos sind und die hektische Suche nach deren Besitz atemlos, traurig und leer macht, ist letztendlich hilfreich. Ja, ich gebe es zu. Ich bin Yoga-Jüngerin geworden, finde aber nichts »schick« dran und trage auch keine Boutiquen-Klamotten

dabei, sondern nehme meine Matte, gehe ins Yoga-Center und mache die Augen von da an zu. Herrlich!

Habe über Verliebtsein nachgedacht und kam zu dem Schluss, dass ich am meisten vermisse, dass mich einer einfach umwerfend wunderbar, aufregend und perfekt findet. Nur so. Die Jagd nach Akzeptanz, hört sie denn nie auf? So wie Babys, die in den Augen der Mutter zumindest für eine kurze Zeit nichts als Begeisterung und Liebe sehen, bevor Kritik und Ablehnung einsetzen. Vielleicht checke ich mal einen Dating-Service aus ... Was meinst du?

Deine »Ratlos in Recklinghausen« (wo ich ja Gott sei Dank nicht wohne) hört sich nur gut an.

Liebe Ratlose,
letzte Frage zuerst beantwortet, das solltest du auf jeden Fall tun. Meine sechzigjährige Nachbarin, die ein richtiges Scheißjahr hinter sich hatte – Mann gestorben, neue Hüfte, aus dem Job gemobbt, in dem sie über zwei Jahrzehnte glücklich war, die also saß eines Abends allein vor ihrem Computer und trank ein Glas Rotwein zu viel, als sie dachte: »Ich hab nichts zu verlieren, ich probier's einfach.« Also registrierte sie sich bei *www.parship.com* – und gleich die erste E-Mail war ein Volltreffer. Ein Lehrer im Ruhestand, mit dem sie jetzt superglücklich ist. Sie glüht nur noch vor Glück. So was wünsche ich dir auch, das ist noch besser als Yoga. Was das gemeinsame Abendbrot angeht, das hätte ich auch sehr gern, aber in meinem Leben ist es fast unmöglich. Jeder kommt zu einer anderen Zeit nach Hause und hat Hunger, manchmal habe ich drei Sitzungen, weil ich mich zwinge, mich dazuzusetzen, wenn die Kinder essen, obwohl die dabei manchmal lieber fernsehen würden. Jesus hätte tatsächlich nichts zu lachen bei uns, denn meine Brut mag Spaghetti, Lasagne und Pfannkuchen, das

war's auch schon. Viel abwechslungsreicher wird es woanders auch nicht sein, denn jede Mutter, die ich kenne, hat irgendwann aufgegeben. Das ewige »Was soll das denn sein?« – »Ein frischer Salat, mein Kind.« – »Ich mag doch nichts Grünes, Mama!« zermürbt einfach.

Aber das Bild von der glücklichen Familie am Tisch, die gemeinsam isst und über den Tag redet, das bleibt hartnäckig.

Gruß von Mutti für jede Saison!

Muttelchen!
Klar, ich weiß, dass es das nicht mehr gibt. Aber Nostalgie hat ja die Funktion, Wunschvorstellungen in Rosa-Brillen-»Wahrheiten« zu verwandeln, auch wenn es sie manchmal nicht gab.

Deine Rosa

O.k., rosa Plappermäulchen,
du hast mir noch nicht auf die Frage geantwortet, ob du Angst vor dem Tod hast. Der Vater einer Freundin ist achtundneunzig Jahre alt und hat panische Angst vor dem Tod. Er ist nur noch Haut und Knochen, aber er stirbt einfach nicht, er krallt sich am Leben fest, wie sie es erschöpft beschreibt. Es ist mein ganz großer Wunsch, dass ich diese Angst nicht habe, wenn es mal so weit ist. Aber wie schafft man das? Meine wunderbare Masseuse macht manchmal Fußmassagen bei Sterbenskranken, das scheint zu helfen. Meine Tochter hat mich heute gefragt, was ich schlimmer fände: wenn sie schwanger wäre oder drogensüchtig. Was für eine Frage! Ich hab geantwortet, drogensüchtig, aber wenn sie schwanger wäre, würde ich nach Australien auswandern. Was ich natürlich nicht täte. Seufz. Dabei war

ich gerade mit ihr beim Frauenarzt. Große Kinder, große Sorgen.

Deine S.

Liebe S.,
wie du merkst, verdränge ich die Antwort auf die Frage, ob ich Angst vor dem Tode habe. Aber die ehrliche Antwort klingt so, als hätte irgendeine berühmte Person sie schon gesagt, aber für mich fühlt sie sich nach mir an: Ich habe mehr Angst vor dem Leben! Nein, stimmt auch nicht. Mein alter Vater hat mich zum ersten Mal mit der Frage der Sterblichkeit konfrontiert, es klingt kaum möglich, aber ich habe bis dahin nie daran gedacht, es völlig verdrängt. Plötzlich Ende vierzig hatte ich einen Rappel. Hatte dauernd hypochondrische Anfälle. Einmal war ich überzeugt, einen Gehirntumor zu haben, dann Leukämie, dann Aids, dann Lymphknotenkrebs oder wie das heißt – ich denke, das ist auch nur eine verrückte Art des Herantastens an die Idee an ein mögliches Ende. Ich habe mich gefragt: »Wäre es schlimm, wenn du heute sterben würdest?« Nein, war die Antwort, ich habe viel Schönes und Trauriges erlebt, viel experimentiert, Tiefe und inneren Reichtum kennen gelernt. Und bin meinen Weg gegangen. Irgendwie war ich beruhigter. Mein Vater ist genauso wie der deiner Freundin. Er will nicht loslassen, aber hasst gleichzeitig das bisschen Leben, das ihm noch bleibt. Aber wer sind wir, zu beurteilen, was lebenswert ist oder nicht ... ich verstehe ihn nicht, aber ich weine, wenn ich sehe, wie ihm alles entgleitet und er als Hülle dasitzt, mit triefenden Augen. Auch er war einmal ein junger, schöner, kraftvoller, witziger junger Mann, schlaksig, frech, ich sehe ihn vor mir in diesem blöden gestreiften 50er-Jahre-Pyjama und sich im Badezimmer rasieren, Fratzen machen und sehe uns Mädchen ihn verzückt

anstarren. Die erste unvergessliche Begegnung mit dem Ultramännlichen, dem Rätselhaften, dem »anderen«. Barthaare. Mein Papi. Nein, ich habe Angst vor dem Tod, seinem Tod, und was er mit mir machen wird ...

Deine bedrückte A.

Liebste A.,
lass dich umärmeln. Tut mir Leid, dass ich jetzt nicht bei dir sein kann.

Deine S.

Liebe S.,
und während sich ein Mensch auf den Tod vorbereitet, denke ich ans Daten! So ist das im Leben, es liegt alles dicht beieinander. Bla, bla, bla. Dabei fällt mir mein amerikanischer Freund Charly ein, der ist einundsechzig, und seine langjährige italienische Freundin Cara, die gerade gestorben ist. Er schrieb mir zwei Wochen später eine lange E-Mail, in der er mir sagte, dass er verzweifelt am Daten ist, da er es nicht erträgt, alleine ohne eine Frau zu sein. Er hat Angst, dass er einfach verschrumpelt wie ein alter Apfel, so nannte er das. Er hatte sich umgehend bei allen Dating-Services gemeldet, alle Freunde mobilisiert und ist immer noch auf der verzweifelten Suche nach einer – ja was eigentlich – Freundin? Zeitvertreiberin? Ich weiß es nicht. Ich war ziemlich befremdet und schrieb ihm einen etwas kritischen Brief, als er sich dann noch über die Frauen beschwerte, die er alle für egozentrisch, unflexibel, »verhärtet« und bitchy hielt, nur weil sie keine Lust hatten, sich ihm voll und ganz zu widmen. Es ist wohl typisch für Männer, dass sie alleine nicht gut klarkommen, während Witwen oft aufblühen, wenn ihre Hausfrauenrolle endlich zu Ende ist und sie lus-

tige Dinge tun können wie nachts um drei nackt Rumba zu tanzen oder 300 Mal »Casablanca« anzugucken oder blödsinnige Opernarien zu trällern.

Deine nachts nackt trällernde A.

Liebe Nachteule,
ganz ehrlich? Also, dafür beneide ich dich vielleicht am meisten. Ich kann nachts nicht viel mehr machen, als mich in die Küche zu schleichen und mir stumm einen Pfefferminztee zu machen. Wenn ich im Wohnzimmer nachts fernsehen würde, hätte ich gleich meinen hellhörigen Sohn auf dem Schoß, der begeistert wäre!

Gruß von der stillen, zum Glück nicht mehr stillenden Mutter.

Hallo!
Ich war mit Mister Mädel auf einer Party! Er hatte sich wieder an mich rangepirscht und die Party war vielversprechend, also kam ich mit. Er war sehr nett, betatschte mein Knie und hatte auch mal seine Finger fest an meinem Nacken, etwas, das ich nicht unbedingt nur gern mag, denn es erinnert mich doch eher an Hund und Herrchen. Jetzt erklärte er mir sehr stolz, dass die Leute dachten, »wir hätten was miteinander«. Sag mal, was ist denn das für eine Sprache? Sind wir im Heinz-Erhardt-Film? Also, ich verspreche, dass ich mal ein paar Dating-Websites angucke. Ich hatte einen sehr schönen, sexy Traum mit dem Hauptsänger von Pink Floyd, David Gilmour, bildschöner Junge. Mein zweiter wichtiger Boyfriend sah ihm irre ähnlich; ich war 24, er 21. Wo ist er bloß jetzt? So weit ist es schon, dass ich alten Boyfriends hinterherträume – und vielleicht meiner Jugend?

Deine A.

Liebe A.,
beschließen wir das Thema Jugend und Tod mit dem Vorsatz, uns rechtzeitig vorzubereiten, damit wir, wie die Mutter einer Freundin, mit 93 einfach aus dem Haus gehen, uns auf eine Blumenwiese legen und mit weit ausgebreiteten Armen und einem Lächeln einschlafen. Und damit erst mal TD – Thema durch, widmen wir uns dem Leben. Widmen wir uns deinem nächsten Date, denn das Gefummel mit deinem Nachbarn nehme ich noch nicht richtig ernst, oder sollte ich?

Deine S.

Ja, also, weiß ich selber nicht. Ich bin so unentschlossen und unsicher und unlustig ...

Deine A.

Liebe A.,
du klingst mir zu kritisch, zu verkopft, wenn du den Mädelmann beschreibst, und dass du es als »Herrchen mit Hund«-Gefühl empfindest, wenn er dir seine Finger auf den Nacken legt. Halleluja Baby! Vergiss die Siebziger, kann ich dazu nur sagen, Macholand ist abgebrannt, jedenfalls die ständige Beschäftigung der Frauen mit ihrer Unterdrückung durch den Mann. Eine Männerhand auf deinem Körper, wo auch immer sie platziert wird, bedeutet zunächst: Ein Mann ist interessiert an dir und deinem Körper! Genieß und schweige, es sei denn, es ist ein Schwitzehändchen und gehört einem Mann, von dem du nicht angefasst werden willst. Zweitens, und dann hört meine Predigt auch schon auf, glaube ich, dass du nach deiner längeren Zeit am »Trockendock« (sorry, nicht gleich wieder in die Luft gehen!) jetzt einfach mal ins kalte Wasser springen solltest. Augen

zu und durch! Und bloß keine Panik, weil du nicht mehr zwanzig bist, der Mann, der auf oder unter dir liegt, ist es auch nicht mehr, und er achtet nicht darauf, ob du irgendwo Cellulite hast oder dein Busen einen Tick hängt. Meine Schwester hat mal ihren Traummann von der Bettkante gestoßen, weil ihr, mitten in der heftigsten Knutscherei, auf einmal einfiel, dass sie vor sechs Monaten eine Bauchoperation hatte und die Narbe noch nicht ganz verblasst war. Der Typ war stocksauer, weil sie kommentarlos wieder aufgestanden und gegangen ist. Sie hat es dann bitterlich bereut, sich aber nicht getraut, dem Mann die Wahrheit zu sagen. So blöd kann auch nur eine Frau sein. Also, tu es und genieß es!

Deine S.

Liebe S.,

sag mal, seid ihr ein Club? Erst deine Ratschläge, absolut kein männliches Wesen von der Bettkante zu jagen, Handauflegen am Nacken als liebevolle Geste anzusehen und Cellulite Cellulite sein zu lassen, und dann kriegte ich heute einen neuen Tipp. Eine sehr süße und liebe Freundin, Kathrin, du kennst sie auch, die gerade für zwei Jahre nach Barcelona gezogen ist, kennt meine Liebe zu Tieren, besonders Terriern, du weißt ja auch: Ich nehme jeden Highlander oder Scottie, zur Not auch den modischen Jack Russell (Pudel und Chihuahuas sind out!!). Kathrin ist der Meinung, dass das Leben absolut sonnig mit Hund sein wird und ich mich dann mühelos in die Spaßgesellschaft einfädeln werde. Und sie sieht mich schon mit einem süßen Beller die Bürgersteige und Parkwege unsicher machen. Eins stimmt: Laut Statistiken finden Hundebesitzer dreimal so schnell Partner wie hundelose Kreaturen. Klar, macht Sinn, es gibt kaum etwas Unverfänglicheres als ein

Gespräch über Schappi, Flöhe und Hundekacke – ein echter Eisbrecher – und sehr wenig, das spannender ist. Kathrins Rat ist also »Go Doggy!«. Sie sieht sich dann bei meiner 3. Heirat schon Blumen streuen.

Kaum hatte ich mal kurz in meiner Fantasie durchgespielt, wie ich mich mit Hund sehe und wer ihn nimmt, wenn ich verreise, was ich ja öfter tue, schwirrte mir ein köstlicher Artikel ins Haus. Auch geschickt von einer Freundin. Darin geht es um die Pinguindame »Zurita«, die als die erste allein erziehende Mutter dieser Art gilt. Der erste Mann starb, der zweite brannte mit einer Jüngeren durch, der dritte war sehr jung und als er sich auf die Eier zum Brüten setzen sollte – das tun normalerweise auch Pinguinmänner –, rannte er einfach weg und spielte mit seinen jungen Rowdy-Freunden Eisschollenhopsen. Tja, was sagt das alles nun aus, mmh? Dass ich mich nicht als Pinguin, sondern als Hund verkleiden sollte, um den ultimativen Männertest zu machen? Und mal auf Männer fliegen sollte, die aussehen wie Scottish Terrier und für die ich dann einen kleinen Knochen bereithalte?

Wuff! Deine A.

Liebe Verrückte!
Auch ich finde die Hundeidee sehr gut! Du darfst ihn auch bei mir abgeben, wenn du unterwegs bist. Oder bei deinem Nachbarn. Der freut sich dann, wenn du ihm etwas schuldest!

Deine S.

Ach ihr alle! Dabei habe ich neues Beweismaterial für mein Zögern mit Männern. In einem Artikel über Affären gaben 54 % deutsche Frauen nach nur fünf Jahren Ehe an, nicht mehr denselben Mann heiraten zu wollen. Kann ich gut verstehen, denn alle meine Affären, Freundschaften und Ehen hielten zwischen zwei und fünf Jahren. Ich bin daher das Paradebeispiel für die Bestätigung aller dieser Theorien und Fakten.

Aaaaaber, du hast völlig Recht mit dem Sprung ins kalte Wasser. Ich muss! Ja, in der Tat ist man dankbar, wenn einer einen toll findet. Wir sind nun mal narzisstische Wesen mit Bettelmentalität. Und superkritisch zu sein ist komplett daneben. Kaschiert natürlich nur meine Angst vor all diesem Aufruhr, dem Ärger, den Leidenschaften, den Zanks, die zweifelsohne lauern, wenn man sich wieder auf einen Mann einlässt ... Aber den milde fummelnden Nachbarn werde ich abservieren; ich habe keine Lust, in meinem Alter Mutti, Femme fatale, patente Ratgeberin und Sigrid Freud zu spielen.

Mir gefällt deine Formulierung »Macholand ist abgebrannt«. Are you sure? Ich sehe zwar manchmal noch das Schwelen und trete versehentlich in Aschehaufen – aber blühen da nicht neue zarte Trümmerblumen der resistenten Art drauf?

P. S. Habe verstohlen eine Dating-Website angeklickt und mich ertappt, dass ich mich beim Profil-Erstellen jünger machen wollte. Da habe ich schnell meinen Laptop zugeklappt!

Vielleicht doch der Park und Wuffi?

Deine A.

Liebste A.,
dass Männer und Frauen eigentlich nicht zusammenpassen und wenn, dann nur wie der Stecker in die Steckdose, das ist mir schon lange klar, deswegen muss man sich über-

legen, was man will. Es gibt drei Möglichkeiten, erstens – nur Sex mit verschiedenen, in unserem Alter bereits verheirateten Männern, zweitens – Ehe mit einem, der einem in der Tat nach fünf Jahren ein bisschen langweilig wird, aber mit dem es gemütlich ist und der einem die kalten Füße im Bett wärmt, oder drittens – das Thema einschlafen lassen und stattdessen den Regenwald retten, in die Politik gehen oder einen Impfstoff gegen Krebs oder Alzheimer entwickeln. Ich habe mich für Variante zwei entschieden, aus zwei einfachen Gründen: Ich wollte Kinder und ich wollte das Thema Mann abhaken und nicht ständig darüber nachdenken, ob er anruft, ob er noch will oder wo der Nächste herkommt. Ich erkaufe mir also meine Seelenruhe mit einer gewissen Ehe-Langeweile, aber das tue ich mit offenen Augen und ohne nennenswerten Frust.

Was willst du? Denn erst, wenn du nicht mehr hin- und herschwankst zwischen Teenie-Sehnsüchten und Emanzenfreiheitswahn (flipp jetzt nicht gleich wieder aus, mir ist kein besserer Ausdruck eingefallen), dann kannst du konkret auf die Suche gehen oder es eben lassen. Und in Chatrooms jünger machen darfst du dich auf keinen Fall, weil du dann ständig im Kopf haben musst, welche Band du noch kennen darfst und wie alt du warst, als Kohl Kanzler wurde. Außerdem, das Schlimmste, was dir passieren kann, ist ein lausiges Date bzw. ein Mann, der in Socken und Unterhose vor dir steht und dich so abtörnt, dass du schreiend vom Bett springst. Aber es gibt Schlimmeres. Kreisrunder Haarausfall zum Beispiel.

Deine S.

So, so,

was du über Ehe sagst – und du sagst es gern, du sagst es viel, und es hört sich oft sehr defensiv an – ist trotzdem recht vernünftig. Und wir haben uns ja nun oft genug bei vielen Gläsern Rotwein (ich allerdings Champagner) und immer in Abwesenheit deines Mannes (wo war/ist der eigentlich immer?) über das Thema unterhalten, das ich in- und auswendig kenne, sowohl von verheirateten als auch von unverheirateten Frauen – ich nenne sie jetzt mal Abenteurerinnen. Es läuft immer gleich ab. Die Ehefrau will beweisen, dass sie besser dran ist, von wegen Sicherheit und »Gemütlichkeit« und der ganze Quatsch, wobei sie gerne und viel Wein nachschenkt und auch sonst wenig den Geruch einer begehrten Femme fatale verströmt, sondern eher den der gehetzten Hausfrau, die maximal einmal die Woche zu einer sexuellen Pflichtvorstellung eingeladen wird. Der Single, sehr oft ja auch ganz bewusst ein Single (so wie ich, das vergisst du nur immer. Ich will ab und zu einen netten Lover, keinen EHEMANN), will beweisen, dass Freiheit und Spontaneität das ganz große Los ist. Die »Wahrheit« liegt irgendwo in der Mitte.

Ja, A.,
so bin ich nun mal. Ich mag Sicherheit und nehme dein Label der »gehetzten« Hausfrau an. Finde ich nicht so schlimm!

Hausweib

Liebe S.,
es ist ein unumstößlicher Fakt: Es gibt keine Sicherheit. Nirgendwo. Nicht privat, nicht global, nicht politisch, nicht gesellschaftlich. Punkt. Und mit dieser desillusionierenden Tatsache im Hinterkopf baut sich jeder sein Leben so auf, dass er glaubt, seine Ideale so unzerstört wie möglich zu retten. Wir haben alle Seelen mit Rissen und Herzen mit

blauen Flecken, du, ich, dein Mann, unsere Eltern, meine Boyfriends. Ich finde ja, dass wir uns alle in der »Regenbogengesellschaft« – schwachsinniger Begriff, der einmal von einem schwarzen New Yorker Bürgermeister erfunden wurde – freundschaftlich vermischen können. Ich finde es toll, dass du Kinder hast, bewundere deinen Mut und dein Talent dazu, freue mich ja auch an ihnen, kenne sie ja auch gut. An mir ist der Kelch nicht so sehr vorbeigegangen, vielmehr habe ich ihn, wer auch immer ihn mir hingehalten hat, aus der Hand geschlagen, und das ist mein persönliches Schicksal, meine Biografie, meine Entscheidung, vielleicht auch mein Kreuz und meine Tragik, vielleicht meine Rettung, mein Glück. Wer weiß das schon? Ich tue mein Bestes. Mehr kann ich nicht tun.

Weißt du, einer der Streitpunkte zwischen mir und meiner Mutter war immer, dass ich nicht so geworden bin, wie sie es gewollt hat. Ich sage seit Jahren zu ihr: »Ich bin ich. Ich bin so, wie ich sein kann. Sieh mich als Experiment, als Herausforderung, als fremde Kreatur aus dem Weltenraum an, nicht als Bestätigung deiner Erziehungsmethoden.« Ich glaube, sie hat das sogar ein klein wenig verstanden, so ganz intuitiv, denn sie ist jetzt netter und verständnisvoller zu mir.

Aber was ich dich fragen wollte: Was tust du nun mit deinem Leben außerhalb deines Mutter- und Ehefrauendaseins? Willst du wieder arbeiten? Was ist mit deinen Verdächtigungen, dass dein Mann eine Affäre hat? Du weißt, dass du mich vor einiger Zeit mit diesen Fragen bestürmt hast.

I want to know!

Deine A.

Liebe A.,
im Augenblick verdränge ich alles. Das Leben erschöpft mich, muss am schlechten Wetter liegen. Mann ist häufig unterwegs, wer weiß, wo? Bin zu schlaff, ihn zu fragen. Jobgedanken strengen mich ebenfalls an. Sorry.

Deine S.

Hallo S.,
du bist doch nicht krank? Warst du beim Arzt? Soo anstrengend ist dein Leben doch gar nicht. Gönn dir doch einfach mal eine dreistündige Ayurvedamassage.

Deine A.

Hallo liebe A.,
guter Tipp, danke, mein Schatz. Ja, emotionaler Ballast schlaucht schon ganz schön. Ich falle schon wieder auf die Füße ...

Deine S. (gähn)

Liebe S.,
vielleicht weckt dich dies auf. Mir ist etwas Eigenartiges passiert. Ich weiß nicht so ganz, warum ich so schrecklich überrascht tue, bin ich emotional so runtergewirtschaftet?, aber ich gebe zu, ich war überrascht. Ich traf auf einer Party einen Mann. Das hört sich so an wie der Anfang vom Witz »Kommt 'ne Frau zum Arzt«, ich weiß. Aber ich habe zwei wichtige Männer in meinem Leben, inklusive meines ersten Ehemannes, auf einer Party getroffen. Dieser Typ sah mich und brachte dann, erst mal irgendwie unverständlich, ein »So soll man aussehen!« raus. Ich sage nur, das Licht war günstig, ich leicht gebräunt und im schwarzen, schmalen

Leinenkleid, durch die Sonne naturblondiert – nicht schlecht. Aber trotzdem: So direkt wird man in meinem Alter nicht mehr angemacht. Er war Architekt, gleiches Alter, grau meliert, Leinenhemd, schwarze Jeans und fürchterliche Joggingschuhe – ich nenne sie immer noch Joggingschuhe, weil ich nicht weiß, wie man diese riesigen, inzwischen blinkenden, rotierenden sechsfarbigen Monster sonst nennen soll. Er wich nicht von meiner Seite und war recht amüsant. Er hat viel Zeit in Ibiza verbracht, und man sprach bald von der »guten alten Hippie-Zeit«. Na ja. Jedenfalls bestand er darauf, mich nach Hause zu fahren, weil »er in derselben Gegend wohnt«, wie er behauptete. Wir gingen auf die Straße, und irgendwie guckte ich nach einem normalen Mittelklasse-Auto. Da standen ein brandneuer schwarzer Jaguar und ein silberner VW irgendeiner Art. Auf den steuerte ich dann zu. Aber nein, es war sein Jaguar. Hatte er »sich geleistet«, meinte er, nach Jahren von alten Klapperkisten. Du siehst, das Establishment hat seine schmutzigen Fingerabdrücke überall hinterlassen (auch auf mir). Die Fahrt war sehr vergnüglich, denn das Ding hatte so eine digitale Straßenkarte. Brauchte er auch, denn er guckte mich dauernd an. Und dann meinte er, er wolle mitkommen und die Nacht mit mir verbringen. Wie bitte? Nach nur zwei Stunden Partygeflüster soll ich ihn MITNEHMEN? Ich lachte laut auf. War man zwanzig, oder was? Selbst da machte ich so was auch nicht alle Tage. Erst war ich geschmeichelt und flirtete wie der Teufel mit dem armen Jungen, aber dann passierte etwas mit meinen Gefühlen. Ich merkte, dass mir diese Art von adoleszenter Männerlust – komplett unreflektiert und irgendwie nicht sehr sinnlich und kein bisschen erotisch – auf den Nerv ging. Ich fand's unreif, jungshaft, und ich, die immer zu gern jüngere Männer mag, langweilte mich plötzlich mit dem mich anhimmelnden Mann. Nicht, dass ich ihn nicht verstand, ich hab ja auch was, aber Männer, die um Aufmerksamkeit betteln, törnen mich ab. Oh, Handy klingelt, wahrscheinlich er.

Fortsetzung folgt ...

Liebe A.,
ich lese deine Mail, ich lese sie noch mal, und ehrlich gesagt, ich kann deine Reaktion überhaupt nicht verstehen. Da bist du, eine Frau jenseits der fünfzig, und triffst einen Mann, der dir, bis auf seine Joggingschuhe (es gibt übrigens viele Frauen, für die ein Mann nicht in Frage kommt, wenn sie seine Schuhe schrecklich finden), gut gefällt, dieser Mann ist nicht schwul, nicht verheiratet und scharf auf dich. Er himmelt dich sogar an, wie du schreibst. Viele, viele Frauen würden dich beneiden. Die Nacht ist lau, du siehst gut aus und fühlst dich sexy. Und dann macht der Ärmste ein paar »Fehler« und ist weg vom Fenster?

Sich wundernde S.

Liebe S.,
bin ich zu streng? Vielleicht hast du ja Recht. Also Horst, ja Horst, der schlimmste Name jenseits von Karl-Heinz, gestand mir dann, dass er frisch geschieden war, und es wurde der eigentlich bekannte Fakt über Männer wieder verstärkt: Sie sind hilflose Kinder und brauchen Streicheleinheiten und Aufmerksamkeit, die sie dann als fabrizierte sexuelle Gelüste den Frauen gegenüber darstellen. Was dann natürlich als unsexy, weil unecht rüberkommt. Ich erklärte ihm deshalb, dass ich nicht im Traum daran denken würde, ihn mitzunehmen. Wenn schon nur Sex, dann aber bitte mit Leidenschaft und Witz, milde Hausmannskost fällt flach für mich. Er war enttäuscht und brachte dann den ganz falschen Satz, nämlich: »Ist das nicht spießig?« Und

dann durchzuckte mich, den ewigen Teenager, eine erschreckende Erkenntnis. Ich bin erwachsen geworden! Und was noch schöner ist, ich bin im Einklang mit meinen Gefühlen, sexuellen und anderen. Und: Der Dankbarkeitsfaktor ist nicht mehr da, nach dem Motto: »Er mag mich, wie toll, also mach ich alles, was er will.«

Ich ging also ganz beschwingt, eine kleine Melodie summend, die vier Stockwerke zu meiner Wohnung hinauf – ja, und war froh, allein zu sein. Bin ich nun pervers, neurotisch, alt oder nur »normal«? Ich glaube, das Leben spielt einem immer mal so kleine Situationskomödien zu, damit man daraus etwas lernt.

Deine A.

Lieber »Normalo«,
okay, der Frosch liegt jetzt im Brunnen. Deshalb bekommst du die Aufgabe von mir, vor der du dich nicht drücken kannst, weil ich dir sonst meine Freundschaft entziehe. Kein Scherz. Die Aufgabe ist ganz einfach – du gehst heute Abend aus, allein! Du machst dich schick, du brezelst dich auf, und du schleppst einen Kerl ab. Du musst nicht mit ihm in die Kiste, aber ihn mit auf einen Kaffee in deine Wohnung nehmen, und bevor er wieder geht, musst du ihn geküsst haben.

Viel Spaß!

Deine S.

Liebe S.,
bist du wahnsinnig? Du bist gemein und erpresserisch und hättest Heiratsvermittlerin werden sollen. Da kann man sehen, was dabei rauskommt, wenn man verheiratete beste Freundinnen hat, die sich langweilen (warum wohl?) oder

aber aus unbewusster Rachsucht wollen, dass man als anständige Single-Frau dasselbe Schicksal erleiden soll wie sie selber. Andererseits, und da beißt die Maus keinen Faden ab, hast du irgendwie Recht, denn ich sollte wirklich etwas »erwachsener« und milder agieren, sonst stampfe ich sie alle ein, bevor sie noch »Oh mein Gott, du bist die schönste, heißeste, witzigste, klügste, sexieste Frau der Welt« sagen können. Kurzum: Du hast gewonnen. Ich werde es machen. Ich habe zwei zur Auswahl, die in Frage kommen. Jener, der mich so angemacht hat, jetzt werde ich ihn mal etwas quälen und beim Wort nehmen, und ein »älterer« Jazzmusiker, der heute Abend hier im Club spielt und mir gefällt, da ich Musiker liebe und sexy finde (er spielt Saxofon). Ich sag's dir: Einfach ist das nicht, denn trotz einer gewissen Dreistigkeit bin ich doch ein wenig schüchtern.

Topp, die Wette gilt! Das heißt, wir wetten ja leider nicht, sondern das ist hier ein eindeutiger Erpressungsversuch! Morgen ist Sonnabend, da mach ich's!

Einen abenteuerlustigen Gruß wünscht

Abschlepperin A.

Meine wunderbare, mutige, abenteuerlustige Freundin A., ich würde mich nicht jetzt schon festlegen, sondern es wirklich mal drauf ankommen lassen. Geh einfach in deine Lieblingskneipe oder in einen Club, in den du immer schon mal wolltest. Du setzt dich an die Bar, schön wie die Sünde, und du weißt: »Heute wird etwas passieren.« Das Schöne an deiner Situation: Du bestimmst sie. Du bist die Herrin deiner Welt. Du wartest nicht ab, ob ein Mann dir Feuer gibt, ob er dich anquatscht, ob er dir einen ausgibt – DU übernimmst die Initiative! Alles ist möglich, jeder ist denkbar. Und wie gesagt, es muss nicht zum Äußersten kommen, Sex nur, wenn alle Stricke reißen, aber du musst mit einem Mann das Lokal verlassen und ihn zum Abschied küssen. Und wehe, du türkst, das merke ich sofort.

Viel Spaß!

Deine S.

Hallo du MS (heißt nicht Microsoft, sondern Miststück),
nur mal ganz schnell. Was würdest du anziehen? Ein Kleid (oder Rock) oder Hosen? Damenhaft-sophisticated oder smart und tough (habe ja diesen schönen Nadelstreifenanzug à la Madonna von vor zehn Jahren)? Jetzt sag nicht: »Ist egal, solange du dich an ihn ranschmeißt.« Oder: »Ist doch egal, die Klamotten kommen ja sowieso runter.« Man will ja denn doch unwiderstehlich aussehen. Vielleicht sollte ich meinen alten Ehering tragen (habe ihn doch tatsächlich noch), damit ich etwas geheimnisvoll wirke? Oder spinne ich mal wieder und überlege vorher zu viel? Haaaach, ich will zu Hause bleiben, in albernen Puschen und mit einer Tüte Lakritzfischen, und mir Bette Davis ansehen, wie sie ihren Liebhaber in diesem einen schwülstigen Film, der auf einer Plantage in Sumatra oder so spielt, erschießt. Könnte ich nicht vielleicht eine Pistole mitbringen und ... o.k., o.k., ich höre auf.

Bis später – mehr von der Erotikfront.

Deine A.

Liebe A.,
was die Klamotte angeht, auf jeden Fall etwas, in dem du dich wohl fühlst und bewegen kannst. Ich hatte mal ein heißes Date, zu dem ich eine Jeans getragen habe, die so eng war und im Schritt und in der Taille so gekniffen hat, dass mir fast schlecht war. Während der wirklich gute Typ etwas von »Du gefällst mir, du gefällst mir sehr«

sagte, (Ältere erinnern sich an den berühmten Talkshowauftritt, wo Romy Schneider dies zu Burkhard Driest sagte, was ihn sofort unsterblich machte), egal, ich dachte nur daran, wie ich meinen Reißverschluss unbemerkt öffnen konnte. Ich wollte nur ein- und ausatmen können ohne Gefahr von Atemstillstand. Nach dem zweiten Glas Wein hatte ich es geschafft, mein Reißverschluss war offen, welche Erleichterung! – nur kriegte ich ihn dann nicht wieder zu! Und da ich nur ein kurzes Top trug, konnte ich auch meine herausquellende Wampe nicht kaschieren. Es war ein Albtraum!

Also, ich finde gut sitzende Jeans mit Bluse oder T-Shirt gut. Gern auch mit Ausschnitt, du hast noch gute Titten, die du nicht verstecken musst, und dein Hals wirft auch noch keine Plisseefalten. So ein Outfit signalisiert: »Ich freu mich auf dich, aber ich stehe nicht drei Tage vor dem Kleiderschrank.«

Auf in den K(r)ampf.

Deine S.

Hallo liebe S.,

oh Mann, oh Mann! Vielleicht sogar wortwörtlich? Was soll ich sagen, ich habe deine Order ausgeführt. Ha! Ich lebe noch und bin nicht versehentlich einem Lustmörder in die kosenden und würgenden Hände gefallen und habe mir auch keinen Zacken aus der Krone gebrochen (davor hatte ich wohl auch irgendwie Angst). Und nun fühle ich mich absolut stark, clever, erwachsen, habe alles unter Kontrolle – und muss dauernd vor mich hin grinsen. Also, ich zog eine sehr schöne schwarze Leinenhose an und ein enges weißes T-Shirt, ein klitzekleines bisschen bauchfrei. Ich ging doch in den Jazzclub, da ist es nicht so laut, und bestellte einen Wein. Der Typ, Tom, war auch da. Klar, er spielte ja. Also, ich lachte ihn offen an, und er schwang so schön das Saxofon; ganz besonders in meine Richtung. Als sie fertig waren, kam er an meinen Tisch. Ich war sehr, sehr freundlich, kann ich ja sein, wenn ich will, und merkte, dass ich aber nicht mag, wenn ein Mann denkt, ich will was von ihm. Komisch, nicht? Na ja, wir redeten, ich trank sehr langsam, flippte etwas mein Haar hin und her wie eine 18-Jährige (unbewusst, nicht zu fassen!), versuchte aber sonst, ich selbst zu sein, wie es so schön heißt. Er guckte mich eindeutig interessiert und leicht lüstern an, unsere Gesprächsfetzen waren so wie zwischen Leuten, die eine Sache sagen, aber eine andere denken. Halt wie die internationalen Flirt-Gesetze des Redens zwischen Mann und Frau sind. War nett, ich blühte richtig auf. Er hat sehr schöne Hände und ist doch so achtundvierzig, würde ich sagen. Ich gähnte dann leicht und meinte, ich müsste nach Hause (lieber Gott, lass mich nicht sagen müssen: »Bringst du mich?«, dachte ich), da meinte er: »Ich bring dich natürlich.« Natürlich. Ich wohne ja nun nicht weit von dem Club, also gingen wir. Das mag ich immer ganz gerne. Obwohl, die Vorknutsch-Phase in Taxis fand ich früher auch immer aufregend. Dann standen wir vor meinem Haus, und ich sagte: »Wie wär's mit einem kleinen Drink, oder Tee?« – »Gerne«, meinte er und so ächzten wir die Treppen bis zum 4. Stock hoch – sehr sexy! Die ersten Punkte hatte ich schon gewonnen! Er setzte sich auf den Sessel, NICHT das Sofa, auf dem ich Platz nahm. Ich legte John Coltrane auf und raste hin und her, holte Gläser. Als ich aus der Küche kam, saß er auf dem Sofa und sagte: »Setz dich zu mir.« Bingo! Tat ich dann. Er legte den Arm auf die Lehne, guckte mich sehr nett an und streichelte mein Haar!! Süß. Ich strich ihm dann mit einer Geste, die ich tausendmal im Film gesehen habe (ich habe alles aus Filmen!), an seiner Wange und am Hals runter und lächelte etwas verschmitzt. Tja, da küsste er mich.

Erst langsam, dann wilder, und da sagte ich auch schon den blöden Abwimmelklassiker: »Du, ich muss morgen früh raus.« – »Na und?«, meinte er. Ein Mann nach meinem Herzen! Doch ich blieb standhaft und entschlüpfte seinen Armen schnell. An deinen Befehl habe ich gar nicht mehr gedacht übrigens, es war eine typische Reaktion für mich. Wenn's zu »gefährlich« wird, büxe ich aus. Jedenfalls ging er enttäuscht, aber gut gelaunt. Wir küssten uns an der Tür, und ich winkte. »Wir machen das bald noch mal, hoffe ich«, schmetterte ich fröhlich hinter ihm her. Dann ging ich laut lachend ins Bad und sah meinen verschmierten Lippenstift und die tüdeligen Haare. Was mich daran erinnert: Nie roten Lippenstift bei Dates, meine Damen. Lieber nur leichtes Rosabraun.

So, da hast du's. Ein voller Erfolg. Mache ich jetzt mit jedem, den ich nett finde.

Gähn, muss ins Bett. Danke für deine Insistenz, meine gestrenge Sex-Beraterin!

Deine A.

Klasse, klasse, klasse!
Das hast du ganz toll gemacht! Eins mit Sternchen! Bin genauso begeistert von dir wie du sicherlich von dir selbst! Hattest du Lampenfieber? Ein Gefühl wie auf dem Sprungbrett, unter dir nur das weit entfernte chlorhaltige Wasser, und du willst springen, aber gleichzeitig ist da der kalte Knoten in deinem Bauch? Wenn du dich dann traust und springst, was für ein wahnsinniges Gefühl von Abenteuer und Freiheit!

Erinnerst du dich noch an meine Frage, wann du zum letzten Mal etwas zum ersten Mal gemacht hast?

Jetzt hast du. Und weil ich so stolz auf dich bin, darfst du mir auch eine Aufgabe stellen. Was soll ich tun? Nackt durch die Stadt laufen? Ein Klavierkonzert geben, obwohl ich erst seit einem Jahr Unterricht nehme und über den Flohwalzer kaum hinaus bin? Einen Kerl aufreißen? Wäre gerade in der Stimmung, mein Sexlife ist im Augenblick so kümmerlich, dass ich mich wie ein spätes Mädchen fühle. Mein Guter schläft im Augenblick mehr denn je. Erschöpfung oder Mittelalter?

Also, mein Engel, überleg dir, was ich für dich tun kann. Und für mich natürlich.

Deine S.

Hallo mein Schatz,
genau so war's! Hast du besser beschrieben als ich; und ich rieche förmlich das Chlorwasser im damaligen Neumann-Reichard-Hallenbad – und mich mit »Orchidee«-Gummi-Badeanzug und Badekappe mit Kinnriemen. Damit hätte ich sicher keinen verführen können. Nur kurze Zwischenfrage. Was machst du mit den Job-Interviews? Hast du nicht eins nächste Woche?

Die Aufgabe kommt, oh, sie kommt. Muss mir etwas besonders Raffiniertes für so eine souveräne Katze wie dich ausdenken. Ich sage aber jetzt schon, es involviert DEINEN MANN!

Deine immer noch gut gelaunte A.

Selber Schatz,
freut mich, dass es dir so gut geht. Und tatsächlich habe ich dir auch was Erfreuliches mitzuteilen. Ich hab im Internet herumgeschnüffelt und bin bei *www.monsterjob.com* tatsächlich fündig geworden! Meinen alten Job als Einkäuferin für Mode – kann ich mir natürlich abschminken, erstens ist das schon siebzehn Jahre her, mein Gott, wie die Zeit

vergeht, zweitens kann und will ich ja gar keinen Full-Time-Job, am liebsten würde ich halbtags arbeiten. Mal raus aus der Wohnung, raus aus der Familie, danach habe ich eine immer größere Sehnsucht. Kinder und Mann sind aus dem Gröbsten heraus, wenn sie mal ein paar Stunden allein sind, sollte das kein Weltuntergang sein. Habe das Thema viel zu lange verschlampt, vermutlich, weil mein Augapfel gut verdient und die Kaufhäuser, für die ich früher eingekauft habe, mir ja nicht gerade die Bude eingerannt haben. Der Arbeitsmarkt hat nicht auf eine 44-jährige Ehefrau und Mutter gewartet, so viel ist leider überdeutlich. Genug gejammert. Morgen stelle ich mich in dem Kaufhaus bei uns um die Ecke als Verkäuferin vor, die Modeabteilung soll vergrößert werden, da warten sicher wichtige Aufgaben auf mich.

Bin schon etwas aufgeregt. Was soll ich anziehen, was rätst du mir?

Deine S.

Liebe Modepuppe,
da es sich um einen Klamottenjob handelt, kannst du dich ruhig ausstaffieren, als gäbe es nichts zu verlieren. Hauptsache, du siehst nicht wie Vivienne Westwood aus. Du kennst meine Meinung über die Mode der letzten zehn Jahre, die ich nur als Nutten- und Pipimädchenmode ansehen kann. Ein echtes Dilemma für Frauen über fünfundzwanzig. Keiner sagt, dass man Flanell-Faltenröcke und Perlenohrringe tragen muss, aber wie wäre es mit einem Schuss Vernunft, Witz und Eleganz? Will sagen, nichts »Niedliches«, nichts gewollt Hippes, »Junges«. Trag doch dein von mir so geliebtes dunkelgrünes Vintagekleid und darüber die echte alte Chaneljacke, die passt im Farbton, dazu die goldenen Highheels, etwas Schmuck, kleine Ta-

sche – fertig. Think Audrey Hepburn meets Jackie Kennedy meets Madonna, dann stehst du in jedem Fall über den Dingen.

Doch vorher kommt meine Aufgabe ...

Deine Beraterin

Also,
goldene Highheels, ist das nicht zu ... gold? Ansonsten werde ich deine Ratschläge befolgen. Gib mir die Aufgabe bitte erst nach meinem Vorstellungsgespräch, ist sonst zu viel Aufregung auf einmal.

Ich melde mich morgen, drück mir die Daumen!

Deine S.

Hallo S.,
vielleicht ist das etwas viel mit dem Gold. Du weißt, ich gehöre zu den »Entfremderinnen«, das heißt, ich mixe Sachen. Würde nie goldene Schuhe am Abend und zum Cocktailkleid anziehen, nur tagsüber und nur im Sommer und mit gebräunten Beinen. Und wir haben ja Sommer ... so war das gemeint.

Good luck,

Deine Style-Päpstin

Oh mein Gott,
ich bin immer noch total fertig. Habe deine textilen Ratschläge alle befolgt, bis auf die goldenen Schuhe, die habe ich durch meine schlichten beigen Highheels ersetzt, und leider nicht daran gedacht, dass ich sie zum letzten Mal auf deinem 50. Geburtstag getragen habe. Was ja, wie du gern verdrängst, auch schon ein Jährchen her ist.

Bin leider eher der Flachschuhtyp, bereute deshalb bereits nach zehn Schritten meine unüberlegte Schuhwahl, hatte sonst leider nichts, was zu meiner Restklamotte passte, und stöckelte deshalb in Vorahnung schrecklicher Fußblasen in den Fahrstuhl, der mich zum Personalbüro führte. Zu allem Unglück machte sich vor lauter Stress auch noch meine Blase bemerkbar, aber da ich auf dem Weg zu Frau Hoppe, so heißt die Personalchefin, kein Damenklo erspähte, klopfte ich in einem Zustand des sich steigernden körperlichen Unwohlseins an Frau Hoppes Tür, hörte ein knappes »Herein« und war so mit meinen Blasen und meiner Blase beschäftigt, dass der Schock erst kam, als ich mich auf ihre Aufforderung »Nehmen Sie doch bitte Platz« vor ihren sehr aufgeräumten Schreibtisch setzte. Sie war sehr jung, höchstens 32, schlagartig kam ich mir wie eine alte Schachtel vor. Fühlte mich, als würde mir auf einmal ein grauer Damenbart aus dem Kinn sprießen. »Sie wollen in unserer Modeabteilung arbeiten, Frau P.?«, fragte sie und sah mich so prüfend an, dass ich innerlich schlagartig zu Tante Käthe wurde. Ich erwähnte dann meine Wahnsinnskarriere als Einkäuferin, sie wies, leider zu Recht und sehr freundlich, darauf hin, dass dies ein halbes Jahrhundert her sei, und wollte wissen, was mich denn jetzt, so kurz vor der Altersteilzeit, dazu bewegen würde, noch einmal anzufangen. »Mode wird ja immer mehr zum Zeitgeistphänomen«, erklärte sie mir, und ich nickte, obwohl ich null Ahnung hatte, was sie meinte, »wer sich also mit ihr beschäftigt, muss gestern wissen, was übermorgen passieren wird. Ist Ihnen Buddha Monk ein Begriff?« – »Sie meinen diesen Hip-Hop-Sänger?«

Tja, was für ein Glück, wenn der eigene Sohn so schräge Sachen hört und seine Mutter regelmäßig sein Zimmer aufräumt. Frau Hip-Hoppe war schwer beeindruckt. »Meine Kinder hören nur Hip-Hop«, erklärte ich ihr meinen Sachverstand, »deshalb kenne ich *alle* neuen Trends.« Sie will von sich hören lassen. Meinst du, sie tut es?

Es klang eher nicht so.

Deine S.

Arme geschundene Stilettonin!

Ja, die Firma Hansaplast ist aus gutem Grund reich geworden, durch Fersengeld und uns Frauen nämlich. Warum glaubst du, dass ich fast nie Stöckel trage und als Schuhbeutel-Queen bekannt und beneidet bin, weil ich immer zweipaarig in der Stadt herumrenne?

Hab mich aber über deinen Frontbericht schlappgelacht! Ich weiß nicht, wer Buddah Monk ist! Das nur nebenbei. Du brauchst dir nicht wie Tante Käthe vorzukommen, denn du siehst doch nun schicker aus als viele junge Frauen mit diesen unsäglichen Fransenfrisuren und Haarklemmen und Trompetenärmeln und zu großen Gürtelschnallen und all den krampfhaft nachgemachten und von meiner Generation gestohlenen Hippie-Klamotten. Ich hasse diese Modezicken, die so tun, als wären Klamotten ein elitäres Geheimnis, zu dem nur sie Zugang haben. Dir ist sicherlich aufgefallen, dass absolut alle Moderedakteurinnen und alle Weiber, die mit Mode zu tun haben, die am allerschlimmsten angezogenen Schreckschrauben sind? Bin mal gespannt, wie sich das weiterentwickelt. Hast du sonst noch Termine beruflicher Art?

Deine A.

Liebe A.,

eben kam die Absage.

Keine weiteren Termine im Moment.

S.

Ach S.,
mach dir nichts draus! Die wissen gar nicht, wen sie verlieren, die Deppen. Morgen läuft eine andere Sau durch Karstadt. Nicht aufgeben.

A.

Liebe A.,
du hast Recht, gib mir jetzt die Aufgabe.

Ich muss abgelenkt werden.

Deine S.

Spitz, pass auf! (kennst du das Spiel noch?)
Ich habe einen ganz speziellen Termin für dich, und zwar mit deinem Mann. Du musst eine sexuelle Fantasie mit ihm ausleben! Und zwar die, die dir am schwersten fällt, weil du sie so »sündig«, aber obergeil findest. Also: Du besorgst dir Handschellen, wenn du sie nicht schon hast; gibt es in jedem Kostümbedarfsladen (oder falls du mal was mit einem Polizisten hattest, ein ausrangiertes Paar von der Polizei selber). Du musst Netzstrümpfe und einen schwarzen Ledermini anziehen, Peitsche kann, muss nicht dabei sein. Du fängst ihn ab, wenn er nach Hause kommt, also Kidnapping, wenn du so willst, und legst ihm ziemlich sofort die Handschellen an – hinterm Rücken. Dann ziehst du ihm die Hosen runter (oder aus) und gibst ihm den Blowjob des Lebens! Klasse-Szenario, oder? Wenn er dir dann nicht aus der Hand frisst (nicht wortwörtlich in diesem Fall), dann musst du noch mal an Bananen üben oder an Eistüten. Eine Alternative wäre die langsame Version. Du schleppst ihn ins Bett und quälst ihn etwas länger (mit Küssen und Lecken aber nur. Keine echten Aggressionen rauslassen). So. Das war meine Aufgabe. Ich weiß, hört sich ein bisschen

08/15 an, diese Sadomaso-Spielchen, aber meine Erfahrung ist, dass Klassiker und Klischees sich deshalb so lange halten, weil uns etwas daran anspricht. So.

Deine Sado-A.

Hallo Sado-A.,
das ist wirklich eine fiese Aufgabe, weil nichts schwieriger ist, als den eigenen Mann zu verführen. Eine gewisse Verschwisterung, die normal ist, wenn man jeden Abend gemeinsam Kissen an Kissen vor sich hin schnarcht, macht es fast unmöglich, das geile Luder herauszukehren. Kommt einem fast ein bisschen wie Inzest vor. Werde mich trotzdem bemühen, du hörst von mir, wenn ich dich mitten in der Nacht anrufe, weil ich die Handschellen nicht wieder loskriege, okay? Dann kommst du gefälligst sofort mit einem Ersatzschlüssel.

Deine etwas ratlose S.

Ach komm, Mäuschen ...
... das kriegst du hin. Ich finde ja, man sollte Handschellen aus Lakritze machen, dann kann man sie abknabbern. Aber ich gebe dir einen Tipp, denn ich habe so was schon mal gemacht. Es muss mit viel Lachen und Pfiff verbunden sein, sonst ist es nur ernsthaft peinlich und rutscht in Spießer-Grufti-Getue ab. Also, Charme, Dreistigkeit – und die Lust kommt von selber. Wenn es irgendwie nicht nach Plan klappt, dann war's immer noch ein amüsanterer Abend, als vor »Deutschland sucht den Superstar« vor sich hin zu dösen, oder? Reine Gewinnersache also. Und dein Mann wird sich nachts heimlich die rätselhafte Blondine an seiner Seite angucken. Glaub's mir!

Sex-Pertin A.

Liebe A.,
ich weiß nicht so recht. Habe Angst davor, mich lächerlich zu machen. Es ist schwer, sich als tolles Überraschungspaket zu präsentieren, wenn man sich wie normal eingetütet vorkommt. Aber es ist ja alles erlaubt im Krieg und in der Liebe!

Deine schlotternde S.

Komm, komm!
Weißt du, wo noch alles erlaubt ist? In der Religion! Ich hatte gerade in der Vorfreude deines kommenden heißen Berichtes »Kann denn Liebe Sünde sein?« geträllert, und da kam mir die Meldung dazwischen, dass der relativ neue Papst als Poster in der »Bravo« abgebildet wird! Mein Gott (wörtlich)! Ist denn die Welt aus den Fugen? Was ist aus den seligen Zeiten mit den herrlichen alten Schwarz-Weiß-Covern mit Elvis und James Dean geworden? Ich durfte ja zu Hause »Bravo« nicht lesen. War ein »Revolverblatt« laut Papa und streng verboten. Also lieh ich sie mir von Brigitte, deren Vater einen Gemischtwarenladen hatte, aus, und dann versteckte ich mich im Garten ganz, ganz hinten und verschlang die sehr amerikanisierten Star-Geschichten. Kostete damals 50 Pfennig, by the way ... mein wöchentliches Taschengeld, jawohl! Papst, »Bravo«, Sünde, Sex, du siehst, alles ist miteinander verbunden ... Und DU musst die ganz spezielle neue Verbindung zu deinem Ehemann suchen ...

Deine Expertin

Liebe A.,
scheiße, scheiße, scheiße! Hätte ich bloß nicht auf dich gehört! Aber ich bin keine Spielverderberin, also habe ich die

alte Spielkiste meines Sohnes durchwühlt, weil mir einfiel, dass er vor Jahren mal eine Polizeiausrüstung mit Handschellen von seiner Oma bekommen hat. Ta ta! Ich fand sie unter alten Micky-Maus-Heften vergraben und versteckte sie unter meinem Kopfkissen. Keine Lust auf dumme Kinderfragen. Mami, willst du Polizistin spielen? Nein, Tante A. hat mich dazu verdonnert, mit eurem Vater ein nettes Sadomaso-Spielchen zu veranstalten. Ich entsorgte die Kinder zu Freunden, und während ich auf meinen Obersüßen wartete, warf ich mich in ein paar superscharfe Teile. Teilweise Überbleibsel aus meiner wilden Vergangenheit, den Rest besorgte ich mir in einem Erotikshop vom Steindamm. Kam mir etwas komisch vor, so zwischen den verschwitzten Staubsaugervertretern, aber ich sagte mir, S., da musst du durch, und stand deshalb mit einem nippelfreien BH vor meinem Schlafzimmerspiegel. So richtig sexy fand ich mich nicht, nur sehr fremd und komisch. Außerdem saß das Teil nicht richtig und scheuerte tierisch an meinen Nippeln. Auch der Tanga klemmte zwischen meinen Pobacken wie eine geplatzte Hämorrhoide. Ich warf meinen Bademantel über die Pracht, schenkte mir einen Wein ein, legte meine Kuschelrock-CD ein und wartete. Und wartete. Trank noch ein Gläschen Wein, wurde müde und müder, schlief auf dem Sofa ein. Hier höre ich mal auf, denn du musst ja auch gequält werden!

Willst du mehr wissen?

Deine S.

Hey S.,

los, los, los! Wie geht's weiter? Bist du plötzlich Krimiautorin und quälst deine Leser?

Deine angespannte A.

Also A.,
weiter. Irgendwann muss mein bestes Stück nach Hause gekommen sein, denn er schüttelte mich wach und sah mich völlig entgeistert an. »Haben wir schon Fasching?« Das fragte er doch wirklich allen Ernstes. Ich war so verdattert, dass ich erst gar nicht wusste, was er meinte, doch dann kniff mein Tanga zu, und ich sagte: »Ich wollte dich verführen.« Das kam so kläglich raus, dass ich fast angefangen hätte zu heulen. Er sagte gar nichts, sah mich nur kopfschüttelnd an und ging ins Bett. Ich hinterher. Er zog sich aus und bevor er seinen Pyjama anziehen konnte, schubste ich ihn aufs Bett und es gelang mir tatsächlich, seine Handgelenke mit den Handschellen an den Bettpfosten festzuklemmen. »Was soll das, lass den Scheiß!«, sagte er, und als ich ihn da so wie eine nackte, ganzkörperbewollte Pute liegen sah, verging mir leider jede Lust, sogar der Winzrest, der sich wieder geregt hatte, und ich musste laut loskichern.

Er dagegen fand's gar nicht komisch. Irgendetwas in mir sträubte sich, ihn loszumachen, vermutlich ahnte ich, was er sagen würde. Ahnst du es? AHNST DU ES? Er sagte: »Tut mir Leid, dass du dir so viel Mühe gegeben hast, aber ich habe mich in eine andere Frau verliebt.«

Ich hab ihn einfach so liegenlassen und bin zu meinem Computer gegangen. Stehe unter Totalschock. Muss ein ganz dummer Witz sein. Du bist doch sonst immer so schlau. Was rätst du mir?

Deine S.

Liebe S.,
oh, verdammt! Ach du große Scheiße! Aber auch Lachen und Weinen, es ist alles drin in deinem köstlichen Bericht. Spontan ist meine Reaktion: angekettet liegenlassen, bis er

verschimmelt und die Nachbarhunde aufgeregt an die Tür kratzen – wegen des Verwesungsgeruchs! Oder ich reise kurz an und knöpfe mir den Mann jetzt persönlich vor, aber dann gnade ihm Gott. Was für ein Schwein! Wer ist es und warum? Muss mich erst mal selber beruhigen, das ist ja so, als hätte er *mir* das gesagt. Verdammtes Arschloch, sorry, das fühle ich im Moment.

Aber rausgerückt wäre er mit diesem fiesen Tiefsegler auch ohne deine wie ich finde wunderbare Kostümierung!

Bis später.

Deine mitleidende A.

Mit A fängt ja auch Arschloch an,
sorry, das ging nicht gegen dich, aber ich bin im Augenblick soooo wütend, dass ich platzen könnte. Hoffe, ich bleibe es und versinke nicht irgendwann in einer tiefen Depression. Werde diesen miesen, treulosen, mittelalterlichen, weichfleischigen Mann, der die Unverschämtheit hatte, mich zu betrügen, einfach verrotten lassen. Hörst du, wie er jault? Soll er jaulen. Ich geh jetzt erst mal einen Kaffee trinken. Milchkaffee mit ganz viel beruhigendem Schaum.

Deine S.

P. S. Heute ist der erste Tag vom Rest meines Lebens! Fühlt sich scheiße an.

Liebe süße S.,
du meinst sicherlich, vom ANFANG deines NEUEN Lebens, oder? Lass uns beide eine neue Seite aufschlagen (auch wenn dir danach ist, IHN zu *er*schlagen), noch ist das Leben bunt, ereignisreich und hat Hülle und Fülle zu bieten. Nicht im Moment, aber loslassen heißt ja auch, beide Arme wie-

der frei zu haben. Du bist noch jung, du siehst gut aus, jetzt steht dir alles offen. Das wirst du nicht in diesem Moment begreifen, aber ich sehe den Lichtstreif bereits am Horizont. Klein, aber unaufhaltsam.

Deine Hoffnungsträgerin A.

Liebe, genauso süße A.,
ach, wenn ich dich nicht hätte! Bin so froh, dass du in meinem Leben bist. Gemeinsam werden wir es schaffen. Werden wir IHN schaffen!

Und wenn er am Boden liegt und winselt, dann kümmern wir uns um einen Mann für dich. Versprochen.

Deine S.

Ach S.,
vergiss den Mann für mich! Das schaffen wir schon, wir beiden. Morgen sieht alles anders aus.

Das Leben ist halt eine Zicke.

Deine A.

Liebe A.,
wie Recht du hast. Eine Zicke und eine Schlange und eine Schlampe gleichzeitig. Hätte Lust auf einen langen Winterschlaf.

Deine S.

Hallo, HALLO, Hallihallo!
Hat es dir die Sprache verschlagen? Ich höre nichts mehr von dir. Seit nunmehr vier Tagen hast du mir nicht geantwortet. Dein AB war ausgeschaltet und das Handy abge-

stellt. Und nun mache ich mir Sorgen und überlege, ob ich sofort anreisen muss, um dich mit meinem selbst gebackenen Butterkuchen zu verwöhnen und dir ein bisschen ins Gewissen zu flüstern. Nicht aufgeben jetzt! Du bist stark, du suchst dir endlich einen Job, ein Leben ohne Kerl ist NICHT das Ende der Welt !!!!!

Du hast doch nicht etwa zur Flasche gegriffen und liegst jetzt lallend auf deinem Tigerfell-Sofa? Oder hast ihm gar einen schmackhaften Cocktail aus Rattengift und Strychninlikör gemixt und übst jetzt eine tränenreiche Ansprache als neue Witwe? Spuck's aus, Darling!

P. S. Du weißt, dass ich kurz mit deiner Tochter gesprochen habe, als ich dich gestern anrief? Sie sagte sehr knapp: »Mama benimmt sich komisch«, mehr nicht. Im Hintergrund raunzte ein junger Mann, sie solle sich kurz fassen, er würde ungeduldig werden. Wenigstens klappt's bei einer Person gut mit der Partnerschaft ...

Deine besorgte A.

Mensch A.,
hier bin ich wieder, mach dir keine Sorgen! Ich habe nicht gewusst, dass man sich so scheiße fühlen kann, diese Mischung aus Wut, Angst, Verzweiflung und völliger Hilflosigkeit ist ein absoluter Killer! Nach dem historischen Satz meines Nochgatten, er habe sich in eine andere Frau verliebt, bin ich ja erst mal ausgerastet, ich war so rasend wütend, dass ich ihn tatsächlich drei Stunden in seinem Saft schmoren ließ. Es hat mir gut getan, dass er genauso hilflos und wütend war wie ich, ich habe mich vor ihm aufgebaut und ihn einfach nur angeschaut, weil ich wusste – es macht ihn fertig, wenn ich nichts sage! Normalerweise texte ich ihn ja auch gern mal ein bisschen zu, dann schaltet er auf

Durchzug, ich texte laut und lauter – die übliche Ehepaarnummer. Nach drei Stunden musste ich ihn dann leider losbinden, weil er sonst ins Bett gepinkelt hätte und ich keine Lust hatte, auch noch eine neue Matratze zu kaufen. Ich habe ihn dann sofort in mein Bügelzimmer verbannt, dort steht ein ungemütliches Uraltschlafsofa mit durchgelegenen Sprungfedern, perfekt für einen treulosen Ehemann. Das »GESPRÄCH« fand dann einen Tag später statt, als ich mich etwas beruhigt und mit Valium versorgt hatte. Die übliche, trostlose Geschichte – eine Kollegin, Mitte dreißig, deren biologische Uhr vermutlich TOCK TOCK TOCK macht, hat sich bei der letzten Weihnachtsfeier (so lange geht das schon, sieben Monate!) an ihn herangepirscht, er hat sogar gesagt, er sei glücklich verheiratet, sie hat gesagt, das macht doch nichts, man wolle doch nur ein bisschen Spaß. Und so fing es an, und ging weiter und weiter, vermutlich auf jeder Dienstreise, was weiß ich, und irgendwann hat sie dann gesagt, jetzt habe sie sich leider in ihn verliebt. Und das Schönste weißt du ja noch gar nicht! Sie ist auch noch schwanger!

Liebe S.,
das ist nicht dein Ernst! Sind wir in einer Soap Opera?
Entgeisterte A.

Liebe Freundin,
das ist die Lage, und ich schwanke hin und her zwischen Mordgelüsten und Liebeskummer und zwischendurch muss ich zwei Teenies versorgen und aufpassen, dass der weibliche nicht auch noch schwanger wird. Der junge Mann, den du im Hintergrund gehört hast, ist nämlich der neue Freund meiner Prinzessin, der hier irgendwie unbemerkt

eingezogen ist, auf jeden Fall traf ich ihn heute in der Dusche. Nackt, wie Gott ihn schuf. Er blieb ganz cool und sagte nur: »Können Sie mir bitte mal ein Handtuch reichen?« Hab ich auch gemacht, weil er sich sonst vielleicht erkältet hätte.

Ach meine Süße, es geht mir so richtig schlecht! Werde jetzt ins Bett gehen und mir die Decke über den Kopf ziehen und die böse Welt aussperren.

Deine S.

Meine liebe Süße,
ich weiß gar nicht, was ich sagen soll, ehrlich. Es ist ein bisschen so wie bei einer Beerdigung, wo man der vor Schmerz fast besinnungslosen Witwe sagen möchte (aber es bitte nie tun sollte), dass es zwar grauenhaft traurig ist, einen Ehemann zu verlieren, aber es sich schon alles bald wieder einrenken wird und sie über kurz oder lang bestens gelaunt und frisch verliebt dem Leben aber auch wirklich jede lustige Minute abtrotzen wird. Nun ist dein KA (Komplett-Arschloch) von Mann leider nicht tot, sondern nur von dir leicht lädiert worden. Hättest du ihm nicht von einem angeheuerten Killer (Russen-Mafia! Nur 100 Euro pro Kugel!) wenigstens die Nase verbeulen lassen können? Du merkst, ich plappere nur so herum, weil ich es schlimm finde. Und ich weiß auch, dass dieses nicht der Moment ist, um zu sagen: »Siehst du, ich habe dir das vor zwanzig Jahren gesagt, dass dieser Mann wandernde Augen und reisende Finger hat und dich letztendlich in den Abgrund kicken wird.« Nun gut, wir sind emanzipiert, und jeder ist für sein eigenes Glück verantwortlich, auch Eheleute. »Shit happens«, sagt ein Sprichwort, und das ist keine Übertreibung. Ich finde es aber trotzdem eine absolute Sauerei von einem Mann mit Frau und heranwachsenden Kindern, in

eine Affäre zu schlittern und aus lauter Dumm- und Geilheit das Kondom in der Hosentasche zu lassen anstatt seines verdammten Schwanzes. Ist das wirklich wahr mit der Schwangerschaft? Du weißt, diese Frauen erfinden Sachen, denk an unseren Lieblingsfilm »Fatal Attraction«, wo die wirräugige Glenn Close dem öligen Michael Douglas auch mit der Babynummer kommt ...

Ach, meine Arme ... Kann ich dir irgendwie helfen? Sind die Kids schon eingeweiht? Und was wirst du mit der Schlampe tun?

Ich komm sofort und helfe dir dabei. RACHE! MORD!

Sei geküsst und gedrückt,

deine A.

Ach A.!!!!!!!!!

Ich kann dir im Moment gar nicht richtig antworten, weil sich meine Befindlichkeiten sekündlich ändern. Ich stehe nackt vor dem Spiegel und mache eine »kritische Bestandsaufnahme«, und dann bin ich total verzweifelt und verunsichert, weil ich finde, dass ich aussehe wie ein weicher Wäschesack, mit nach Süden ausgewanderten Brüsten (ohne meine Erlaubnis!) und Bauch und Knorpelknien. Ist es ein Wunder, dass er mich verlassen hat? Wenn ich beim Sex unten liege, schlackern sie mir zur Seite weg, wenn ich auf ihm liege, erschlage ich ihn damit.

Ja, ja, ja, ich weiß, dass mein Masochismus Quatsch ist und außerdem sehr kontraproduktiv, aber nichts lässt das Selbstbewusstsein einer Frau ja so rapide schrumpfen wie ein Mann, der lieber mit einer Jüngeren ins Bett geht. Diese Bilder im Kopf! Sie sind wie ein Fluch. Ständig stelle ich mir vor, wie es die beiden treiben, ich sehe alles in Großformat – ihr schwitzendes Gesicht, seinen Schwanz, ALLES! Wie kann man so was von seiner Festplatte löschen, sag es mir, du weise, alte Frau? Was meine Kinder angeht – die habe ich bis jetzt noch nicht in die Machenschaften von KA (gefällt mir gut, der Name – KOMPLETTARSCHLOCH, ja das ist er) eingeweiht, mein Kleiner ist blind wie alle Männer, aber die Prinzessin ahnt natürlich, dass die Bude irgendwie raucht. Heute Morgen fragte sie ganz cool beim Frühstück: »Sag mal, lasst ihr euch jetzt auch scheiden wie alle anderen?« Genau in dem Moment kam KA aus dem Bügelzimmer und sagte: »Frag das am besten deine Mutter.« Er klang richtig beleidigt, kannst du dir diese Ironie vorstellen? Prinzessin guckte mich daraufhin giftig an und warf noch ein: »Ja, sie wird zickig jetzt, vielleicht die Wechseljahre« in meine Richtung, bevor sie in die Schule ging.

ICH HASSE MEIN LEBEN!

Deine S.

Hey S.,
bist du Schneewittchens blöde Schwiegermutter? Hör auf! Tu dir das nicht an! Du musst nicht vor dem Spiegel stehen und deine wirklich hübsche Figur mit deinen gnadenlosen Blicken zerfleischen! Ich kenne mehr als eine Frau, die sehr, sehr gerne deine schmalen Hüften und deinen prächtigen Busen hätte! Ja und, dann ist er eben nicht so steif und fest und künstlich wie eine Halbkugel oder das Implantat von Pamela »Big Tit« Anderson. Du weißt, die kann liegen, auf dem Kopf stehen oder Purzelbäume schlagen – der Busen bleibt immer in dieser »Achtung«-Stellung wie ein Soldat. Aber Soldatin bist du natürlich auch, nur auf eine andere Art.

Aber ich verstehe dich. Und ich gestehe auch, dass es genau eine dieser Ängste ist, weshalb ich nicht sooo verheiratet war oder nicht sooo fest liiert und nicht sooo interessiert an neuen Liebesaffären bin, weil ich grandiosen

Schiss davor habe, in so eine Situation wie die deinige zu geraten. Nämlich verlassen und mit den großen »weiblichen« Fragen konfrontiert zu werden. Bin ich gut genug? Bin ich schön genug? Bin ich es wert, geliebt zu werden? Ich bin ein Feigling! Von daher, Hut ab, mutige Kämpferin, ich bewundere dich, denn ich bin das Wagnis nicht eingegangen.

Weißt du, was mir heute auffiel? Dass alle Hurrikans weibliche Namen haben. Warum wohl? Ich weiß es, denn der Erfinder der meist dämlichen (im wahrsten Sinne) Namen hatte wahrscheinlich gerade seine Frau betrogen und sie hatte es rausgefunden und dann – Wumm, Wow, Swish, Knall, war die Hölle los. Vielleicht solltest du wie ein Hurrikan durch deine Existenz sausen und alles Staubige, »Lose«, Überflüssige mit wegpusten? Nur so ein Bild von mir, du kennst mich ja, ich denke in Bildern.

Also, puste! Und komme frisch und rosa und neu heraus – irgendwann. Ich weiß, es gibt keine Instant-Lösungen. Nur bei Nescafé. Und der schmeckt scheiße.

Kopf hoch, Brust raus (hihi).

Deine A.

Ach mein Mädel,
deine Mail hat mir so gut getan. Ich wüsste nicht, was ich ohne meine Freundinnen tun würde, im Grunde wäre doch die Welt viel friedlicher ohne Testosteron, was meinst du? Keine Vergewaltigungen, keine Kriege, keine Scheidungen! Aber was meinen irgendwie nach unten geplumpsten Körper angeht, vielen Dank, dass du von meinen schmalen Hüften sprichst, aber da ist wirklich »das Beste von ab«, wie wir hier in Norddeutschland sagen. Besonders bei ungünstigem Licht, da gruselt es mich richtig. Wer ist diese alte, hässliche Frau, möchte ich rufen, ich will nichts mit

ihr zu tun haben! Verschwinde, wie die Wurst im Spinde (alter Spruch von meiner Mutter). Nun könntest du einwenden, dass ich ja normalerweise nicht so schrecklich viel Zeit nackt vor dem Spiegel verbringe, und du hättest Recht. Und bekleidet geht's ja immer noch, da sieht man weder die Dellen in meinen Oberschenkeln noch die Kaiserschnittnarbe an meinem Unterbauch. Was soll ich tun? Verschärft Sport machen, nichts mehr essen, Fett absaugen, gar nichts? Tendiere zum Letzteren, alles andere klingt zu anstrengend.

KA ist doch gestern Nacht tatsächlich wieder in unser Bett gekrochen, ich hab es erst gemerkt, als er schon auf mir lag und ihn fast schon drin hatte. Man fasst es nicht! Im ersten Schlafnebel fand ich es sogar sehr schön und richtig, aber dann fiel mir alles wieder ein, und ich hab ihm einen solchen Schubs gegeben, dass er aus dem Bett gefallen ist. »Was soll das?«, hab ich ihn angefaucht, als er sich wieder hochrappelte. »Einfach nur so«, hat er gemurmelt und ist wieder ins Bügelzimmer gegangen. Ich hörte, wie dort sein Handy klingelte. SIE vermutlich. Dieser Zustand ist unhaltbar. Soll ich ihn einfach vor die Tür setzen?

Deine ratlose Hurrikanin

Liebe S.,
ob es vielleicht doch noch einmal ein weltweites Frauen-Forum über das Mysterium des männlichen Hirns und warum es so arbeitet, wie es tut – WENN es denn eben arbeitet –, gibt? Allerdings, nicht eine Frau wäre wohl darunter, die Licht auf dieses vermurkste Dunkel werfen könnte. Warum also schon wieder probieren? Du kannst ihn natürlich mit sexuellen Anmachen quälen und dann einfach fallen lassen ...

Ich finde es wichtiger, an deine Zukunft zu denken. Such dir endlich eine Beschäftigung, du musst raus aus dem Haus, du musst unter Menschen! Lass das mit dem Spiegel! Schneewittchens Stiefmutter ist es nicht bekommen, schon vergessen? Wie wär's mit einer kleinen Reise? Besuch doch mich oder deine Schwester in Stuttgart oder ein Coldplay-Konzert in London ...

Ohren steif und Hirn gewetzt. Du musst dir überlegen, was du willst ...

Deine Mit-Kämpferin

Mensch A.,
ich bin nicht so selbstbewusst und stark wie du! Ich kann ihn nicht einfach so »anmachen«. Ich habe in meinem ganzen 44-jährigen Leben mit insgesamt acht Männern geschlafen, deine Zahl ist vermutlich dreistellig, oder? Ich kenne seit vielen Jahren nur die gemütliche Sex-Ehevariante: Frau liegt im Bett, hört das tschiep, tschiep der Zahnseide, die der im Badezimmer durch die Zähne zieht. Dann kommt er ins Bett, Frau rutscht rüber oder umgekehrt – und dann ist es mal schön, mal langweilig. Ich weiß gar nicht mehr, wann ich mit KA meinen letzten Orgasmus hatte.

Ich muss aufhören, mein Gehirn ist Matsch, mein Leben ist vorbei!

Deine ungeliebte, verblühte Freundin

Lieber »verblühter« Schatz,
und wenn du verblüht bist, dann zerfalle ich gerade zu Staub, während ich dieses schreibe! So wie Dracula, der einen Holzkeil durchs Herz gehämmert kriegt.

Deine olle A.

Nein, meine liebe A.,
du zerfällst nicht zu Staub, dafür hast du zu viel »piss and vinegar« im Blut, wie die Engländer so schön sagen, zu viel Pisse und Essig. Und vom Verstand her weiß ich ja genau, dass du in allem Recht hast, nur mein Herz und mein Bauch lassen mich im Augenblick im Stich. Woher soll ich mein Selbstwertgefühl denn nehmen, wenn gerade alles auseinander bricht? Mein ganzes Leben? Die Ehe, von der ich geglaubt habe, sie würde halten, bis dass der Tod uns scheidet? Die Prinzessin war schon immer ein Daddy's Girl, wenn sie die ganze, traurige Wahrheit erfährt, wird sie vermutlich finden, es sei irgendwie auch meine Schuld, schließlich hätte ich ja ein bisschen netter sein können. Und mein kleiner Kronprinz will nur ein warmes Nest, gefüttert werden und seine Ruhe. Ich fühle mich sehr allein im Moment, du bist der einzige Mensch, der zu mir hält. Schluchz. Welche Kübler-Ross-Phase mach ich eigentlich gerade durch? Trauer, Verleugnung? Soll ich dir mal das Perverseste überhaupt verraten? Jetzt, wo ich weiß, dass er eine andere hat, finde ich ihn wieder richtig interessant! Ich hasse ihn natürlich, aber er ist wieder spannend geworden. Durch irgend so eine dumme Fickkuh, der ich eigentlich beide Brüste verknoten sollte. Wobei mir ein echt saublöder Gynäkologenwitz einfällt. Sagt eine Frau zum Gynäkologen: Ich hab einen Knoten in der Brust. Sagt er: Aber gute Frau, wer macht denn so was?

Meinst du, ich sollte mal mit einem Anwalt reden? Bin so ratlos.

Deine S.

Ohgottohgottohgott!
Nein, du solltest mit einem Psychiater reden! Ich halte es nicht aus! Nein, dreimalgroßes NEIN! Du findest das Betrü-

gerschwein plötzlich sexy? Was bist du? Maso-Mutti? Bitte verwandele dich nicht in dieses allverzeihende Ehewesen, das sich am Ende des Tages so wie ein Vergewaltigungsopfer auch noch fragt, ob es nicht doch alles ihre Schuld sei und sie so ein Scheißverhalten verdient. So nach dem Motto: War ich denn sexy genug? Oder schön genug? Oder brav genug? Man kann sich durchaus auch während der Ehe kritisch betrachten, das ist in Ordnung, aber nicht in dem Moment, wo der Partner einen quasi fallen lässt! Capito? Du leidest wahrscheinlich im Moment unter dem klassischen Vogel-Strauß-Syndrom, das besonders betrogene Ehefrauen befällt.

Was deine »Karriere« angeht, und nein, ich höre nicht auf, dich damit zu nerven, so musst du einfach ganz fest daran glauben, dass dich jemand will. Und du dich willst! Hört sich nach New Age an, ich weiß, stimmt aber trotzdem.

Habe gerade eine Reportage gelesen, in der von den Frauen über vierzig geschwärmt wird. Was die alles wissen, wie locker, sexy und weltgewandt die sind. Du bist der Schwarm unserer Nation! Du bist Deutschland! Reiß dich zusammen! Und ruf an, wenn dich unerklärliche Gelüste auf deinen Mann überfallen!

P. S. Mit nur ACHT Männern hast du geschlafen? Hast du nicht mal die Zahl dreißig genannt? Aber ich liebe deine Witze! Sie sind die besten!

Ich rufe später mal durch.

Deine A., die nicht die Zahl ihrer Männer preisgibt!

Liebe A.,
P. S. Noch eine Frage – du sprichst von Karriere. Welche denn? Ich kann doch gar nichts mehr. Vielleicht doch keinen Scheidungsanwalt?

Deine verwirrte S.

Liebe S.,
ich dachte gerade an »bis dass der Tod euch scheidet« – und das gibt mir Ideen ... Vielleicht nachhelfen?

Du hast im Augenblick bloß eine Panikattacke und ich würde für die nächste Zeit erst mal Atemübungen machen und mir als spirituellen Führer einen Yogi aussuchen, der Ruhe und Besonnenheit vermittelt. Du bist nicht allein auf der Welt. Alle paar Sekunden zeigt eines der ältesten Ehedramen auf Gottes weitem Feld sein nicht sehr hübsches Gesicht. Du kannst in das Gesicht hauen oder es besser machen.

Was willst DU? Nur darum geht's. Und denk dran: Hinter jeder erfolgreichen Frau steckt SIE SELBER!

Deine besonnene A.

Hallo Sonnen-A.,
ich weiß ja im Augenblick leider selbst nicht, was ich will. KA zurück? Aber nicht mit der Sehnsucht nach einer anderen im Herzen, so tief bin ich noch nicht gesunken. Will ich ihn wie vor seiner Affäre zurück? Da war er vermutlich ein gelangweilter Ehemann mit Affärensehnsucht. War ich ja auch, wenn ich ehrlich bin. Wie oft hab ich das Biermann-Lied »Das kann doch nicht alles gewesen sein, das bisschen Sonntag und Kinderschreien« gehört und gedacht – Jaaaa, so ist mein Leben auch, ich möchte auch »noch 'n bisschen was Blaues sehn«, auch »noch 'n paar eckige Runden drehn«. Bin ich womöglich nur treu aus Mangel an Gelegenheiten? Wie moralisch wäre ich denn, wenn die Sünde in Form eines saugeilen Briefträgers (natürlich mit Abitur) an meiner Tür klingeln würde? Oder wenn plötzlich ein sexy Bauarbeiter aus seinem Bagger steigen und mir nach Hause folgen würde?

Meine Schwierigkeit ist eigentlich ganz einfach. Ich weiß nicht, ob sich Verzeihen lohnt oder ob es die Agonie nur verlängert. Selbst wenn ich KA zurückbekäme, was ich natürlich im Grunde noch irgendwie will, wo ist denn die Garantie, dass so was nicht noch mal passiert? Mist, ich hab ja ganz vergessen, dass die Arschkuh schwanger ist. Womöglich gar nicht von KA, und ihr Bastard macht meinen Kindern dann das Erbe streitig!

Muss dringend 'ne Runde laufen. Bin einfach zu aufgewühlt.

Deine S.

Noch mal schnell zwischendurch, mein Herzchen,
das mit der Schwangerschaft würde ich nicht sofort und ungeprüft glauben. Ist der älteste Trick der Welt – und Männer sind blöd –, denke an unseren Lieblingsfilm mit der erlogenen Schwangerschaft und dem Kaninchen im Kochtopf. Ja, ich wiederhole mich. Du weißt, das Business mit den Babys ist die einzige Waffe von sehr vielen Frauen!

Deine misstrauische A.

Soll ich sie mal anrufen?

S.

Aaaaalso,
da kämen wir nun wieder in ein sehr gefährliches Territorium, mein Wildfang. Bei Kämpfen mit Konkurrentinnen, und die sind mit denen der Gladiatoren im Römischen Reich vergleichbar, muss man total konzentriert, kontrolliert und eiskalt sein. Tränen, Ausbrüche, irrationales Gebrabbel, wilde Besitzansprüche machen aus sonst klarsichtigen Ehefrauen bemitleidenswerte Tüdel-Tussis und

verhelfen IHR dann nur zu dem glamourösen Status einer coolen, knusprigen Amazone mit Siegerlächeln. Kurz und gut: noch nicht! Du musst erst einen Siegerkursus absolvieren. Ich finde die Idee eigentlich richtig, denn du bist nicht irgendjemand; du bist die Partnerin, die Ehefrau, die Mutter der Kinder und sie ist ein Nobody – vielleicht nicht für KA, aber im großen, weiten Universum der Ehegestirne. Die Rolle der anrückenden Ehefrau ist sowieso immer Scheiße – but so is life! Daher lieber abwarten und vielleicht Beruhigungstee trinken; es gibt so einen, da sind auf der Packung kleine Bären im Pyjama und mit Schlafmützen drauf, die vorm Kamin dösen. Schöne Idylle, oder?

Deine kühlköpfige A.

Liebe A.,
das ist wirklich alles sehr schön und klug formuliert, aber was genau soll ich jetzt tun? Wohin mit dieser wahnsinnigen Unruhe? Mit dieser Wut? Mit dieser Angst? Würde jetzt gern einen Bestseller schreiben oder einen Impfstoff gegen Liebeskummer entwickeln, aber bin leider nur eine kleine, zu dicke, zu alte, verlassene Ehefrau? Mein Bäcker sucht eine Verkäuferin, soll ich das tun, kleine Brötchen zwar nicht backen, aber verkaufen?

Deine S.

Liebe S.,
irgendwie tickst du nicht richtig! Finde zwar die Analogie mit den kleinen Brötchen witzig, aber mach dich nicht zur (Hefe)Schnecke. Ich weiß, in diesem Zustand bist du wie eine Geistesgestörte. Komisch, Verlassenwerden ähnelt psychisch irgendwie dem Stadium des Verliebtseins.

P. S. Nur als kleiner Tipp: Ich habe auch ein Leben übrigens ...

Deine A.

Mensch A.,
tut mir Leid, wenn ich dir auf den Wecker gehe, aber wozu sind Freundinnen schließlich da, wenn nicht als Trösterinnen in der Not? Hab schließlich auch dein Händchen gehalten, wenn es dir schlecht ging, oder hast du die drei Monate vor zwei Jahren vergessen, wo du praktisch eine nonstop tropfende Tränendrüse warst, weil dein hübscher junger Kollege sich erdreistet hatte, statt dich eine hübsche *junge* Kollegin zu heiraten, wo du doch mit Schwangerschaft geliebäugelt hattest. Da war ich immer für dich da, Tag und vor allem Nacht, gern auch mal um drei Uhr morgens, wenn du nicht schlafen konntest. So, und jetzt geht's mir mal schlecht. Erschieß mich, wenn's dich nervt.

Deine S.

Meine liebe S.,
o. k., mach ich. Hast du einen Revolver? Ich habe das Telefon gestern Abend sehr wohl klingeln gehört, wusste auch, dass du es bist. Null Bock auf Unterhaltungen. Du kannst von Glück sagen, dass ICH den Tee mit den Bären drauf getrunken habe! Auch wenn ich wirklich mit dir fühle, dich liebe und schätze und dich im Moment wie eine in Watte gepackte dünnschalige Porzellantasse behandle und dich unermüdlich mit cleveren Ratschlägen bestücke, so schaffst du es immer mal wieder, einfach unglaubliche Dreistigkeiten von dir zu geben. Auch gut. Scheinbar bist du so fragil auch wieder nicht. Vor allem leidest du unter einer sehr

unangenehmen Krankheit – nämlich der Übertreibungskrankheit. Ja, ich erinnere mich vage an die »drei Monate« vor zwei Jahren. Vage deshalb, weil ich zweimal geheult habe, jedoch mehr am Schimpfen war, da ich Jammern nicht ausstehen kann ... ich konnte auch prima schlafen. Und nein, meine Guteste (wie der Sachse so sagt), ich wollte weder heiraten noch schwanger sein. Ich nahm nämlich die Pille – etwas, das ich sehr, sehr vielen Frauen empfehle, inklusive deiner Tochter, der Prinzessin. Bitte, sei so nett, trotz deiner weltbewegenden Eheprobleme nicht alles durcheinander zu mixen, o.k.? Und was soll das Aufrechnen auch? Verstehe ich gar nicht ...

Deine A.

Meine Liebe,
wieso bist du so empfindlich, wenn ich dich daran erinnere, dass du auch nicht in jeder Sekunde deines nunmehr fast sechzigjährigen Lebens die starke Strahlefrau gewesen bist, sondern dass es durchaus Momente gab, wo du schwach und weich und hilflos warst. Genauso wie ich im Moment. Und ich erinnere mich noch ganz genau, wie wütend du warst, als er dir ganz stolz das Ultraschallbild von seinem frisch gezeugten Embryo zeigte. Ja, Männer können grausam sein, besser gesagt, blind wie die Maulwürfe, was die Herzensdinge angeht. Und klar, wenn du jetzt meine beiden Teenies siehst, den Prinzen mit Schuhgröße 44 und die Prinzessin mit Bauchnabelpiercing, dann bist du heilfroh, dass dir das erspart bleibt, aber als sie noch jünger und niedlicher waren, da hast du so manches Mal »Warum hab ich keine Kinder?« geseufzt.

Übrigens – meine Tochter nimmt jetzt die Pille. Also entspann dich.

Deine S.

Liebe S.,
deine Mail ist klassisch DU, die Queen der Verdrängung und Übertreibung. Ich gehe in der Tat irgendwann mal auf die sechzig zu, aber im Moment bin ich es noch genauso wenig, wie du fünfzig bist. Ich bin 53, aber da ich gesünder lebe als du und nicht so viel Stress in meinem Leben habe, werde ich dich sowieso überleben. Aber lassen wir das. Ich weiß nicht, was die Kabbeleien sollen. Oder sagen wir einfach, halt mal die Klappe und nimm die Ratschläge einer sooo viel Älteren an. Wie wäre das?

Deine A.

P. S. Kennst du eigentlich mein genaues Geburtsdatum? Beim letzten Mal hast du mir DREI TAGE später einen Fleuropstrauß geschickt! Und denk an das lustige Warnschild aus Amerika: Vorsicht! Ich habe kaum noch Östrogen, aber ich besitze eine Knarre!

Omi A.

Mensch A.,
das mit den 60 hab ich doch extra gesagt, um dich auf die Palme zu bringen, ich weiß doch genau, wann du Geburtstag hast, am 21. Juni. Und jetzt schimpf du nicht auch noch mit mir, das Leben ist garstig genug.

Deine S.

Liebe S.,
der verspätete Blumenstrauß ist damit nicht erklärt! Doch zu deinem ganz akuten Dilemma möchte ich noch mal sagen: Es gibt im Prinzip drei Methoden, um mit untreuen Ehemännern umzugehen. 1. Man ignoriert es und ihn, weil es einem egal ist und sowieso nichts mehr knistert. 2. Man

nimmt sich auch einen Lover und lacht sich ins Fäustchen oder wohin auch immer. 3. Man lässt sich vorteilhaft scheiden und nimmt die schönsten, teuersten Sachen alle mit. Für besonders mutige und spirituelle Frauen gibt es noch die Möglichkeit der Ehe-Therapie. Was ich aus meinem Umkreis gesehen habe, ist: Entweder endet die Ehe mit einem Knall, oder man rauft sich tatsächlich zusammen. Die Legende von den »netten« Scheidungen entpuppt sich oft als schamlose Lüge, aber es gibt sie sicherlich mal!

Deine A.

Liebe A.,
»Man lässt sich vorteilhaft scheiden und nimmt die schönsten, teuersten Sachen alle mit.« Diesen Satz fand ich wirklich ganz besonders gut. Vorteilhaft scheiden? Erstens ist es noch nicht so weit, und zweitens verdient KA zwar gut, aber das Leben mit zwei Kindern ist teuer, deshalb ist gar nicht genug Geld da, um sich »vorteilhaft« scheiden zu lassen. Unser Reihenhaus ist noch nicht abbezahlt, und bis jetzt haben wir einfach auch gut gelebt. Hoffentlich nicht zu gut. Die schönste, teuerste Sache, die ich mitnehmen könnte, wäre seine Bonsaisammlung, da sind angeblich ein paar Exemplare dabei, die einen dreistelligen Wert haben. Ich hatte heute DAS GESPRÄCH mit meinen Kindern, die sich natürlich gewundert haben, dass Papi nicht mehr bei Mami ist, sondern entweder außer Haus oder in der Bügelkammer schläft. Also hab ich sie erst mal mit ihrem Lieblingsessen abgefüttert – Spaghetti Bolognese –, und dann hab ich ihnen reinen Wein eingeschenkt. Euer Vater liebt eine andere Frau, und es könnte sein, dass wir uns scheiden lassen. Ganz cool und easy, mit einer halben Tablette Valium intus, die ich sonst immer nur bei Nachtflü-

gen nehme. Sie haben mich angeguckt, als wäre mir auf einmal ein drittes Auge auf der Stirn gewachsen, und dann fing die Prinzessin sofort zu zicken an, weil sie Angst hat, dass ihr Leben jetzt unbequemer wird, und mein kleiner Prinz hat gar nichts gesagt und ist in seinem Zimmer verschwunden. Dort sitzt er jetzt und hört die neueste Usher-CD. So laut, dass die Wände wackeln. Ja, es ist sehr gemütlich bei uns im Moment. Komm gern vorbei. Mein Bett ist ja jetzt frei.

Deine S.

Liebe noch nicht vorteilhaft geschiedene S.,
war ja nur so dahingeplappert mit meinen Scheidungstipps, musst ja auch nicht gleich so empört reagieren, als hätte ich dir einen unsittlichen Antrag gemacht. Bin ja keine Scheidungsexpertin, weiß nur, dass meine damals vor fast fünfzehn Jahren relativ billig war, weil die beiden scheidungserschwerenden »K & K-Faktoren« (Kinder und Kapital) keine Rolle spielten. Und ja, in der Tat würde ich mir das sehr genau überlegen. Scheidung tut weh und macht arm. Du kennst sicherlich die Studien, nach denen geschiedene Frauen mit Kindern ziemlich durchs Raster fallen und als Prostituierte, »Avon«-Beraterinnen oder Kandidatinnen für RTL-Reality-Serien enden. Ach, Mensch, alles beschissen. MIR tut das auch weh. Gut, ich hatte eine sehr intensive Phase der Totalablehnung von deinem Schnuckeputz, als du so verliebt warst, dass du geschielt hast, aber das ist immer so bei engen Freundinnen. Der Mann als Räuber und Eindringling, der letztendlich zum Arschloch wird. Wie traurig. Ich bin ja irgendwie auch ein bisschen mit euch groß geworden – Hochzeit, Taufe, Konfirmation der Prinzessin letztes Jahr (hat sie noch den hübschen Diamantstern von mir um den Hals? Er ist immerhin echt!).

P. S. Was ist denn aus dem Vorstellungsgespräch mit der supercoolen Tussi in dem Laden vor ein paar Wochen geworden? Würde ich nachhaken. Du brauchst einen Job! Lass mich dich mit weisen Worten von Zsa Zsa Gabor entlassen: »Ich bin eine wunderbare Haushälterin. Ich habe bei jeder Scheidung das Haus behalten.«

Deine A.

Ach A.,
eben war ein Riesenkrach im Kronprinzenzimmer, ich will rein, Tür ist verschlossen, ich rufe, ich hämmere an die Tür, ich drohe, er macht sie auf, das Fenster ist offen, der Computer ist weg. Er hat ihn einfach auf die Straße geworfen. Weil er ein Geschenk von KA war. Und jetzt kommst du. Schlauer Rat gefällig.

Deine S.

Ach S.,
jetzt komme ich, sagst du? Vielleicht sollte ich schnell kommen, den Kronprinzen abwechselnd durchschütteln und in den Arm nehmen – und dich auch! Ich hoffe, es war nicht dein abgelegter Mac, sondern der billige gebrauchte Aldi, und ich hoffe außerdem, dass ihr haftpflichtversichert seid und jetzt nicht irgendwo in Altona jemand mit einem hässlichen Loch im Kopf und einem Polizeibeamten an der Seite rumläuft und euch sucht! Mir rasen die Gedanken durch den Kopf, und ich möchte dir so gerne helfen. Nur wie? Mein Ratschlag bleibt: zweigleisig denken und fühlen! Das eine Gleis wäre, sich mit dem Zusammenbruch deiner Ehe (kein schönes Wort, aber irgendwie die Wahrheit) auseinander zu setzen, das andere Gleis, sich unbedingt, UNBEDINGT mit der Idee eines Jobs, den du sowieso brauchst, finde ich, anzufreunden.

Ansonsten: Es ist nicht das Ende der Welt, sondern nur das Ende einer Sackgasse, aus der du irgendwann als strahlende Siegerin rauskommen wirst. Wie benimmt sich eigentlich das ehemalige Goldstück und der gegenwärtige Komplettarsch in der ganzen Sache? Er muss doch eine Meinung oder Erklärung haben? Will er weg? Liebt er sie?

Deine mitleidende A.

Liebe A.,
es war ein nagelneuer Computer, zwar Aldi, aber trotzdem 1200 Euro, den KA seinem Sohn zum Geburtstag geschenkt hatte. Und er ist zwar niemandem auf den Kopf gefallen, aber leider nur noch ein Klumpen unbrauchbarer Elektronik. Aber ich konnte meinem Prinzen nicht böse sein, denn er saß neben der Computerleiche, tränenüberströmt. »Ist doch nicht so schlimm«, hab ich gesagt, was natürlich Quatsch war, denn natürlich ist es schlimm, das Ding war teuer, ein neues gibt es nicht, es sei denn, du hast eine Haftpflichtversicherung und sagst, dass du direkt vor dem Fenster damit ausgerutscht bist.

Wäre ja tatsächlich keine so schlechte Idee, würdest du das tun? KA hat von dem Drama noch nichts mitbekommen, er war aushäusig diese Nacht, und ich muss nicht dreimal raten, wo. Sicher hat sie ein weiches, warmes Bett. Ich habe übrigens herausgefunden, dass sie auch zu meinem Frauenarzt geht. Zufall oder Unverschämtheit? Habe für morgen einen Termin bei ihm, und dann werde ich herausfinden, ob sie wirklich schwanger ist oder nicht. Du siehst, mir geht's wieder besser, langsam weicht die Verzweiflung, und gesunde Wut entsteht.

Habe heute auch mal im Internet bei den Jobbörsen gecheckt. Mein beruflicher Marktwert liegt ungefähr bei 000,1 Prozent. Einen Job als Einkäuferin kann ich total vergessen, aber vielleicht finde ich ja was als Verkäuferin. Wenn du dir dann das nächste Mal eins deiner superteuren Gucci-Pradateile kaufst, dann bekommst du 10 Prozent Rabatt bei mir.

So long. Deine halb wiederauferstandene S.

Liebe Amazonin,
bin ich froh, dass du wieder »auferstanden« bist, zumindest für den Moment. Wollte dir gerade mailen, dass es mir Leid tut, dass ich dir nicht wirklich helfen kann und immer mit flippigen Scherzen aufwarte. Du sagst mir immer noch nicht: Wie handhabt denn Komplettarsch die Situation? Sagt er was? Entschuldigt er sich? Redet er mit den Kids? Hat er konkrete Pläne? Ich kenne ihn zwar nicht als lose Plaudertasche und erinnere mich an seinen hilflosen Blick und seine praktisch händeringenden Augen, wenn wir beide bei dir im Wohnzimmer Marathongeschnatter machten, aber irgendwas muss der Mann doch von sich geben?

Tja, Einkäuferin wirst du wohl nicht mehr werden, das mag stimmen – nur privat und bei Schlecker, Lidl und H&M, aber ich würde bei den schicken, superteuren Boutiquen einmal vorsprechen. Ich finde das nicht so schlimm, das ist ja nicht so, als würden nur Pipimädchen den Job machen. Man sieht auch viele gut aussehende Frauen in deinem Alter, die das sehr locker und souverän machen.

P.S. Du weißt, dass ich weder Gucci noch Prada trage – hatte vor Jahren einmal je eine Handtasche von beiden, die ich bei »Second Hand Heaven« abgegeben habe. Ich mag das Zeugs nicht, kaufe dann aber gerne einen Gürtel bei dir!

Klingeling. Da ist er an der Tür, der neue Flirt. Ha! Endlich ein Themenwechsel. Und zurück zu MIR! Mehr später.

Deine A.

Hallo A.,
ich kann dir in einem kurzen Satz sagen, wie KA die Situation handhabt. Er ignoriert sie komplett. Ich glaube, er ist erleichtert, dass er mir die Wahrheit gebeichtet hat, und jetzt wartet er in Ruhe ab, was ich mache. Wahrscheinlich ist ihm alles recht, solange er nicht aktiv werden muss, weil er dann in jedem Fall die Schuld auf mich schieben kann. Will ich die Trennung, sagt er zu unseren Kindern: Also ICH wäre ja gern bei euch geblieben, aber eure Mutter hat mich ja rausgeschmissen. Bleiben wir zusammen, sagt er: Du wusstest ja, dass ich eine Geliebte habe, also fang jetzt nicht an zu nerven.

War heute übrigens, wie am Telefon angekündigt, bei meinem Frauenarzt, hab mich außerplanmäßig noch mal durchchecken lassen, zum Glück kein Stresskrebs in der Schamlippe. Als ich ihn danach aushorchen wollte, war er leider sehr zugeknöpft. Weiß er was? Vermutlich. Habe aber dann beim Rausgehen seine Sprechstundenhilfe zur Seite genommen und ihr mit den Worten »Würde gern wissen, ob Frau Pickelarsch schwanger ist« einen Hunderteuroschein in die Hand gedrückt. Sie hat mir zugezwinkert und gemurmelt, dass sie mich anrufen würde. Bin sicher, die gesamte Praxis weiß Bescheid, wahrscheinlich hat sich Frau KA schon als zukünftige Gattin vorgestellt.

Ich lebe im Moment wie in einem schlechten Drehbuch. KA schläft immer öfter bei ihr, das Bügelzimmer ist ihm zu ungemütlich. Wir reden noch immer nicht. Wie nennt man so was in der Verhaltensforschung – Duldungsstarre?

Deine S.

Liebste S.,
dass KA passiv in den Ecken herumsitzt und wartet, bis du ihn praktisch provozierst, hört sich für mich eigent-

lich komplett surreal an, so wie ein Stück von Strindberg oder Ionesco. Kann das einen nicht zu 24-stündigen Wutanfällen hinreißen? Noch faszinierter bin ich von der sehr »aufnahmebereiten« Sprechstundenhilfe und dir als Mafiosa, die Bestechungsversuche beim Gynäkologenbesuch vornimmt. Ich glaube, die haben deinen irren Blick gesehen und so getan, als wäre das ganz normal. Frag mich doch lieber. Ich sage: »Frau Pickelarsch«, obwohl sie wahrscheinlich bei ihrer Jugend keinen hat, ist nicht schwanger!

Ich muss dir jetzt eine ganz andere Sache erzählen, die mir unter den Nägeln brennt. Ja, es geht auch mal wieder um Männer, oder vielmehr einen. Du erinnerst dich an den Typen, Horst, der mich auf einer Party so angebaggert hatte, von wegen »Darf ich bei dir über Nacht bleiben, meine Schöne?«. Ich hatte ihn noch zweimal gesehen – hatte ich dir gar nicht geschrieben, weil nichts weiter passiert war. Einmal Kaffeetrinken, wo er nur von seiner Ex-Frau erzählte, dann gestern ein überraschend nettes Dinner. Ich wollte ihm also doch eine Chance geben und rief heute an. Er packte gerade seinen Koffer und war auf dem Weg nach Hawaii. Als ich scherzhaft vorschlug, mich doch mitzunehmen, meinte er bedauernd, er sei schon »vergeben«. Er hatte gestern eine 35-jährige, frisch geschiedene Frau kennen gelernt, man war sich sympathisch, und er hat sie einfach nach Hawaii eingeladen. So wie er's erzählte, hatten sie noch nicht mal vorher Sex, er hofft wohl, dass der viele Ananassaft und der Strand von Waikiki sie zu gefügigem Material machen wird. Ich muss sagen, ich war irgendwie platt und eine winzige Ecke beleidigt. Gibt es etwas, was ich nicht verstehen will oder kann? Horsti ist ja so alt wie ich.

Jetzt kein Beinbruch, das Ganze, aber irritierend ...

Deine perplexe A.

Sei umarmt, mein Engel!

SIE IST TATSÄCHLICH NICHT SCHWANGER! Stell dir das vor! Die Sprechstundenhilfe rief mich heute Morgen an und flüsterte mir konspirativ durch den Hörer, dass Blödbutzi nicht nur nicht schwanger ist, sondern vermutlich nie eigene Kinder bekommen kann. Total verklebte Eierstöcke!!!!!!! Bin ich fies, weil dies eine gute Nachricht für mich ist? Aber ich gönne ihr wirklich alles Schlechte, ich würde sie gern lange und qualvoll zu Tode foltern. Lassen natürlich, ich will mir ja nicht selbst die Finger schmutzig machen.

Das also zu mir. Wie gehe ich jetzt am schlauesten vor? KA die Wahrheit ins Gesicht knallen? Aber vielleicht liebt er sie ja einfach, ist sogar heimlich erleichtert, dass er in seinem Alter nicht noch mal Windeln wechseln muss. Aber das werde ich riskieren. Wenn er heute Abend nach Hause kommt, FALLS er nach Hause kommt, ist er fällig. Aber so was von fällig.

Aber jetzt sofort zu dir. Du wunderst dich darüber, dass gleichaltrige Männer lieber mit weiblichen Eizellen zu tun haben als mit uns. Das ist so, und weder du noch ich können etwas daran ändern. Offensichtlich glaubt das männliche Schwachhirn, dass es länger lebt, wenn es an der Seite eines Junghuhns wie ein alter Trottel wirkt. Mein Rat – vergiss den Greis, nimm dir einen Jungen! Die wissen Frauen in deinem Alter zu schätzen, denk an Madonna, denk an Demi Moore. Was ist denn aus dem Saxofonspieler geworden? Den fandest du doch so toll?

Deine S.

Liebste S.,

bin ich heilfroh. Du klingst geradezu euphorisch, und sicherlich ist es eine riesige Erleichterung, dass dein Royal-

Haushalt nicht um eine Halb-Prinzessin oder einen Halb-Prinzen erweitert wird, aber das Thema selber mit eurer »Situation« (ich mag noch nicht Trennung oder Scheidung sagen) bleibt ja bestehen. Um mal des Teufels Advokaten zu spielen: WAS willst du ihm denn sagen? Hast du dir das denn überlegt? Oder willst du ihn einfach nur bestrafen und dann weitersehen? Ich kenne eine gute Scheidungsberaterin, Gabriele Weber-Perls, etwas teuer, aber frau muss ja sehen, wie sie klarkommt. Die solltest du mal kontaktieren. Ein raffiniertes Aas, wenn es um solche Männer wie deinen geht.

Und ich? Ich versuche mich davon zu überzeugen, dass Glück etwas mit Single-Dasein zu tun hat und dass ich mal Taillenweite 56 hatte und die Leute mir »Twiggy« hinterhergerufen haben!

Life sucks und von Zicke und Bitch wollen wir gar nicht anfangen ... Der Saxofonspieler hat sich auch nicht mehr gemeldet ...

Deine A.

Noch mal ich.
Mir fiel gestern nach einem zufälligen Blick in den großen Spiegel mitten in meinem Lieblingscafé (warum haben manche Cafés Spiegel im Raum?) beim Gang auf die Toilette auf, dass ich sehr grausilbrige Haare habe. Und dann fiel mir ein, dass ich ja Hawaii-Horst auch noch mal am Tag getroffen hatte. Ich weiß, ich bin ein bisschen paranoid geworden, dabei sind nachts ja nur alle Katzen grau, Frauen über fünfzig sehen dagegen fantastisch aus. Und nun bin ich eine graue Tageskatze geworden. Männer kriegen oft einen Schreck vor dem Tagesgesicht ... Kennst du dieses Volkslied: »Grün, grün, grün sind alle meine Kleider«? Ich singe nun: »Grau, grau, grau sind alle meine Haare.« Sag

mal, was rede ich da? Kick mich bitte! Nur weil mich einer nicht nach Hawaii einlädt, komme ich mit so was ...

Dein Graukopf

Mensch AAAAAAAA,
hör auf damit, dich schlecht zu machen. Du siehst, und ich sage jetzt ganz bewusst nicht, für dein Alter, du siehst toll aus, schlank, schön, schlau, und wenn dich deine Silberhaare ärgern, dann färb sie dir doch einfach. Mail mir mal ein Foto von dir, weiß ja gar nicht mehr genau, wie du aussiehst.

Deine S.

Ach S-lein,
was du für ein Schatz bist! Ist das noch wegen der Vintage-Krokotasche vom letzten Jahr, die ich dir schweren Herzens, aber mit großer Überzeugung geschenkt habe? Iiiih nein, nicht färben, das habe ich mir geschworen. Das ist ja DAS Thema bei uns allen. Nein und noch mal nein. Dann lieber ab und an mal der Schreck beim versehentlichen Blick in den Spiegel. Silbrig ist ja eigentlich doch sehr elegant, oder? Trage sowieso viel Schwarz, allerdings gibt es nichts Nervigeres als graue Haare auf einem schwarzen Pulli – und gerade da wollen sie immer hin. Ist schlimmer als Schuppen ...

Grüße vom Silberfuchs

Liebe A.,
ich habe es KA gesagt, und er hat mir nicht geglaubt. Jetzt trifft er sich mit ihr. Große Aussprache. Langsam wird die Sache komisch, findest du nicht? So komisch, dass es mir

eigentlich ganz gut geht. Habe heute Morgen einen extrem süßen Verkäufer an der Käsetheke meines Supermarktes entdeckt. Soll ich den mal für dich klarmachen?

Deine S.

Liebe Verrückte,
wie, was? Was hat er nicht geglaubt? Das mit der Schwangerschaft, oder dass du's rausgekriegt hast (mit Kohle, du korruptes Biest!) und er nicht? Oder dass sie so eine fiese Falschspielerin ist? Irgendwie seid ihr beiden ein Komikerpaar ...

Nein, Engelchen, keinen Käseverkäufer, nett gemeint. Riechen die nicht? Vielleicht reiben die sich nach Arbeitsschluss nackt mit Zitrone ab, so wie Susan Sarandon als Fischverkäuferin in dem Film »Atlantic City«? Ich bin keine Feindin der normalen Werktätigen, aber wenn er nicht nebenher Erbe der Käsekette »Fromage au Chapeau« oder so ist, dann passe ich. Als ich 15 war und meine unruhigen Teenagerjahre im Schreckensort Rahlstedt verbrachte, gab es bei der Drogerie Gellert einen bildhübschen Verkäufer im weißen Kittel, in den ich verliebt war. Mein Taschengeld reichte nicht, um mir den neu eingetroffenen weißen Perlmuttlippenstift von »Revlon« – damals eine Sensation – zu kaufen, aber ich ging fast jeden Tag nach der Schule hin, um etwas Billiges für den Haushalt zu kaufen: Hoffmann's Stärke, Watte, Scheuersand. Meine Mutter wunderte sich über meinen Einkaufseifer, der mir sonst eher fremd war. Er war von ausgesuchter Höflichkeit und sah toll aus. Und siehe da, Jahre später fand ich heraus, dass er ein bekanntes Model geworden war und Hans hieß. Will sagen, auch Käse kann Zukunft haben. Aber im Moment nicht bei mir.

Deine A.

Liebe A.,
du hast ja Recht, wir sind noch zu jung für Käseverkäufer. Tja, und das Gespräch zwischen den beiden hat so geendet, dass sie ihn wohl rausgeschmissen hat, auf jeden Fall stand er auf einmal mit einem sehr bedröppelten Gesicht im Wohnzimmer und sagte nur: »Tja, sieht wohl so aus, als wenn ich erst mal wieder hier bin.« Wie findest du diesen Satz? So was kann auch nur ein Mann sagen. Aber er hat mir geholfen. Ich hab ihn angesehen, den Mann, mit dem ich fast zwanzig Jahre lang verheiratet war, und auf einmal war er mir total fremd. Ich weiß nichts von dir, dachte ich, und du weißt nichts von mir. »Ich glaube, da täuschst du dich«, sagte ich nur und bin, ohne weiter zu überlegen, in unser Schlafzimmer gerannt, hab unseren hässlichsten Koffer vom Schrank gezerrt und mit seinen Sachen voll geschmissen. War ein ziemlich dramatischer Auftritt, zumal sich beide Kinder auf den halbvollen Koffer geworfen haben und »Mama, tu uns das nicht an, Papa hat sich doch bei dir entschuldigt« kreischten. Ich bin also wieder mal die Böse. Aber diesmal hab ich mich nicht beirren lassen und hab ganz cool (jedenfalls äußerlich, innerlich hab ich gezittert wie Espenlaub) gesagt: »Entweder du gehst oder ich.« Lange Rede, gar kein Sinn, er ist dann mit seinem Koffer erst mal abgezogen, und ich habe jetzt zwei Kinder im Haus, die mich hassen.

Wäre im Moment gern du.

Deine S.

Liebe genau richtig taffe S.,
das Leben ist ein Groschenheft, trivial wie die »Bunte«. Mann wird rausgeschmissen, packt Koffer, geht zur Geliebten. Hat das nicht jeder Promi, ob Beckenbauer, Gerhard Schröder oder Fritz Wepper, schon mal gemacht?

Wo steckt er jetzt? Nicht Fritz Wepper, meine ich. Weißt du das überhaupt, oder ist es dir egal?

P.S. Würde auch gern mal einen Mann rausschmeißen, muss sich irgendwie gut anfühlen, oder? Bin ich jetzt total pervers? Habe einen neuen Spruch für dich, den du dem nächsten Kerl entgegenschleudern kannst: »Wenn du Frühstück im Bett willst, schlaf in der Küche!«

Deine A.

Meine liebe A.,
KA hat sich irgendwo in Bahnhofsnähe ein Winzapartment gemietet, jedenfalls hat er das den Kindern erzählt. Ich weiß, dass KA sie ständig anruft und belabert, damit ich ihn wieder aufnehme, aber ich werde hart bleiben. Ich kann ihn im Augenblick einfach nicht in meiner Nähe ertragen! Das ist doch schon mal ein wichtiger Schritt, findest du nicht, du Halbemanze? Sorry, halb bin ja ich, du bist ja TE (Totalemanze), eine Frau, die sich nur deswegen einen Mann wünscht, damit sie ihn rausschmeißen kann. So weit ist es mit uns schon gekommen! Du siehst, ich sage uns, ich bin frauensolidarisch. Ich vermute mal, er hat's bei Blödbutzi noch mal probiert, weil er da das Bett ja schon kennt und nicht bei seinem Kumpel Kuddel auf der durchgelegenen Besuchercouch liegen muss!

Ich fühle mich besser ohne ihn, weil dann mein Kopf freier ist. Und den brauche ich, weil ich mich gleich in einer Supersecondhandboutique vorstellen werde. Du siehst, ich habe mein neues Leben fest im Griff. Drück mir alle Daumen, die du hast.

Deine S.

Meine liebe S.,
wenn du einverstanden bist, wechseln wir mal ganz kurz das Thema. Ich hab ein bisschen online gesurft und im Internet ein paar Männer kennen gelernt. Absoluter Toppgrusel. Willst du es wissen?

Deine A.

Hallo A.,
klar will ich es wissen. Her mit den schmutzigen Details!

Deine S.

Liebe S.,
are you ready? Trink am besten einen guten, sehr starken Rotwein dazu. Hier sind sie, die Helden des Internets! Ich habe die Rechtschreibung im Original gelassen.

Georg aus Bayern liebt »meine Leben, meine Sein, meine Arbeit«. Tja, Schorse, wäre schön, wenn du auch mit der Rechtschreibung eine so innige Freundschaft hättest! Dieter aus Nordrhein-Westfalen wiederum ist »für alles zu haben, was zu zweit mehr Spaß macht« – wie z. B. was, Dieter? Schuhe putzen oder in der Nase bohren? »Randale2« aus Berlin ist supercool. »Leben und leben lassen ist mein Motto« – wahrlich ein echter Held der Toleranz. Ich weiß nicht, ob ich ihn leben lassen würde, wenn ich mehr als zwei Stunden mit ihm verbringen müsste.

»Easymax« aus Thüringen ist das Traumpaket: »Ich bin optimistisch und zuverlässig und suche Harmonie sowie einen ruhenden Pohl im Leben. Wichtig sind mir Ehrlichkeit und Treue, da ich dies auch bieten kann.« Ach nee, im Ernst? Ich liebe paranoide Schizophrenie, Betrug, Schrecken erregende Bösartigkeit, Geiz und Kaufhausdiebstahl wie nichts auf der Welt. Und Pol schreibt man ohne »h«,

Maxe! »Spaßkarl18« aus Köln sagt unumwunden: »Gerne bereise in südliche Länder, würde aber auch einmal den Norden mit der passenden Partnerin kennen lernen wollen.« Ja, ab in den Norden, in einen Iglu, und Tür zu! »Aber ich bin auch berufstätig und liebe mein zu Hause, eine netten Wohnung im Zentrum«, sagt Karlimann. Sicherlich ein fabelhaftes Art-déco-Apartment mit einer verglasten Dachterrasse, von der man downtown Schnurrdorf-Haupthausen sehen kann. »NetterCharmeur12« aus Schleswig-Holstein sieht auf dem Foto so aus, als stünde er vor einem Duschvorhang, vielleicht sucht er deshalb eine Frau »für die guten Sachen, denn putzen und waschen kann ich selber«. Was wären denn die guten Sachen, du oller Charmebolzen? Ein vergnügter Abend im Partykeller mit Fondue, vertauschten Rollen und französischen Chansons?

Ich glaube, ich werde eine Anzeige aufgeben, in der ich zugebe, dass ich meine Vagina, meinen Papi, meine Oblatensammlung, meine dreibeinige Hündin »Tschapperl« und meine chronische Bronchitis wahnsinnig liebe, aber noch ein wenig Raum ist für gewagte Gartenarbeit in Unterwäsche mit einem unkonventionellen Witwer. S., es ist sooo traurig, das alles zu lesen. Wovon reden die Frauen, wenn sie vom Mann ihres Lebens schwärmen, den sie beim Dating-Service gefunden haben? Also, Fall erledigt. Ich stelle mich lieber mitten auf die Straße und winke einem tollen Auto zu und hoffe, dass es hält.

Deine A., verzweifelt und geläutert

Um Gottes willen, A.,
bloß nicht aufgeben, weitermachen! Was willst du in dieser Phase deines Lebens? Einen Kerl oder deinen Seelenfrieden? Ich will eindeutig Letzteres, mehr der Not gehorchend als dem eignen Triebe, aber trotzdem. Mein Kerl ist erst mal

weg und ich atme auf. Wie lange, keine Ahnung, aber erst mal. Du dagegen willst einen Kerl, oder? Die liegen selten auf der Straße, es sei denn, es handelt sich um besoffene Penner. Die stehen auch selten mit einem Blumenstrauß auf der Fußmatte. »Hallöchen, ich hörte, hier ist ein Platz im Doppelbett frei?« Nein, freie, gute Männer von 35 bis 60 gibt es wenige, und wenn sie durch Zufall mal frei sind, dann haben sie jede Menge Freundinnen, Schwestern etc., die sie sofort verkuppeln, genauso wie eine gute Wohnung. Dass sich jede Menge Idioten im Internet tummeln, auch klar, du musst einfach die Spreu vom Weizen trennen. Oder dich selbst ins Internet stellen. Schlage folgenden Text vor: »Nicht blond, nicht blöd, aber Lust auf einen Mann von 45 bis 55, der keine Angst vor starken Frauen hat und gut kochen kann.« So die Richtung. Ich rüsche mich gerade für mein Bewerbungsgespräch auf. Meine Chefin heißt Rosa Tausenschön (echter Name) und soll die Zicke aller Zicken sein.

Deine S.

P. S. Ein richtig blöder Witz zum Abschied: Eine Frau kauft im Supermarkt ein – eine Scheibe Käse, zwei Weintrauben, $^1/_{16}$ Ltr. Milch. Als sie bezahlen will, fragt der Kassierer: »Single?« – »Wie kommen Sie darauf?«, fragt sie zurück. »Weil ich so kleine Portionen in meinem Einkaufskorb habe?« – »Nein, weil Sie so hässlich sind«, sagt er.

Liebe S.,
warum erzählst du den Witz nicht umgekehrt? Ein Mann kauft ein, die Kassiererin fragt ...

Habe deine Jobpläne mit großer Freude zur Kenntnis genommen. Endlich geht's los. Rosa Tausenschön und du habt eine wichtige, gesellschaftliche Aufgabe zu erledigen!

Ich habe einen Pulk von Weibern, die ich dir auf den Hals in der Boutique hetzen würde. Damit würdest du einen Beitrag zur Weltverschönerung und vielleicht zur Versöhnung der Geschlechter leisten. War gestern auf einer netten Party von einer alternativen Homöopathin, wo auch Susa herumstand, sie ist jetzt mit dem Typen verheiratet, der dich mal so umgarnt hat und über den du dich schrecklich aufgeregt hast – du erinnerst dich? Egal. Ein ulkiges Paar. Sie sah aus wie eine verlebte Hure im Karnevalskostüm. Über 45, aber einen gerüschten!! karierten Mini an und schenkelhohe Gestiefelter-Kater-Boots. Dazu schön dunkelbraunes Make-up, ich nenne es immer den Indianer aus der Tube, weißer Hals natürlich, hellen Lidschatten, pechschwarz gefärbtes Haar und orangenen Lippenstift, der mehr auf den Zähnen war. Eigentlich ein tragischer Anblick. War er immer so eigen mit seinem Geschmack? Ich passte mal wieder nicht in diese Runde der wohlhabenden Bürger. Die Weiber ab fünfzig mit Geld scheinen entweder Muttis, Barbies oder diese Art von malträtiert aussehenden Graufrauen mit losen, alternativen Gewändern im asymmetrischen Schnitt zu werden, die antike Diamant-Ohrringe und runde, flache Kinderschuhe mit Riemchen tragen – nach dem Motto: Wenn ich oben im Gesicht uralt aussehe, dann sollen wenigstens die Füße wie die einer Dreijährigen wirken. Das muss aufhören!

Du bist unsere Hoffnung! Wir brauchen dich!

Deine A.

Hallo A.,
der Typ, von dem du sprichst, hat mich nicht umgarnt, sondern mich damals mit sehr unangenehm kribbelnden Tierchen an einer gewissen Stelle angesteckt! Dem gönne ich alles! Zumal er damals auch noch abstritt, mich ange-

steckt zu haben. Du hast ihn hoffentlich nicht von mir gegrüßt, oder?

Deine S.

Liebste S.,
doch, ich habe ganz laut »Bist du nicht der Läuse-Typ?« gebrüllt.

Deine A.

A.,
hast du nicht!

S.

S.,
hab ich doch. Und jetzt mail schnell, wie es dir geht. Ich will heute ins Kino und endlich den neuen Woody-Allen-Film sehen. Obwohl ein Mann, der seine Adoptivtochter vögelt, eigentlich auf meinem Index steht.

Deine A.

Liebe A.,
der Film ist gut, und sie war Mia Farrows Adoptivtochter, nicht seine. Im nächsten Leben bin ich keine Männerversteherin mehr, das verspreche ich.

Also, in meinem Leben passiert im Moment jede Minute etwas Neues und Unerwartetes, was einerseits nervig, andererseits durchaus unterhaltsam ist. Bis vor kurzem ist mein Leben ja irgendwie nur so dahingeplätschert, jeder Tag war wie gestern und genauso wie morgen. Blödbutzi rief mich an und klang tierisch genervt, weil KA offensichtlich jetzt doch bei ihr eingezogen ist und sie nur eine Zweizimmerwohnung hat. Ob ich ihm noch ein paar Handtücher und etwas Bettwäsche mitgeben könnte, sie habe nicht genug. Klar, sagte ich, wie viel brauchen Sie? Um ihren Frust etwas loszuwerden, tat sie so, als sei sie superhappy über ihren »Sieg«, sie fragte sogar ganz scheinheilig: »Wie fühlt man sich denn so als verlassene Ehefrau?« – »Man fühlt sich erleichtert«, antwortete ich, und weißt du, was das Beste ist? Ich meine es auch so, ich habe es nicht nur gesagt, um sie zu ärgern. Ist das nicht schön?

So, und jetzt zu meiner neuen Karriere.

Frau Tausenschön ohne »d« hat mich heute in ihrem Laden empfangen. Nur Gucci, Prada, Versace, Missoni, YSL und Marken, von denen ich noch nie was gehört habe. True Religion, Tomcat, de Wiese. Sie selbst ist eine sehr strenge Dame, bleistiftdünn und ganz in Schwarz gekleidet, die mich von oben bis unten musterte und nur sagte: »Ich werde Sie ganz neu einkleiden müssen, wenn Sie bei mir anfangen wollen.« Ich lächelte und erwiderte: »Von mir aus gern. Ich hab mir schon tausend Jahre nichts Neues gekauft.« Ich sah ihr ganz deutlich die Antwort an, die sie sich nur mühsam verkniffen hat. »So sehen Sie auch aus, meine Liebe.«

Sie will sich melden. Vermutlich eher nicht.

Deine S.

Hallo Heldin!

Doch, sie wird sich melden, das Tausen(d)schönchen! Sei nicht so negativ! Du musst in deinem neuen Leben lernen, etwas siegermäßig aufzutreten. Nicht zu sehr, natürlich, denn wie du sie beschreibst, hat sie Ähnlichkeit mit der »Vogue«-Chefredakteurin aus dem Roman »Der Teufel trägt Prada«. Schnapp dir den Job, verdammt noch mal! Sieh das wie eine meditative Aufgabe, die du bestehen musst und wirst.

Dass Blödbutzi allen Ernstes nach Wäsche fragt, kann ich nicht glauben. Ich fühle mich manchmal bei deinen Eheberichten an die 50er-Jahre erinnert und dachte, so was gibt's alles nicht mehr. Ich glaube, sie wollte dir nur auf den Zahn fühlen und vielleicht auch etwas triumphieren. Sehr schlechter Stil.

So, aus lauter Freude darüber, dass ich dich nicht als in tausend Stücke zerbrochene Kandidatin für die Selbstmörder-Hotline vom Fußboden auflesen muss, habe ich vergessen zu sagen: ICH KOMME DICH BESUCHEN! Wie findste das?

Gruß von A., deiner besseren Hälfte

Liebe A.,
nur gute Nachrichten! Ich habe den Job, am nächsten Montag soll ich anfangen. Vermutlich hat sie keine anderen Bewerberinnen gehabt, egal. Mo bis Frei von 10 bis 14 Uhr, eine wunderbar familienverträgliche Arbeitszeit, dann bin ich rechtzeitig zurück, um mir den Schulstress meiner Kinder anzuhören und nicht die Angst zu haben, dass meine trennungsgeschädigte Brut irgendwann mit der Heroinspritze im Arm in der Gosse landet. Sie hat mir übrigens empfohlen, ganz in Schwarz zu kommen, weil man da erfahrungsgemäß am wenigsten falsch machen kann, was textil dann noch fehlt, wird sie mir leihen. Soll ich beleidigt sein? Nee, kann ich mir im Moment nicht leisten. Zumal ich dort 18 Euro die Stunde verdienen werde, immerhin 8 Euro mehr als meine wunderbare polnische Putze, der ich leider angesichts einer ungewissen Finanzlage kündigen musste.

Freu mich tierisch, wenn du kommst. Wann? Wie lange? Ich hoffe, du hast nichts dagegen, bei mir im Bett zu schlafen, verspreche dir auch, dass die Bettwäsche nicht mehr nach KA riecht, auch die Bettdecke hab ich ausgewechselt.

Bis ganz bald.

Deine S.

Hallo S.,

nicht beleidigt sein, aber ich schlafe ungern mit Frauen in einem Bett, auch wenn sie mir so vertraut sind wie du. Nachher machst du dich an mich ran ... Ich finde die Couch im Wohnzimmer sehr schick und bequem, lass mich da bitte schlafen. Und da ich deine Kochkünste noch in schrecklichster Erinnerung habe, werde ich als Gastgeschenk ein paar leckere Sachen mitbringen und etwas Schönes für euch kochen, einverstanden?

Übrigens, Nachbar »Mister Mädel« ist von seiner langen Amerikareise zurück und klingelte Sturm. Er bestand darauf, mir ein Geschenk zu geben. Halt dich fest. Er hat einen von diesen Strumpfbefestigern von Marilyn Monroes Hüftgürtel aus einem Spezialladen für Monroe-Memorabilia erstanden! Und was soll ich nun damit?

Rätsel Mann.

Bis bald,

deine A.

Mensch A.,

was du mit diesem Strumpfband sollst? Blöde Frage, es anziehen und ihn damit verführen natürlich! Probier's doch einfach mal aus, wenn's schief geht, wird die Welt davon nicht untergehen! Wie heißt der schöne Liedtext von den Ärzten – »Zieh dich aus, kleine Maus, mach dich nackig, nackig, nackig«! Und du musst natürlich nicht bei mir schlafen, ich fände es nur sehr gemütlich, mit dir in die Nacht hineinzuplaudern, so wie früher. Ich find's toll, dass du kochen willst, aber reg dich bitte nicht über meine lasche Kindererziehung auf, das hasse ich.

Bis ganz bald, ich freu mich.

Deine S.

Hallo meine Süße,
du bist schlau wie immer! Unsereins kommt scheinbar schon nicht mehr auf erotische Fingerzeige. Jetzt, wo du das so sagst, ist es eigentlich ein originelles Geschenk. Es kann aber nicht benutzt werden, es ist nur ein TEIL von den Strapsen. Und sicherlich nicht von Marilyn, »but it's the thought that counts«, wie die Amerikaner sagen. Werde den »Mädel-Fall« neu überdenken. Vielleicht muss ich meine Abneigung gegen kleine Männer überwinden!

Ich kann leider vor nächsten Freitag nicht weg, und bis dahin erwarte ich Frontberichte aus der Tausenschön-Boutique. Schwarz ist doch total out diese Saison, ich halte es sowieso für eine Witwenfarbe, die jede Frau über vierzig alt und blass macht, aber hör nicht auf mich, hör auf deine neue Chefin.

Was deinen Nachwuchs angeht, solange die beiden nicht nachts mit lauten Hip-Hop-Bässen herumdröhnen, bin ich die netteste Tante der Welt.

Viel Spaß bei deinem ersten Arbeitstag! Durchatmen und lächeln!

Deine A.

Liebe A.,
ich habe gerade meinen ersten Arbeitstag hinter mir und es war die pure Hölle! Tausenschön begrüßte mich mit den Worten: »Na, da ist wohl eine Generalüberholung nötig«,

schob mich in einen der hinteren Räume, und als ich nach einer Viertelstunde wieder nach vorn in den Laden durfte, hättest du mich bestimmt nicht wiedererkannt. TS, wie ich sie der Einfachheit halber nenne, hatte mich in einen knielangen, schmalen Rock gezwängt, so eng, dass ich mich nur mit Trippelschritten durch den Laden bewegen konnte, habe jetzt auf einer Hose bestanden, die ich ab morgen tragen darf, die allerdings sitzt so tief unterm Nabel, dass ich mir dringend meine Schamhaare abrasieren muss. Aber ich will nicht schwierig sein. Die erste Stunde war nichts los, TS, eine Kollegin namens Carla und ich zupften an den Kleidern herum, ich bekam einen Crashkurs mit der Kasse, ein hochkompliziertes Computerteil, wenn ich nur eine Taste falsch drücke, gibt's gleich den Supergau, hoffe nur innig, dass ich nichts falsch mache. TS sieht so aus, als würde sie mich skalpieren, wenn ich's täte. Als so gegen Mittag die erste Kundin hereinkam, stürzten sich Carla und ich auf sie, eine hochnäsige, blond gesträhnte Gattin, der Typ Platinkreditkarte und Melanie-Griffith-Schlauchbootlippen. Sie wollte etwas »Kleines, Feines für den Abend«, nach knapp einer Stunde Aufhängen, Abhängen, Rausholen, Wiederreinlegen sagte sie: »Ich schau noch mal woanders«, lächelte NICHT und ging einfach. TS hatte Mordlust in den Augen, die Carla und ich leider ausbaden mussten. Neue Ware auspacken und bügeln. Ich packte drei Pakete Schottenröcke aus, mit verflucht vielen Falten.

Bin total erschöpft. Es kann nur besser werden. Es MUSS besser werden.

Deine S.

Sag mal, liebe S.,
Schottenröcke sind wieder in? Aber als Mini, oder? Hatte ich auch als Schülerin, Kilt heißen die ja wohl? Ich trug

dazu Kniestrümpfe und hatte irgendwie Brigitte-Bardot-Augen, will sagen, versuchte »Mandelaugen« mit einem schwarzen Stift zu erzielen, was bei uns zu Hause streng verboten war. Also malte ich sie in der S-Bahn auf dem Weg zur Schule an – ausgesprochen schwierig, und musste sie wieder mit Niveacreme und Taschentüchern abschminken, bevor ich zu Hause antanzte! Aber zurück zu dir! Möchte man nicht diese reichen Weiber nackt, nur mit Handtasche und Stilettos bekleidet, bei Graupelschauern um den Block jagen? Ich bewundere deine freundliche Art. Ich wäre längst explodiert, vermutlich bin ich deshalb einsame und abgeschirmte Autorin und nicht im Servicebereich.

Bei TS gibt es glaube ich zwei Wege: Entweder, du benimmst dich sehr arrogant (wie sie) und als wüsstest du einfach alles, ein gewisser Frauentyp reagiert darauf mit Respekt und Angst (gute Mischung im Berufsleben). Oder du lobst sie mundtot. Ich werde dich besuchen, wenn ich komme, und dich dann in den höchsten Tönen loben. Bestell doch alle Freundinnen dorthin, die sich dann dir gegenüber besonders reizend benehmen und immer flöten: »Was würde ich ohne Ihre Beratung tun« oder so ähnlich! Dann sitzt du fest im Sattel!

Hü hott!

Deine A.

Hallo A.,
dein Tipp war klasse! Habe sofort meiner reich verheirateten Freundin Anke, du weißt, die mit dem Haus auf Sylt, auf die du immer so eifersüchtig bist, weil sie mich lieber mag als dich, egal, also die kam jedenfalls heute Morgen, und da sie einfach nach tierisch Kohle aussieht, hat sich TS sofort auf sie gestürzt. Und Anke, dafür werd ich sie immer

lieben, hat sie gescheucht, dass es eine wahre Wonne war. Nichts war ihr recht. Zu großer Kragen, Reißverschluss an der falschen Stelle, selbst bei den True Religion Jeans fand sie noch was zu meckern, nämlich dass angeblich zu ordinäre Strassmuster an den Po-Taschen sind. TS schwitzte, aber sie blieb Profi. Ich hielt mich im Hintergrund und räumte die Sachen weg. Nach einer Stunde, TS war kurz vor dem Wutinfarkt, ein schmales Restlächeln lag in ihrem Gesicht wie ein Messer, da zog ich den teuersten Pradamantel (dunkelroter Cashmere, ein Traum für 3900 Euro!) vom Bügel und sagte zu Anke: »Jetzt haben Sie eine Stunde lang nur gemeckert, wie wäre es denn hiermit?« Und Anke lächelte und sagte: »Ein tolles Stück, nehme ich sofort.« Sie zückte ihre Platincard, ignorierte TS und verließ mit einem lauten »Warum nicht gleich so?« den Laden. TS wusste nicht, wohin mit ihren Gefühlen, man sah ihr an, dass sie alles gleichzeitig war – froh über den Umsatz, wütend über Anke, noch wütender über mich. Ich beschloss, sie zu ignorieren. War ein schönes Gefühl, muss ich zugeben.

Bis ganz bald,

deine S.

Liebe S.,

was macht ihr eigentlich zu Weihnachten? Ist zwar noch ein bisschen hin, aber ich als einsamer Single weiß immer gern rechtzeitig, wo ich bei sentimentalen Feiertagen bin. Und da meine Mutter sich erdreistet, mit ihrer Freundin nach Jamaika zu fliegen (hoffe, sie greift sich da keinen Rastamann, bei ihr weiß man nie!), hab ich noch keine Pläne.

Soll ich kommen? Mit einem Sack voller Geschenke?

Dein Erzengel

Mein Erzengel,
das wäre im Prinzip eine schöne Idee, mit dir Weihnachten zu feiern, aber Anke hat uns eingeladen, und ich hab auch schon begeistert zugesagt. Sylt gefällt mir gut um diese Jahreszeit, und je weiter weg vom Heimatort, desto besser. Bist du böse? Flieg doch mit nach Jamaika und vernasch dort einen Knusperjungen zum Fest der Liebe.

Deine S.

Liebe S.,
muss erst mal verdauen, wenn du gestattest. Also mal wieder auf Platz 2 befördert. Ach, VOR Weihnachten darf ich kommen, um dich aufzurichten, und dann ab nach Hause? Gib mir doch auch mal das Gefühl, dass ich nicht immer überall »eingefädelt« werde, sondern mal an erster Stelle stehe (natürlich nicht vor der Familie). Manchmal braucht man so was als Freundin ...

Enttäuschte A.

Liebe A.,
komm, stell dich nicht so an ... Willst du mir ein schlechtes Gewissen aufschwatzen?

Deine S.

Liebe S.,
rein theoretisch, wirklich, nur ein Gedankenspiel: Stell dir mal vor, du sagst zu Anke, dass es dieses Jahr nicht geht, weil ich dir wichtiger bin. Oder fühlst du dich ihr verpflichtet? Weil sie mehr Geld hat? Ich weiß, es sind trickreiche Fragen, aber man muss auch mal über so was nachdenken, finde ich. Im Übrigen hast du letzten Sommer irgendwann

etwas Ähnliches zu mir gesagt, als ich mit dir nach Ibiza fahren wollte, du aber in ihrem Haus allein warst und ich nicht kommen durfte. Warum gehen immer andere Leute (wie Anke) vor?

Tut mir Leid, ich bin gerade in so einer komischen Stimmung.

Deine A.

Also A.,
was ist denn mit dir plötzlich los? Ich fädele dich überhaupt nicht ein, ich muss nur immer viele Wünsche unter einen Hut kriegen, ich habe eben sehr viel mehr Menschen (u. a. zwei Geschwister plus Anhang, Schwager, Schwägerin mit vier Kindern plus Anhang) in meinem Leben als du, und alle wollen irgendwie bedacht sein. Und gerade jetzt, da ich selber etwas sehr dünnhäutig und wahrscheinlich unbewusst traumatisiert bin, könnte ich einfach nur Anteilnahme und Unterstützung gebrauchen und kein Single-Gejaule! Du lebst ja nicht in Scheidung!

Also, reiß dich zusammen!

Deine S.

Liebe S.,
da hast du mich wieder abgeschmettert mit »So ist das nun mal«! Aber es gibt auch neue Traditionen, und alte darf man brechen ... Ich habe sicherlich einen Grund, warum das mit dem »einfädeln« manchmal so von mir empfunden wird. Ich weiß, dass du mehr um die Ohren hast als ich, tausend Familienmitglieder bedenken musst. Aber da gibt es doch auch eine völlig unabhängige Eigenständigkeit, für die man nur selber verantwortlich ist, egal ob man fünf Kinder und hundert Verwandte oder gar keine

hat? Oder ist das wieder mal das Single-Luxusdenken, dessen wir ja gerne beschuldigt werden? Ich finde beide Positionen, Single wie Mutter, immer wieder überdenkenswert und vermute, dass irgendwo in der Mitte zwischen Verdrängung, Abblocken, Ignorieren, zwischen Egoismus, Angst und Koketterie, zwischen Ich-AG und »Kann-nicht-Kompanie«, die goldene Wahrheit liegt. Nach der wir doch suchen, oder?

Goldgräberin A.

Liebe A.,
ich find's einfach nur nervig, wenn du so bist, und werde mir erlauben abzuwarten, bis deine Stimmung sich wieder gebessert hat. Habe im Augenblick mit meinem eigenen Leben so viel zu tun, dass ich einfach keine Kraft für deine Empfindlichkeiten habe. Sorry.

Deine S.

Liebe S.,
ich finde es genauso nervig, wenn DU so bist, habe aber auch keine Lust, mich dir mit aller Gewalt verständlich machen zu wollen. Ich persönlich finde, dass du Anke hofierst – den etwas unfeineren Ausdruck lass ich jetzt mal sein –, aber jeder schart die Menschen um sich herum, die er braucht. Wenn du »Penunzen-Pissnelken« (liebe diesen Ausdruck, sorry!) gern um dich hast, bitte. Hat Anke die Kohle wenigstens selber verdient? Oder hat sie nur jemanden dazu gekriegt, sich wie ein Lemming vom Kliff zu stürzen? Aber ich komme in drei Tagen ...

Deine Kirchenmaus

Liebe A.,
nun lass gut sein mit Anke. Ich mag sie, sie ist herzlich und nett. Was ich aber wissen wollte, warst du nicht mit Mister Mädel wieder zugange?

Deine neugierige S.

Liebe S.,
also, die Party, auf die MM mich mitnahm, war recht nett, viele Leute aus der Kunstszene. Ich hatte irgend so einen Rappel und wollte ihn provozieren. Habe dann irgendwas von meinem überhöhten sexuellen Appetit geschwafelt, und dass Liebe am Nachmittag das einzig Wahre sei. Er war hell begeistert von der Idee und wollte sich gleich konkret für den nächsten Tag verabreden. Und weißt du was? Ich hab's getan! Ich meine verabredet, und nun habe ich mich schön in etwas reinmanövriert. Ich habe ja auch meinen Stolz, und ein drittes Mal (erinnerst du dich noch an meine beiden anderen Abenteuer, wo ich ihm praktisch aus dem Bett gesprungen bin. Einmal klingelte gnädigerweise mein Handy, und ich tat so, als müsste ich zu meiner Mutter rasen, weil sie zu Hause vom Sofa gefallen war.), kann ich nicht ausbüxen.

Das war's aus meinem kleinen Leben. See you soon.

Deine A.

Hallo A.,
also ich hab von Männern im Moment die Nase einfach gestrichen voll, null Bedürfnis auf irgendwas bzw. irgendwen! Blödbutzi hat ihn vor die Tür gesetzt, was ich, du ahnst es, von meiner Frauenarzt-Spionin erfahren habe. Das Liebespärchen hatte wohl einen lauten Krach im Wartezimmer. Habe das deutliche Gefühl, dass KA wieder

bei mir andocken will und zwar nicht, weil er meinen Luxuskörper vermisst, sondern weil's bei mir gemütlicher ist. Die Wäsche wird gewaschen, der Kühlschrank ist voll, das Bett ist warm. Er ist jetzt bei irgendeinem Freund untergekrochen, ich will gar keine Details wissen, ich will nur meine Ruhe. Wie schnell sich manchmal Gefühle ändern können. Man denkt, der ist es, bis der Sargdeckel klappert, und im nächsten Moment kracht alles zusammen, und man schaut genauer hin und denkt sich: Der soll's mal gewesen sein? Warst du denn blind? Ein Gefühl, das mich irgendwie traurig macht. Vielleicht werde ich ja wirklich alterslesbisch, aber nicht mit dir, keine Sorge!

Was dich angeht – du brauchst Sex, und zwar dringend. Hol ihn dir endlich!

Deine S.

Liebe S.,

ach ja, Sex regiert die Welt. Leider auch meine. Weißt du, wonach ich Sehnsucht habe? Nach Aufruhr, nach Schmerz, nach gebrochenem Herzen, nach Aufregung, nach Wutanfällen, nach schwitzenden Händen, nach diesem heißen, heilenden Hass, wenn du jemanden liebst und dich ausgeliefert fühlst, weil du wehrlos bist. Ich liebte immer diese Gefühle, die mich immer zu mir selber führten und mich mit mir selber versöhnten. Und ich hatte sie auch bis zu meiner letzten »großen« Liebe, trotz meiner fünfzig! Vielleicht war das das letzte Mal? Vielleicht werde ich nie wieder jemanden so lieben, wie ich möchte? Vielleicht hat man ein begrenztes Liebespotenzial, das eines Tages erschöpft oder einfach aufgebraucht ist? Wäre das nicht furchtbar?

Deine A.

Liebe A.,
Aufregung, Wutanfälle, das ist das ALLERLETZTE, worauf ich im Moment Lust habe. Ich möchte Ruhe, Frieden, höchstens eine stundenlange Fußmassage, aber bitte keinen Sexmarathon! Ist mir alles viel zu anstrengend. Aber dir wünsche ich die absolute, wahnsinnige, toperotische Liebesnacht.

Deine S.

Hallo liebe S.,
danke, mein Schatz, und wenn du einen richtig scharfen Typen siehst, dann gib ihm meine Handynummer. Kleiner Scherz. Wir Frauen suchen ja immer nach Geheimrezepten für absolut alles. Vielleicht hilft dieses. Es war auf irgendeiner Website. Es hieß, glaube ich, »Dinge, die eine Frau unbedingt haben sollte«:

Eine Frau sollte: Eine Jugend haben, die sie gerne zurücklässt – und eine saftige Vergangenheit, auf die sie sich schon freut, wenn sie sie im Alter weitererzählen kann.

Einen Set Schraubenzieher, einen schnurlosen Bohrer und einen schwarzen BH.

Eine Freundin, die sie immer zum Lachen bringt, und eine, bei der sie sich ausweinen kann.

Ein schönes Möbelstück besitzen, das nicht vorher irgendjemandem in ihrer Familie gehörte.

Wissen, wie man sich verliebt, ohne sich zu verlieren.

Wie man einen Job kündigt, sich von einem Liebhaber trennt und wie man einen Reifen wechselt.

Wie man alleine lebt, auch wenn es einem nicht gefällt.

Immer genug eigenes Geld haben, damit sie ausziehen kann, wann es ihr gefällt.

Letztere Punkte gelten ja praktisch für dich. In diesem Fall bist du Mutter und nicht allein und *er* ist ausgezogen –

nicht ganz freiwillig, dank deiner Tatkraft. Ich selber muss nun lernen, wie man sich verliebt, ohne sich zu verlieren ...

Deine A.

Liebe A.,
klingt alles ganz wunderbar und richtig, genau wie die schlauen Ratschläge zur Kindererziehung, die ich so gern verteilt habe, als ich noch keine Ahnung hatte, wie die Wirklichkeit ist. Aber es stimmt, ich bin jetzt eine Frau mit BH und Schraubenzieher, die es gerade ganz gut findet, dass niemand das Nachbarkopfkissen vollschnarcht. Kann im Augenblick keinen Mann ertragen, noch nicht einmal eine kleine Affäre. Ich war heute in meiner Mittagspause übrigens bei einer Anwältin, der teuersten, die unsere Stadt zu bieten hat (Rechnung geht an KA); man nennt sie auch »den Barrakuda«. Wusstest du, dass mir $^3/_7$ seines Nettoeinkommens zusteht, meine kümmerlichen Bezüge werden natürlich davon abgezogen. Er wird kreischen, wenn er das erfährt! Sie hat mir übrigens dringend geraten, vor der Scheidung nicht zu arbeiten, weil das finanziell sehr nachteilig für mich ist. Finde ich blöd, weil mein Job gerade anfängt, mir Spaß zu machen. Was rätst du mir?

Deine superemanzipierte, total männerentwöhnte S.

P. S. Ich habe »Barrakuda« signalisiert, dass sie einen Klamottenrabatt bei mir im Laden kriegt, wenn *sie's* billiger macht. Ist das Bestechung?

Liebe S.,
du bist abgebrüht! Aber nichts, was du tust, ist schlimmer als das, was die Anwaltshaie tun. Aber du musst arbeiten! Ich finde ja eine gewisse Art der »kreativen« Rache

o. k., aber nur, wenn's nicht ins eigene Fleisch schneidet. Wenn es ein totaler Scheißjob wäre, dann natürlich nichts wie Tschüs und Bye-bye. Frau Barrakuda-Anwältin hat ja ihren Namen nicht ohne Grund, was sehr schön ist, wenn man sie braucht, aber Barrakudas fehlen eben manchmal auch die cleveren Zwischentöne, die nur eine Ehefrau kennt. Ich finde, du bist auf einem guten Weg, komm nicht von ihm ab. Ich hasse diese faulen Scheidungsraffhälse, die ihren Mann ausnehmen, bis er nicht mal mehr »Was kostet der Spaß?« röcheln kann. Nee, so eine willst du nicht sein! Das dürftige Muster muss durch ein schöneres, sehr locker und elegant nach eigenen Entwürfen gewebtes ersetzt werden. Und nun, wo du BH, Bohrer und biestige, bunte, berauschende, barbarenhafte, biblische, belustigende, blitzende (du siehst, ich suche nach B-Wörtern) Bereitschaft zu neuen Wegen hast, run, Baby, run! Und dreh dich nicht um.

Deine A.

Also A.,
sorry, aber da bist du einfach ein bisschen naiv. In der besten aller Welten wäre es sicher so, dass sich Mann und Frau friedlich zusammensetzen und ihre Güter teilen, in der wirklichen Welt ist es leider anders. Da betrügen Männer ihre Frauen, bis die Schwarte kracht bzw. bis sie mit dem Finger im Marmeladentopf erwischt werden, und statt dann zu sagen: Schatz, ich war ein Schwein, nimm alles, was ich habe, sagen sie: Wieso, du arbeitest doch, was willst du dann mit meinem Geld? Bei einer Trennung bzw. Scheidung muss man ganz viele Regeln beachten, sonst wird man über den Tisch gezogen. 1. Das Trennungsjahr muss eingehalten werden, schon mal schwierig, weil KA sagt, wir seien überhaupt nicht getrennt, und ich das Ge-

genteil behaupte. Ich muss also einen Ehescheidungsantrag stellen, damit die Sache überhaupt ins Rollen kommt. Da ich in meiner Ehe nicht gearbeitet habe, kann und will ich mich nicht aus ihr mit einer Plastiktüte von Aldi verabschieden, und das bedeutet, dass KA mir $^3/_7$ seines Nettoeinkommens und 45 Prozent seiner Rente abgeben muss. Meinst du, das tut er freiwillig? Und ich kann leider auf keinen Cent verzichten, weil ich sonst verarme. Deshalb muss ich leider »offiziell« auf meinen Job verzichten, zumindest, bis die Formalitäten geklärt sind. Habe schon mit meiner Chefin gesprochen, sie versteht mich und bietet mir sogar an, am Wochenende schwarz bei ihr zu arbeiten. Ist sie nicht ganz unerwartet süß?

Ach ja, Scheiden tut weh.

Deine S.

Liebe S.,

so zielsicher und fokussiert kenne ich dich ja gar nicht. Na gut! Du weißt so was besser. Ich meinte es nicht so, dass man als Ehefrau, die immerhin den Haushalt geschmissen und die Kinder erzogen hat, mit einer Aldi- oder noch schlimmer Lidl-Tüte aus dem Haus schleichen soll, nein gar nicht. Ich meinte mehr, dass man generell sein Leben so unabhängig wie möglich gestalten soll. Das mit dem Schwarzarbeiten ist doch super, oder sind wir jetzt asozial oder ungerecht, dass wir das gut finden? Frauen entwickeln manchmal eine überraschende Solidarität aus sehr eigenwilligen Gründen. Kann dir bei Tausenschönchen ja egal sein. So haben wir mehr Zeit füreinander, wenn ich komme. Ja, wenn ... Doch, doch keine Angst, muss nur diesen blöden Job erledigen. Ich sitze immer noch an diesem vermaledeiten Riesenartikel, den mir unser dynamischer Jung-Chefredakteur aufgebrummt hat, damit ich die Klappe halte und beschäftigt bin. Mir fällt bald nichts mehr über die Krise der verheirateten Frauen in der Arbeitswelt ein. Dich habe ich ja schon gegrillt. Er hat mir das Manuskript jetzt wieder zurückgegeben mit der Bemerkung, es etwas weniger »kämpferisch«, sondern »lustiger« zu schreiben. Weißt du, wie ich inzwischen alle diese 34-jährigen superintellektuellen Typen, die in einer gedrechselten Sprache über den Zeitgeist schwadronieren und Titelgeschichten in der »Zeit« und der »Frankfurter Allgemeinen« kriegen, nenne? Die Bullshit-Boys. Vielleicht kündige ich meinen »festen freien« Job und komme gleich mit zum Schwarzarbeiten ... ich kann sehr gut verkaufen und das Blaue vom Himmel herunterlügen.

Deine fleißige A.

Meine gute A.,
ja, das Leben kann manchmal schwieriger sein als erwartet. Aber es ist ja das einzige, das wir haben, insofern müssen wir das Beste draus machen. Heute Morgen kroch meine Prinzessin zu mir ins Bett, das hat sie tausend Jahre nicht mehr getan, und eigentlich ist der Ton zwischen uns im Moment manchmal so, dass einem der Israel-Palästina-Konflikt dagegen wie charmantes Geplänkel vorkommt. Aber heute Morgen schmiegte sie sich an mich und flüsterte: »Mami, sind eigentlich alle Männer so wie Papi?« Ich hab einen Moment gebraucht, um das »Ja, mein Schatz, Männer sind leider die minderwertige Spezies auf dieser Welt« hinunterzuschlucken, das mir auf der Zunge lag. Stattdessen war ich edel, hilfreich und gut und habe »Zu einer Trennung gehören immer zwei« herausgewürgt, weil ich glaube, dass das für ihre labile Teeniepsyche im Moment der bessere Satz ist. Was meinst du? Werde heute übrigens meinen Scheidungsantrag unterschreiben. Bin wild

entschlossen. Dauert ja dann eh noch mindestens ein Jahr, bis die Sache durch ist. Soll ich dann wieder Heilemann heißen? Finde meinen Mädchennamen so blöde.

Deine S.

Liebes Fräulein Heilemann (sagte man ja noch früher),
tatsächlich, du unterschreibst so schnell? Irgendwie irre. Bist du sicher? Ich will nicht diejenige sein, die zur Besonnenheit rät, da ich oft genug gesagt habe, dass er irgendwie ein Arschloch sein kann, aber das ist doch ein wichtiger Abschnitt, der überlegt sein will. Oder brennt es dir unterm Pelz oder den Nägeln oder beidem?

Ich würde euren Familiennamen behalten. Rammke ist zwar kein toller Name, aber sonst wird's zu verwirrend für die Kiddies.

Deine A.

Liebe A.,
du hast Recht, es ist schnell, vielleicht zu schnell, aber ich habe das Gefühl, ich darf keine Zeit mehr verlieren, kennst du das? Wenn man erst mal angefangen hat, will man die Sache auch durchziehen. Und würde KA wie wild um mich kämpfen, würde er sich nackt auf meine Fußmatte legen mit einer Rose zwischen den Zähnen, vielleicht sähe die Sache dann ja anders aus. Aber er tut so, als wäre die ganze Sache nur eine Laune von mir, eine Art übelriechender Furz, der schnell wieder vergeht, er redet nicht, er erklärt nicht, er will nur eins – alles wieder zurück auf Anfang. Man dürfe doch wohl mal einen Fehler machen, sagt er immer, wenn er mich anruft, gern nachts, leicht betrunken. Aber das geht leider nicht! Ich habe einfach erkannt, dass ich so nicht weiterleben kann und will. Selbst mein

Sohn meinte heute beim Frühstück: »Mama, irgendwie ist es nicht mehr so stressig, seit Papi nicht mehr da ist!« Und er hat Recht. Wir drei verstehen uns super. Ich habe KA klipp und klar vor die Alternative gestellt – Therapie oder Scheidung –, und weißt du, was er gesagt hat: »Schatz, kommst du eigentlich schon in die Wechseljahre? Warum suchst du Probleme, wo keine sind? So kenn ich dich gar nicht.«

Glaub mir, es ist besser so. Wann kommst du eigentlich?

Deine S.

Hallo Super S(chnell),
immer wenn jemand sagt: »So kenne ich dich gar nicht«, dann möchte ich gereizt schnappen: »Ja, warum wohl kennst du mich nicht so! Weil du verdammt noch mal nie hinhörst, hinguckst, hinfühlst usw.« Und der Wechseljahrescherz ist nun so abgegrabbelt wie der Lieblingsteddy einer Zweijährigen, gefolgt von der ebenso bahnbrechend originellen Frage, die sich tatsächlich einige Männer zu fragen wagen: »Kriegst du deine Tage?«, obwohl sie »Rage« sagen wollen. Außerdem weißt du doch, dass der Mann, der begeistert zur Therapie geht, wirklich krank ist. Lass mich zur Auffrischung unserer vielleicht ein wenig zu leichtherzig gefassten Vorstellung des Männercharakters ein paar passende Wahrheiten loswerden. Ich hatte in meiner leider nicht mehr existierenden Online-Kolumne die Männer aufgefordert, mal zu sagen, was denn wir Frauen dazu beitragen könnten, damit sich die Männer geschätzt und geliebt vorkommen. »Sie meinen, außer uns den Sportsender freiwillig sehen zu lassen?«, fragte einer kess. Dazu meinte er: »Wir wollen dasselbe hören wie die Frauen: Ich liebe dich, du siehst toll aus, und ich finde unsere Beziehung wunderbar.« O. k.

Ein anderer Scherzkeks schrieb: »Kommt nackt ins Wohnzimmer, bringt Hühnerkeulen und Chips mit und blockiert nicht den Fernseher!« Ein ganz Schlauer schrieb: »Ich bin sicher, Millionen Männer schreiben Ihnen dasselbe: Wie wär's, wenn die Frauen es mal mit etwas mehr Sex probieren würden als nur dem Allernötigsten, zu dem sie sich gnädig herablassen? Und obendrein ein bisschen verspielter und begeisterter agieren würden, sodass man nicht diese ewige langweilige Routine merkt, in die sie vor Jahrzehnten geschlittert sind? Mag vielleicht etwas mehr Einsatz fordern, aber es lohnt sich!« Da spürt man doch das ganze Leid eines lange verheirateten Mannes. Du hast jetzt aber keine sexuellen Gelüste mehr auf KA, das hatte ich doch richtig verstanden?

Bis bald, noch drei Tage, ich schwör's.

Deine A.

Liebe A.,

nein, ich habe keine Gelüste mehr auf KA, wenn ich nur an ihn denke, kommt die Unlust wie zu viel Magensäure in mir hoch. Aber das ist momentan gar nicht mein Thema, sondern seine Mutter. Ja, du liest richtig, sie wird nämlich übermorgen 70, und es ist eine Riesenfeier geplant, und da ich sie sehr mag, werde ich natürlich hingehen. Und genauso natürlich graut mir davor, denn KA hat, wie du weißt, einen Riesenanhang, der zum Teil noch nicht eingeweiht ist, also müssten KA und ich uns eine gemeinsame Erklärung überlegen. So wie damals Brad Pitt und Jennifer Aniston in die Blabla-Richtung. Geht bei uns nur leider nicht, weil sich KA ja gar nicht trennen will. Also werde ich bei allen die Böse sein.

Bin erschöpft, meine treue Freundin. Freue mich sehr auf deinen Besuch. Las kürzlich bei so einem französischen Superarschloch und Dichter, Houllebeque oder so, die Frage:

Wie heißen die Fettwülste um die Vagina? Antwort: FRAU! Den müsste man doch sofort auf seinen Bücherstapel nageln, oder?

Deine S.

Hallo böses Biest,

oh nein, SEINE Familie hatte ich vollkommen vergessen, siehste, typisch »Single«-Denken. Wie war noch seine Mutter? Es gibt ja die zwei Kategorien. Die eine ist die, in der Mutti Sohnemann praktisch noch auf dem Schoß sitzen hat und du die Königsspinne bist, die ihn verputzen will, oder die Mutti, die mit dir in dieselbe Kerbe haut, weil er ihr auch auf die Nerven geht. Kommt aber seltener vor. War sie nicht Ärztin und etwas enttäuscht, dass du zwar hübsch und witzig, aber leider keine Akademikerin warst? Und jetzt erinnere ich mich auch plötzlich an seinen jüngeren Bruder Jochen, ein sehr attraktives Bürschchen. Ich habe ihn ja mal an Silvester heftig geküsst bzw. er mich auch. Warum wir nicht im Bett gelandet sind, weiß ich nicht mehr. Ich glaube, es war der Alkohol. Wir haben uns danach gleich noch einmal getroffen – hatte ich dir gar nicht erzählt. Aber so am helllichten Tage, nüchtern, erwachsen, das neue Jahr im Visier, erschien er mir keine gute Idee. Die Sache mit Brüdern von Ehemännern von Freundinnen ist etwas heikel, finde ich ...

Darf ich kurz etwas zu Herrn Höllendreck (klingt passender) sagen? Er ist grottenhässlich, blass, fast haarlos und versprüht so viel Leichtigkeit wie eine Tonne Briketts. Von der Art Mann kommt ganz klar die angstvolle Abscheu vor der Vagina, die ja so üblich ist. Nageln ist nicht genug. So einen Typ sollte man zwei Tage in eine laut redende, tropfnasse, vaginaförmige Höhle einsperren!

Deine A.,
die praktisch den Koffer offen neben sich stehen hat!

Manno A.,
was hast du denn für wild wuchernde Fantasien! Tropfende Vaginahöhle, igittigitt! Übrigens weiß ich von deinem Kurzflirt mit meinem Nochschwager; er hat sich damals bei mir ausgeweint und mächtig auf dich geschimpft, weil er ziemlich entflammt war für deinen welken Körper. WITZ! Dein Körper ist für dein hohes Alter noch super! NEIN, du bist nicht alt, du bist die knackigste Endvierzigerin, die ich je gesehen habe. Gut so? Und meine Nochschwiegermutter ist nicht Ärztin, sondern heißt Helga, und genauso ist sie auch. Helgahaft. Graublonde Dauerwelle, moppelig, ich kenne sie eigentlich nur in Schürze. Natürlich kocht sie saugut, schwere, leckere Hausmannskost. Bei unserem allerersten Treffen hat sie mich in die Taille gekniffen und »Da muss mehr Speck dran, dünne Frauen sind zickig im Bett« gesagt, seitdem liebe ich sie. Und sie mich auch. Sie hat nie Partei ergriffen, wenn KA und ich Streit hatten, hatte immer den besten Apfelkuchen der Welt im Backofen, wenn ich vorbeikam. Deshalb würde es mich im Moment überhaupt nicht kratzen, wenn ich KA nie wiedersehen würde, aber der Gedanke, dass sie mich nicht mehr sehen will, schnürt mir die Kehle zu. Fast so schlimm, als wenn DU nicht mehr in meinem Leben wärest. Aber du kommst ja bald.

Wann genau?

Deine S.

Hallo meine Süße,
erst mal vielen Dank für die »Endvierzigerin«. Besonders morgens, wenn das Augenlid diesen leicht knautschigen Charakter hat und die Augen nicht mehr diesen blanken, unschuldigen, leicht doofen Ausdruck der Jugend haben, sage ich mir versöhnend, dass ich zur rasant wachsenden Gruppe der neuen ANFANG-Vierzigerinnen, meine Liebe, nicht

End-Vierzigerinnen gehöre, obwohl ich 53 bin. Lustig, dass deine Schwiegermutter – liebe inzwischen den Typ Schürzenmutti! – für Speck im Bett ist! Hat ja bei Sohnemann nicht viel genützt. Jetzt habe ich es! Du warst zu schön und schlank für ihn! Helgas Hausmannskost hat keine dicken Dellen und Wellen an dir hinterlassen. Wie kommen wir nun schon wieder auf Körper? Weißt du, dass ich meine Schwiegermutter nie kennen gelernt habe? Nach meiner kurzen, spontanen Hochzeit und Ehe mit Michi war nie Zeit dafür – und sie wohnte ja ganz in Bayern. Sie war Witwe und der Stiefvater ein fieser Säufer, der Mike vermöbelt und sauschlecht behandelt hat. Ich glaube, das hatte er ihr nie verziehen.

Deine letzten Zeilen, wenn ich nicht mehr in deinem Leben wäre und so, haben mich sehr berührt. Ich habe in den letzten Tagen starke Verlustgefühle und war sehr traurig, als ich mit meinem Vater sprach, der sich sehr schwach und irgendwie verfremdet anhörte. »Komm bald, mein Kind«, sagte er. Ich werde morgen zu ihm fahren und dann endlich zu dir! Also, ich erwarte auch symbolischen Helga-Apfelkuchen und freue mich riesig!

Deine Enddreißigerin,
und kein Sekündchen älter aussehend!

Meine liebe A.,
du klingst so trübsinnig, da wird mir richtig das Herz schwer. Ich erzähle dir jetzt mal etwas aus meinem eigenen, chaotischen Leben, damit du auf andere Gedanken kommst. Es ist nämlich etwas passiert, das ich nur dir als meiner allerbesten Freundin anvertraue, weil ich mich richtig dafür schäme. Ich habe die letzte Nacht mit meinem Nochehemann verbracht. Ja, du liest leider richtig, ich bin schwach geworden, aber zu meiner Entschuldigung muss ich sagen,

dass er mich abends, ich war allein, beide Kinder haben bei Freunden übernachtet, einfach mit einer Flasche von meinem Lieblingswhisky (Haig Gold Label) überrascht hat. Und so saß er plötzlich wieder auf meiner Couch und ich trank einen, und dann leider noch einen, und ehe ich mich versah, war ich so heiß auf KA, dass wir so wild gevögelt haben wie noch nicht mal in unserer Anfangszeit! Danach hätte ich ihm am liebsten die Augen ausgekratzt, besonders, als er sich mit den Worten »Wenn du so während unserer Ehe gewesen wärest, hätten wir jetzt keine Probleme« verabschiedet hat.

Ich bin eine ganz blöde Kuh!

Deine S.

P.S. Die Prinzessin hat dir gnädig ihr Zimmer geräumt, weil sie drei Nächte zu ihrem neuen (was heißt neuen, ersten) Freund ziehen will. Also musst du dich nicht aufs Sofa ringeln, sondern hast ein schönes, breites Bett mit neuer Matratze.

Liebe S.,
ich kann leider nicht kommen. Mein Vater ist ganz überraschend gestorben.

Ich melde mich.

Deine A.

Liebe A.,
was? Ich bin völlig fassungslos, bei deinem letzten Besuch ging es ihm doch noch gut. Wie ist denn das so schnell passiert? Ich denk an dich und hab dich ganz doll lieb. Soll ich zur Beerdigung kommen?

Deine S.

Liebe S.,
ganz lieb von dir, aber er hat sich eine anonyme Bestattung gewünscht. Find ich total deprimierend, aber er wollte es so. Ich melde mich bei dir, wenn alles vorbei ist. Irgendwie ist das alles noch gar nicht richtig wahr.

Liebe A.,
weißt du, was mir immer einfällt, wenn ich an deinen Vater denke? Dass er so eitel war, dass er sich keine Brille gekauft hat, sondern die Zeitung immer mit der Lupe gelesen hat. Fand ich total niedlich.

Ich freu mich auf dich.

Deine S.

Liebe S.,
danke für die schönen Blumen! Es sollte wohl nicht sein, dass ich so schnell zu dir komme. Es ist ein nicht zu beschreibendes Gefühl, wenn ein Vater stirbt. Auch wenn er recht alt ist, also »darf«. Wenn es dann passiert, dann nimmt es dir den Atem. Plötzlich ist eine Person verschwunden, einfach weg, und kommt nie wieder. Eine Person, die einfach da war und zu dir gehörte, so wie eine volle Unterlippe, der leicht krumme kleine Zeh und ein Muttermal in der Halsbeuge, und alles, was du sonst noch von ihm geerbt hast. Du weißt jetzt, dass etwas Unwiederbringliches von dir genommen ist, nämlich die dir bekannte Form des physischen Lebens einer Person, die dich gezeugt hat und mit der du aufgewachsen bist. Ich glaube, der nächste Schritt ist wohl, die spirituelle Ebene zu gestalten und so Erinnerung und Unvergesslichkeit für jemanden zu schaffen. Auf dem Wege sind ja Menschen immer bei dir, nehme ich an. Ich musste ja seine kleine Wohnung ausräumen, und

das war ein Trip für sich. So anrührend und persönlich und ein klein bisschen mysteriös, so als würdest du nach Geheimnissen suchen. Er trug so gerne Mützen, und als ich diese eine karierte Schiebermütze da liegen sah, brach ich in Tränen aus. Doch dann setzte ich sie auf und machte mich an den Kleiderschrank und faltete mit solcher Akribie seine karierten Hemden zusammen – eine andere Leidenschaft von ihm, leider oft mit gestreiften Hosen kombiniert –, als wäre ich Verkäuferin in einer Christian-Dior-Boutique. Eines zog ich dann an. Seltsam, ich hatte das starke Bedürfnis, alles, was er benutzt, berührt, getragen hat, über mich zu stülpen, an mich zu lassen, ich vermute, eine sehr kindlich-archaische Geste. Ich sehnte mich plötzlich nach Ritualen von Naturvölkern und hätte gerne das Zimmer angezündet, oder alles grün gestrichen, oder hätte mich bunt angemalt, Urlaute ausgestoßen und wilde Tänze getanzt. All so was darf man ja nicht bei uns. Stattdessen sagt man »herzliches Beileid«. Ich dachte bei dem seltsamen Wort »Bei-Leid« plötzlich an »bei Fuß« und einen schönen Hund. Ich habe dann außer Fotos noch seinen Morgenmantel, eine Dose Nivea, seinen alten Bambus-Gehstock, einen altmodischen Wollschal, rote Hosenträger und eine Schachtel mit Briefen an ihn, darunter eine sehr alte Vatertagskarte, die ich als 6-Jährige gemalt habe, mitgenommen. Und mich gewundert, auf welche eigenartige Weise man nicht loslassen kann ...

Gott sei Dank bis bald,

Deine A.

Liebe A.,
deine schöne Mail hat mich richtig traurig gemacht. Weil du so viel Kummer hast und ich dir überhaupt nicht helfen kann. Denn wenn die Eltern sterben, stirbt ja auch unser

Kindsein, dann, so hat es mal eine Freundin ausgedrückt, sind wir die Nächsten am Abgrund. Keine behagliche Vorstellung. Der Tod eines Elternteils ist etwas sehr Fundamentales, auch weil wir dann ja näher an die Grube rücken, um es mal ganz platt zu sagen. Insofern hat unsere Trauer auch immer etwas mit der Angst vor dem Verlust des »Puffers« zwischen uns und dem Abgrund zu tun, oder? Wir sind ja die Generation der Berufsjugendlichen, die fitten Unsterblichen. Uns mit unserer unvermeidlichen Sterblichkeit abzufinden fällt uns ganz besonders schwer. Und in deinem Fall noch schwerer, weil du deinen Daddy so geliebt hast, weil du immer sein kleines Mädchen warst. Das bist du zwar nicht mehr, aber immer noch meine allerallerbeste Freundin.

Sei umarmt.

Deine S.

Liebe S.,

ja, Daddy's Girl ist zwar auch nach fünf Tagen noch ziemlich fertig, aber ich hatte plötzlich so eine Vision, fast ein kitschiges Märchenbild, wo mein Vater einfach irgendwo »oben« rumschwebte, mich gütig anlächelte (was er leider im wirklichen Leben eher nicht tat) und mir sagte, dass alles o. k. ist, so wie es ist. Das Gefühl der Trauer blieb, aber dieses tragische Element, das man ja mit dem Tod eines Vaters verbindet, war plötzlich nicht mehr da. Er wurde ja verbrannt, und naiv wie ich bin, hatte ich gedacht, dass ich die Asche in einer hübschen Urne kriege und sie dann in einem anrührenden Ritual entweder in seinem Lieblingssee oder an einem anderen magischen Ort verstreuen kann, aber meine Geschwister lachten mich aus und beschuldigten mich mal wieder meiner hollywoodhaften Schnapsideen. Die Toten gehören nicht unter die Lebenden gestreut! »Wo kämen wir hin, wenn das jeder tun würde ...« (außer bei Glatteis?). Auch der Tod wird bürokratisch geregelt. Aber ich fühle mich jetzt frei und gestärkt genug, um dich endlich zu besuchen. Es wurde ja schon fast zu einem verhexten Trip. Und irgendwie erinnere ich mich vage an ein schockierendes Geständnis, das Sex mit dem Ex involviert. Da muss eingegriffen werden! Bis morgen Abend.

Deine A.

Liebste A.,
was würdest du denn mit so einer Urne anfangen? Ins Regal stellen? Ich fände so was äußerst gruselig. Der Gedanke, dass sie umkippt und dann tote Asche im Raum herumfliegt. Sorry, meine Fantasie geht wieder mit mir durch. Manchmal träume ich von meiner eigenen Beerdigung, dann frage ich mich, wer alles kommt, wer alles um mich trauert und wer nur so tut. Ich beobachte, wie man mich in den Sarg legt, und da ich so klaustrophobisch bin, hab ich tierische Angst vor dem Moment, wenn der Deckel draufkommt. Das Wissen, dass ich dann ja tot bin, beruhigt mich keineswegs. So, Schluss jetzt mit den morbiden Gedanken.

Ich freue mich wahnsinnig auf deinen Besuch, du wirst dich im Prinzessinnenzimmer sicher wohl fühlen. Der Prinz wird auch viel außer Haus beschäftigt, es gibt viel zu quatschen, fangen wir endlich an!!!

Deine S.

Hallo Goldstück,
ich sitze in der DB und habe mir 1. Klasse gegönnt. Früher war das nur für reiche Witwen und Generaldirektoren, fand ich – und natürlich für schwarzfahrende Protestler wie mich. War aber eine gute Idee, denn mir schräg gegenüber sitzt

ein sehr gut aussehender Mann, ganz businesslike, kleine runde Brille, schicker Anzug, völlig verliebt in seinen Laptop und in seine Kalkulationen und Zahlen, die in seinem Hirn hin und her jagen, gefolgt von seinen schlanken flinken Fingern auf der Tastatur. Ich finde plötzlich diese kühle Unnahbarkeit und Verwaltermentalität supersexy, gerade weil ich sonst eigentlich nur Künstlertypen mag, und habe diese Fantasie, wie ich ihn langsam verführe und vom rechten Weg abbringe – und dann ermorde! Als Erstes nehme ich ihm die Brille ab, oh, was für hübsche blaue Augen du hast, Großmutter!, dann den Schlips, dann knöpfe ich ihm das gestärkte weiße Hemd auf – aber dann sagte eine rüde Stimme in sächsischem Dialekt: »Darf ich mal die Fahrgarten sehn?«, und alles verpuffte, bis auf mich, die in ihren Laptop hämmert und E-Mails an ihre beste Freundin verschickt. Oh Wunderwelt der Technik. Ob ich ihn mal anspreche? Habe ja noch eine gute Stunde Fahrt vor mir.

Hört sich wirklich an, als bräuchte ich einen neuen Freund, oder?

Deine Bundesbahn-Barbie

Hallo BB,
also, um im Bild zu bleiben, hat natürlich nicht die Großmutter die blauen Augen, sondern der Großvater. Davon abgesehen sind Szenarios fern der Heimat, ob in der Fantasie oder wirklich erlebt, natürlich immer ganz besonders reizvoll. Ich habe auf meinem allerersten Flug von Amerika nach Düsseldorf, damals war ich 19 Jahre alt, einen Geschäftsmann in der Holzklasse (mehr war nicht drin) verführt. Es war ein Nachtflug, und damals gab es noch keine Star Alliance und keine überfüllten Flieger, sondern jede Menge freier Plätze, auf denen man sich ausbreiten konnte. Wir breiteten also eine Decke über uns, und was und wie

genau wir herumfummelten, habe ich verdrängt, den Mann sowieso nie wiedergesehen, aber als nettes Erlebnis in meinem Gedächtnis gespeichert. Es gab ja durchaus prickelnde Geschichten in meinem Sexualleben, es waren ja nicht immer nur die »Sollten wir nicht mal wieder? Okay, wenn du mich dabei nicht aufweckst«-Nummern. Dabei fällt mir ein – danke, dass du mir keine Vorhaltungen wegen KA machst, ist mir ja selbst peinlich genug. Gerade weil es eine der besten Nummern war, die ich je mit ihm hatte.

Sprich deinen Geschäftsmann an, mal sehen, was passiert.

Deine S.

Liebe S.,
oh, er ist eben aufgestanden, hat seinen sehr eleganten ledernen Aktenkoffer auf- und zuschnappen lassen, mir einen sehr freundlich-bedauernden Blick zugeworfen, sein Handy gezückt, um wahrscheinlich seine Gabi oder Veronika anzurufen, die zu Hause im postmodernen Reihenhaus wartet – in feuerroten Dessous und mit einem Sektglas in der Hand. Während ich brav zugeknöpft auf dem Weg zu dir bin. Kein Vorwurf! Er heißt bestimmt Kurt und ist nur Buchhalter. Da kommt sicher etwas Besseres. Und ich denke nicht nur an Mister Mädel, von dem ich seit Wochen nichts gehört habe. Ich glaube, er ist beleidigt. Hatte ich dir das geschrieben? Ich rief ihn kurz vor unserem Nachmittags-Rendezvous aus einer lustigen Laune heraus an, denn im Radio sang Marvin Gaye gerade »Sexual Healing«, mit das sexieste Lied der Welt (vielleicht hat ihn deshalb sein Vater, immerhin Priester, erschossen. Wirklich wahr, das weißt du?). Ich wählte ihn also an und hielt nur den Hörer ans Radio. Dann sagte ich gespielt tiefstimmig und lasziv: »Hallooo.« – »Wer ist da?«, knurrte er ins Telefon, und da

war schon der potenziell charmante Moment weg. Kurz und ab, er kannte Marvin Gaye gar nicht, und erst recht nicht das Lied. Und da hörte ich auch schon bei ihm im Hintergrund irgendwas Klassisches. Sind ja schöne Kompositionen, aber Soul und Funk sind eben genau das, soulful, tief, sexy, rhythmisch. Ich war so abgetörnt, dass ich seine Frage, was ich denn wolle, schnell mit einem »Nix« beantwortete, denn einem Mann, der gerade Beethoven hört, zu erklären, was es mit Marvin Gaye auf sich hat, ist so ähnlich, wie einer Brieftaube zu erklären, wie man E-Mails tippt. Null Nachmittagssex.

Deine A.

Hallo A.,
mach dir keine Gedanken um den ICE-Hottie. War vermutlich ein Frauenmörder auf der Flucht, der gerade eine unschuldige Witwe zerstückelt und ihre Leichenreste in den Fluss geworfen hat. Vermutlich wollte er dich gerade ansprechen, um dich an einen geheimen Ort zu locken, um mit dir dasselbe zu machen. Du bist also einem grausamen Tod gerade noch von der Schippe gesprungen. Und Mister Mädel lass doch bitte sausen. Ich stehe übrigens am Bahnhof und hole dich ab. Du erinnerst dich? Mittelgroß, mittelblond, mittelschlank. Alles mittel.

Deine S.

Du bescheidenes Ding,
ich werde nach der schmalen Schönheit mit dem frechen Gesicht und den strahlend blauen Augen Ausschau halten, die alle bewundernd anstarren, da sie SEHR schick angezogen ist – so wie es sich für eine Boutiquen-Verkäuferin gehört! Oder sehe ich da etwas falsch? Wobei mir einfällt,

dass du seit einer Woche nichts mehr über deine neue »Karriere« gesagt hast. Verdächtig. Hast du dir ein paar Tage freigenommen, oder wäre das taktisch nicht so schlau bei einer Chefin wie Tausenschön? In jedem Fall werde ich oder wir dort vorbeischauen, darauf kannst du dich verlassen. Muss doch sehen, wie raffiniert du völlig unnötigen, überteuerten Firlefanz an frustrierte Verschwenderinnen bringst!

Übrigens, ich bin nicht der Typ für spießige ICE-Mörder. Derlei passiert nur im Orient-Express – mit dem ich bedeutend lieber fahren würde ...

Also »bis gleich« – das hört sich gut an, oder? Du bist jetzt auf dem Weg und hast doch einen Blackberry, sodass du noch eben diese Perle meiner Schreibkunst genießen kannst?

Deine A.

Ja A.,
ich habe einen Blackberry, aber ich benutze ihn nur selten, weil ich nicht so wichtig bin, dass ich ständig auf Bereitschaft sein muss. Und eine Hausfrau, die am Käsestand ihres Sparmarktes so ein Ding zückt, ist doch einfach lächerlich. Außerdem ist mir die Tipperei zu mühsam, das erledige ich lieber am Computer.

Und schmal ... das war einmal, ich hab ganz schön zugelegt in diesen letzten Frustmonaten, habe jetzt so eine blöde weiche Teigrolle um die Leibesmitte, obwohl ich erst Anfang vierzig bin. Habe meinen Frauenarzt gefragt, der sagt, ab vierzig bildet jede Frau verstärkt das Hormon Cortisol, das ist für den Bauchspeck verantwortlich und war früher wichtig, wenn die Steinzeitfrauen Winterschlaf machten. Da frage ich mich doch, warum die Evolution nicht ein bisschen schlauer ist und das langsam mal wegmendelt, oder? Was meinen Job angeht, so arbeite ich unter der Woche schwarz wie ein Rabenflügel, am Wochenende auf 460-Euro-Basis. Heißt das so? Muss mich mal schlau machen. Mit meiner Chefin hab ich mich inzwischen richtig angefreundet, sie hat mir nach einem völlig unbegründeten Wutausbruch wegen Pillepalle (falsch ausgepackte Kartons!) unter Tränen gestanden, dass sie tierisch unter ihren Wechseljahren leidet und »sich seitdem nicht mehr wiedererkennt!«. Ihre Worte. Ich hab sie daraufhin in die Arme genommen, seitdem läuft's prima. Das einzige Problem ist, dass sie den Laden dringend renovieren und aufpeppen müsste und ihr dazu das Geld fehlt. Leider bin ich ja auch eine arme Kirchenmaus.

Also – ich fahre jetzt los, hoffe, dein Zug ist pünktlich.

Deine S.

DA BIST DU JA!

Meine Süße,

jetzt sitze ich hier auf dem Prinzessinnenbett, während du nur eine Wand weiter liegst, und ja, ein bisschen schnarchst! Süß! Ich habe mich so an unsere »Brieffreundschaft« gewöhnt, dass ich nicht davon lassen kann. Oder vielleicht bist du mir in natura unheimlich geworden? Quatsch, ich kann nur nicht schlafen (zu viel Prosecco?), obwohl das Jugendzimmer rührend und gemütlich ist, auch wenn ich immer mal wieder mein Ohr an irgendeinem ausgestopften Tier im Bett stoße. Warum wollen junge Mädchen nicht von ausgestopften Tieren lassen? Manche ja noch nicht mal als erwachsene Frauen! Kuschelneurose? Sicherheitsbedürfnis, Angst vor lebendigen Wesen, oder Kontrolle? Was ich wirklich sagen will: Ich habe mich irre gefreut, dich endlich wiederzusehen. Wie du da so standest, sogar mit einem Blumenstrauß!! Wenn die Menschen verstehen würden, was für ein schönes Gefühl es ist, mit Blumen begrüßt zu werden, die Welt ertränke im Blumenmeer und es gäbe keine Kriege. Ich fand, du sahst ziemlich gut aus, wenn man bedenkt, was du gerade durchmachst. Wieder so ein blöder Weibersatz, der fast so schön ist wie »Dafür sehen Sie aber gut aus!«, wenn man sagt, dass man über fünfzig ist.

Ich freue mich aufs Frühstück. Ich werde Brötchen holen, denn mit deinem lahmen, umweltfreundlichen Aktiv-Bio-Müsli plus Magermilch-Joghurt will ich nix zu tun haben (hat dich vielleicht KA deshalb verlassen?). Ich brauche etwas Reelles. Wir gehen dann doch in »deinen« Laden, oder?

Deine schlaflose A.

Mensch A.,
zu witzig – ich sitze hier in meinem Bett, weil ich nach unserem langen Gespräch nicht einschlafen kann, und surfe so ein bisschen in den Chatrooms für Senioren, als es auf einmal pling macht und mich deine Mail erwischt. Durch die Wand sozusagen. Bin auch ganz happy, dass du hier bist, es ist einfach tröstlich, wenn man mit jemandem eine so lange Geschichte teilt wie wir.

Schlaf schön, schmeiß die Kuscheltiere einfach auf den Boden und überrasch mich mit einem dicken, fetten, ungesunden Frühstück.

Deine S.

SSSSSS,
shit, es ist wie eine Sucht! Wir sind Net-Junkies geworden! Man kann nicht aufhören. Du erinnerst dich, dass meine letzte große heiße lange Affäre mit meinem irischen Rot-

schopf so extrem E-Mail-lastig war, dass es mich wundert, dass wir überhaupt unsere Laptops im Bett zuklappten, um echten Sex zu haben. Und morgens bombardierten wir uns schon gleich mit IMs (das sind Instant Messages, die kennst du ja auch). Kam mir fast schon so überwacht vor, als würde ich mit dem FBI leben.

Also, keine E-Mails mehr, solange ich hier bin! Nein, halt, vielleicht nur eine abends vor dem Schlafengehen, sozusagen als Report?

Cyber-Junkie

Mensch A.,
wenn du was von mir willst, musst du doch nur eine Tür weitergehen, da liege ich und bin zwar todmüde, aber immer noch gesprächsoffen. Also klapp das Ding zu, schlaf ein paar Stunden, mehr sind nicht drin, denn mein Prinz wird jeden Morgen von mir um halb sieben aus dem Koma geschüttelt, ab dann ist also Leben in der Bude. Vielleicht lass ich dich aber im Bett liegen und kaufe die Brötchen wie immer selbst. Verspreche dir auch jede Menge Weißmehl und keine Spur Bio.

Und jetzt schlaf endlich!

Deine S.

Surprise!
Hab dich gerade beim Klauen erwischt, stimmt's? Ich soll ja nicht mehr mailen, aber ich fand, dass du nicht einfach so abhauen darfst, mir nur einen Zettel hinlegst und dem Befehl deiner blöden Boutiquen-Tussi brav folgst, sie zu vertreten, weil sie Migräne hat! Wie vornehm, wie dramatisch, so als wäre sie eine Heldin aus einem Tschechow-Stück. Einen Kater hat sie! Weil sie sich wieder bei einem Empfang

für die vereinten Strickjackenhersteller Baden-Württembergs mit billigem Fusel zugeschüttet hat. Hast du ihr nicht gesagt, dass deine beste Freundin zu Besuch ist? Ich komme nachher mal vorbei und hole dich da raus!

P.S. Du hattest nicht übertrieben. Bei euch ist morgens die Hölle los. Nur mit einem Presslufthammer zu schlafen ist lauter! Vielleicht kann dein *petit prince* morgens bitte keine schmetternde Imitation von 50 Cent geben, sondern besonnen eine kleine Sonate summen?

Esse jetzt die Ingwer-Karotten-Suppe auf und gehe deine geheimen Schubladen durch, so wie ein zu Hause eingesperrtes Kind!

Deine ungezogene A.

Hallo A.,
bin gerade in der Mittagspause und hab's doch tatsächlich geschafft, meinen Blue- oder Blackberry oder wie die Dinger heißen, anzuwerfen. Hat mir ja KA zum letzten Geburtstag geschenkt, aber jetzt erst lerne ich, ihn zu bedienen. Meine Chefin hat keinen Kater, ich sagte dir doch, dass sie vor Hitze fast wegfliegt, die Ärmste.

Sorry, sie kam gerade rein. Muss wieder ran. Komm doch nach dem Frühstück mal vorbei und tu so, als wärest du eine reiche Gattin. Und was meine Gören angeht, am besten gar nicht ignorieren, wie meine Mutter immer sagte.

Im Stretch.

Deine S.

Hey, bist du noch da?
Eben hat ein Mann namens Gerd (ist doch nicht unser alter Kanzler?) für dich angerufen. Durfte ich rangehen? Sehr

sexy Stimme. Er dachte wohl, ich wäre du, was ja bei einem hingehauchten »Hallo« sehr wohl sein kann. Er sagte, er hätte auf meinen (natürlich deinen) versprochenen Anruf gewartet und sei ein ausgezeichneter Koch???

Please, explain!

A.

Hallo A.,
Der Schwitzebesen ist gerade zum Arzt gegangen, und im Laden ist nichts los, also ganz schnell. Gerd hatte seine Freundin im Laden abgeholt, und es hat so ein klein wenig im Karton geraschelt. Er kam am nächsten Tag alleine, und wir haben einen Kaffee miteinander getrunken. Lebt nicht mit der Freundin, und ich muss mich daran gewöhnen, dass praktisch jeder Mann eine Freundin hat. Ich finde ihn zum Anbeißen sexy, er mich, hoffe ich, auch, auf jeden Fall hat er mich zum Essen eingeladen. Bei sich. Soll ich?

Deine Arbeitsbiene

Liebe AB,
so, so, willkommen im Single-Club der Realitäten! Aber erst beschreibe ihn etwas genauer, bevor du meine Erlaubnis kriegst. Und frag, ob er einen Bruder hat!

So, und eben hat ein Mann namens Mister Mädel angerufen – ich sagte: »Hallo Engel«, denn ich dachte, du seist dran. Oh, das gefiel ihm. Er war ziemlich nett, sagte, wie sehr er mich vermisst. Verstehe ich nicht, denn in den letzten zwei Wochen habe ich keinen Pieps von ihm gehört. Sind doch alles alte Tricks, auf die ich keine Lust mehr habe. Jedes Mal, wenn ich nicht zu Hause bin, und das riecht der Mann so wie Fifi den besten Kalbsknochen, bombardiert er mich mit E-Mails und »flirtigen« Anrufen, weil er sich sicher fühlt. Nur um ihm ein für alle Mal das Handwerk zu legen und ihn in die Ecke zu drängen, werde ich ihn verführen, ich schwör's.

Schluss mit den Mails! Jetzt wird von Angesicht zu Angesicht geredet.

Deine A.

Ja, ja ja,
du hast ja Recht. Schluss jetzt mit den E-Mails, außerdem kommt mein Tausenschönchen gerade wieder und hat eine superzickig aussehende Kundin im Schlepptau. Hoffentlich kauft sie wenigstens was und reagiert nicht an mir ihren Ehefrust ab. Nicht vergessen, heute bei Anke zum Dinner!

Deine S.

Hallo du Femme fatale,
trotz E-Mail-Verbots (und wegen deines abgeschalteten Handys!) würde ich doch gerne wissen, wo du gestern Nacht nach Anke ab ca. 2 Uhr morgens warst? Ich guckte bei meiner nächtlichen Pinkelpause bei dir ins Zimmer, weil deine Tür offen war ...

Deine Prinzessinnen-Tochter kam heute früh um sieben laut und heulend angetanzt, weil sie sich mit ihrem Freund gezankt hat. Wo ist Mama?, jammerte sie. Tja, da konnte ich sie nicht helfen. Jetzt bin ich um 8.30 Uhr schon in der ollen »Konditorei Krämer« gelandet (liebe ja eigentlich solche aussterbenden Plätze), die mit der Zeit gehen will und ein »Frühstücksbuffett« offeriert.

Heute ist unser letzter Abend! Nicht vergessen!

Deine Überwacherin

Hallo A.,
oh verdammt, geschnappt! Also, wenn du es ganz genau wissen willst, ich war bei meiner Telefonstimme. Er rief mich so gegen Mitternacht an und fragte nur: »Lust auf einen Kaffee bei mir?« (er hätte mir auch seine Schmetterlingssammlung vorschlagen können) – tja, und da hab ich es einfach getan.

Wenn du wissen willst, was »es« war, genau das, was du dir darunter vorstellst, du blöde Nuss! Und ich bereue keine Sekunde, obwohl er mindestens 15 Jahre jünger ist, seine Freundin gerade nach Australien abgedüst ist, aber bald wiederkommt, es also keine Fortsetzung geben wird. Und das ist auch besser so. Aber soll ich dir mal was sagen? Nichts macht jünger als eine durchgevögelte Nacht. Nichts!!!!!!!

Deine Sumpfeule

So, du verludertes, versumpftes Sexmonster,
ich sitze also wieder in meinem Zug, leider ungevögelt (hoffe, das sieht man mir nicht an), aber dafür mit einem leichten Kater, und denke an unseren gestrigen Abend, der ja doch recht unvergesslich war. Ich fand es nett, dass deine Kinder auch einen Moment dabei waren. Ich hatte sie ja die vier Tage kaum zu Gesicht bekommen – nur zu den Ohren. Aber dünn ist die Prinzessin ja, isst sie nichts? Ich muss ehrlich sagen, dass ich mir etwas Sorgen mache. Achtest du da drauf? Sprecht ihr über so was? Vielleicht ist es nur die Scheidung ...

Aber deine Lasagne war doch superb – die wenigstens konntest du ja immer schon gut – und oft – machen. Mein Blick fällt gerade auf deine »Wundertüte« mit all den schönen Sachen. Die hast du doch nicht im Laden geklaut?

Mal sehen, was mich zu Hause erwartet. Hoffentlich nicht Mister Mädel ...

Deine dich schon vermissende A.

So, du ungevögelte Tante,
mach dir bitte keine Gedanken um meine Tochter, die hat einfach Glück mit ihrem Körper, und wenn du sehen würdest, wie viel Sugarflakes oder Ciniminis sie sich jeden Morgen reinstopft und wie viel sie gestern Abend noch von den Lasagneresten genascht hat, dann würde dir nicht das Wort Bulimie einfallen, sondern Fresssucht. Ansonsten bleibe ich dabei: Sex macht jung und frisch. Hab ihn endlich mal wieder, sonst wächst du wieder zu! Drastisch, aber wahr.

Deine S.

Hach, meine Güte noch mal, S.,
kaum bin ich zu Hause und klappe »Bärbel« auf (du weißt, mein Laptop heißt Bärbel?), schon springt mir dein verdammt liebstes Thema, mit dem du selber im Moment ja nichts am Hut hast, ins Gesicht. Lass mich in Ruhe! Ich muss mich erst wieder an meine Wohnung gewöhnen, alles beschnuppern wie ein Hund und ein paar Dinge glatt streichen und Möbel hin und her rücken. Bei mir tritt immer sofort der Entfremdungseffekt ein, wenn ich länger als drei Tage weg war. Besonders wenn ich in einer sooo verrückten Umgebung war; mit einer halb geschiedenen Freundin, einem zu dünnen, frühreifen Teenager, einem Hip-Hop liebenden Musikfreak in Riesenhosen und einer Riege von schrägen Gestalten, die in jeder Typen-Agentur Spitzenverdiener wären (ich meine damit Trudel Tausenschön und Anke die Schlanke).

P. S. Vor meiner Tür stand ein Strauß roter Rosen – ohne Kärtchen. Nicht von dir?

Deine fremdelnde A.

Liebe A.,
bin ja etwas beleidigt, wie du meine Familie schilderst, magersüchtige Tochter, Sohn mit Hose unterm Hintern, selbst TS und Anke kriegen ihr Fett ab. Wieso hast du eigentlich KA nicht beleidigt? Hatte am Abend nach deiner Abreise einen richtigen Hänger, einen tierischen Moralischen. Sah das Schwachsinnsmovie »Familie Sonnenfeld« in der Glotze, drei Generationen unter einem Dach und alle happy, und wie sieht's demnächst bei mir aus? Vergrämte Single-Mutter, zwei verpickelt und vergrätzt pubertierende Teenies, ein bald sterbender Hamster. Hilfe! So hab ich mir mein Leben wirklich nicht vorgestellt! Bin ich eine schlechte Mutter, die ihren Kindern aus nichtigem Grund den Vater wegnimmt? Bin ich zu empfindlich, erwarte ich zu viel? Ist Treue nicht sowieso eine völlig überbewertete Tugend?

Deine ratlose S.

Ach komm, du ratlose Rabenmutti,
so eine gewisse Realität, na gut, ein klein bisschen Kritik, musst du nun hinnehmen. Du weißt, dass Mütter etwas blind sind. Ist ja auch in Ordnung. KA habe ich ja nicht gesehen, der ist mir daher durch eine gewisse Art der Nichtexistenz entflutscht. Ich kenne »Familie Sonnenfeld« gar nicht, aber ich glaube, sich Familienfilme anzugucken, die im Grunde nur ein Aufguss der vorsintflutlichen immens populären Ami-Serie »Vater ist der Beste« sind (er sitzt mit Zeitung und Puschen im Ohrensessel, sie wieselt in Schürze umher, während die blitzsauberen Kids »Mensch ärgere

Dich nicht« spielen), ist keine gute Idee. Guck dir lieber diese scheußlichen verkorksten Osbornes an oder die gruftige »Addams«-Familie – oder wie wäre es mit der britischen Royal Family?! –, dann kommst du dir so perfekt vor wie Mary Poppins. »Es ist, wie es ist«, sagte meine Freundin Ulla immer, die eine unbarmherzige Vertreterin der verschiedensten fernöstlichen Philosophien war. Du hast keine »Schuld« in dem Sinne. Selbst Mütter dürfen mal an sich und ihr Lebensglück denken. Allerdings, wenn du jetzt nicht glücklich wirst, meine Süße, dann gnade dir Gott! Sieh es als eine Verpflichtung an! Und nur zu deiner Information: Im »Spiegel« gab es eine Story, die hieß »Friedhof Schlafzimmer«, und darin stand, dass man vergessen kann, eine sexuell aufregende und gleichzeitig langjährige partnerschaftliche Verbindung zu haben. Deshalb sind Seitensprünge so in. Du bist also voll im Trend (KA allerdings auch).

P. S. Auch Hamster müssen mal sterben ... nimm das nicht persönlich.

Deine beste Freundin

Na ja,
du hast natürlich Recht, aber nach so langer Zeit ist ja Trennungsschmerz auch normal, oder? Und was kommt dann, Phantomschmerz, es tut weh, obwohl es gar nicht mehr da ist? Ich weiß, da muss ich durch, es ist nur einfach so, dass mir durch KA ein Weg aufgezwungen wird, für den ich mich nicht freiwillig entschieden habe. Ich wollte nie mit Anfang vierzig geschieden und allein erziehende Mutter sein. Jetzt bin ich wie du – ohne Mann, ohne Hoffnung, ohne Träume.

Oder siehst du das anders?

Deine S.

P. S. Tausenschön hat mir angeboten, ihre Partnerin zu werden. 30 000 Euro will sie haben. Kannst du mir das Geld nicht leihen, du bist doch so reich? Kleiner Scherz, mein Engel, du bist ja leider auch eine arme Kirchenmaus.

Liebe S.,
sag mal, beißen sie dich wieder? Ohne Träume, ohne Hoffnung, ohne Mann? Dann setze bitte auch dazu: ohne Fettpolster, ohne Depressionen, ohne Panik. Du weißt sehr gut, dass ich extrem viele Träume habe – einer davon ist, dich das nächste Mal, wenn ich dich sehe, für deine ewigen Spitzen zu vermöbeln. Du siehst, ich bin ohne Mann, aber MIT Humor. Soll man da einen Zusammenhang sehen? Vielleicht entwickelt sich deiner auch etwas mehr, da du jetzt ohne Mann bist ... Und Hoffnung habe ich auch – nämlich für dich! Dass du eine gute Mutter bleibst (auch wenn deine Brut manchmal schwer nervt), deine Hausfrauenmentalität ablegst und deinen Geist etwas auf Vordermann bringst und glücklich, reich und erfüllt wirst. So.

Wenn du artiger wärst, dann würde ich mir wegen des Geldes mal Gedanken machen. Kenne ja wohlhabende Leute ... und du kannst ja deine geliebte Anke fragen.

P. S. Die Rosen waren von Mister Mädel. Danke der Nachfrage!

Deine smarte A.

Liebe A.,
wie du immer gleich hochgehst, wenn ich auch nur ansatzweise in Frage stelle, dass du als Single der glücklichste, erfüllteste Mensch auf Gottes Erdboden bist. Sorry. Für mich ist der Status als unbemannte Frau halt noch ungewohnt,

obwohl ich ihn ja selbst »verschuldet« habe. Alles allein entscheiden, keiner da, der dir im Bett die kalten Füße wärmt, kein WIR mehr, nur noch meine Winzigkeit. Das ist sehr gewöhnungsbedürftig. So, und damit genug gejammert. Wenn du reiche Menschen kennst, die einer Jungunternehmerin unter die Arme greifen wollen, her damit!

Sag mal, eine Frage noch – hast du eigentlich KA irgendwann getroffen? Wir sprachen kurz über deinen Besuch, und er guckte so komisch. So »Ich weiß auch nicht, warum ich meinen Finger im Marmeladentopf habe«-mäßig. Muss ich mir eingebildet haben, oder?

Deine S.

Liebe S.,

ich finde nicht, dass du mein Glück als Single einfach nur so in Frage stellst. Vielmehr habe ich manchmal das Gefühl, dass du neidisch bist, oder sagen wir mal, dass du deine Angst vor dem neuen mannlosen Zustand auf mich projizierst. Ich musste mir schon öfter sehr komische Bemerkungen von dir anhören, so als wäre Ehe die Königin der Beziehungen und Single-Dasein das mindere Fußvolk. Und jetzt, ja, ich gebe es zu, muss ich fast (nett, wirklich) grinsen, denn ich denke: »Jetzt wird sie mal sehen, wie das ist.«

P. S. Aber ich vermisse dich trotzdem und unsere »gemütlichen« Abende. Komisch, wie schnell man sich an Rituale gewöhnt. Du am Küchentisch mit deinem Glas australischen Shiraz in der Hand (danke für den Tipp), im Hintergrund Sheryl Crow, während ich koche, und wir quasseln und lachen so gewaltig, dass die Kochlöffel vor Schreck strammstehen ...

Deine A.

Liebe A.,
alles schön und gut, meine Liebe – und ja, die Küchenpartys waren eine Wucht, und ich weiß endlich, wie man Salatsoße mit einem Teelöffel Kokosmilch, Sojasoße und gehacktem Koriander verfeinert – aber jetzt habe ich eine einfache Frage an dich, die du mir bitte klipp und klar beantwortest. Hast du dich während deines Besuches irgendwann mit meinem Mann getroffen? Meine Nachbarin M. hat euch nämlich vom Balkon aus gesehen, wie ihr in sein Auto gestiegen seid. Oder hast du eine Zwillingsschwester, von der ich nichts weiß?

S.

Liebe S.,
sag mal, was soll das denn nun? Ist mir einfach zu blöd, die Frage. Ja, ich habe seit zehn Jahren eine heimliche Affäre mit deinem Ex-Mann. Ich bin die geheimnisvolle Blondine mit Sonnenbrille und Schlapphut, mit der er in allen einschlägigen Gasthöfen Niedersachsens und Schleswig-Holsteins gesehen wurde. Und wir haben einen gemeinsamen Jungen, Klaus-Dieter, den wir in ein Internat abgeschoben haben. Genügt das als »Geständnis«? Du weißt ja auch, wie »Nachbarinnen« sein können ...

Deine A.

Liebe A.,
lass mich einfach nur in Ruhe. Ich will jetzt nicht mit dir mailen.

S.

Hallo S.,
war das dein Ernst? Was ist los? Habe drei Tage nichts gehört. Bist du von einem gut aussehenden Straßenpiraten auf deinem Weg zum Wochenmarkt gekidnappt worden und liegst jetzt gemütlich bei ihm im Bett und wartest auf Lösegeld? Wo wir von Geld sprechen. Ich habe eine potenzielle Geldquelle angezapft. Siehst du, wir arbeiten alle für dich!

Finanzberaterin A.

Hallo A.,
ich hülle mich in Schweigen, weil ich nicht weiß, wie ich meine Wut auf dich so runterdrücken kann, dass ich dir nicht mein allerschärfstes Küchenmesser in dein treuloses Herz ramme! Du warst mit KA unterwegs, das weiß ich ganz genau, du hast mich also angelogen. Meine Nachbarin, die dich kennt, hat dich genau erkannt. Warum verschweigst du mir so was? Was hast du zu verbergen?

Ich maile dir erst wieder, wenn du mir eine Antwort gegeben hast, die ich dir glauben kann.

S.

Verflucht, S.,
ich sitze hier und fühle mich scheiße. Ich weiß nicht, wie ich das alles erklären soll mit deinem Ex. Irgendwo gibt es nicht so irre viel zu erklären, weil ein Teil daran ja auch ein Missverständnis ist. Dann aber wieder kann ich natürlich verstehen, dass du sauer bist. Ja, ich habe ihn an dem Abend, wo du mit diesem Gerd versackt bist, getroffen. Aber der Grund war eigentlich ein nobler. Ich wollte ihm auf den Zahn fühlen, mir mal die ganze Geschichte von sei-

ner Seite anhören. Ich weiß, dass Frauen dazu neigen, ihre Freundinnen als 100%ige Leibeigene zu halten, die ihnen absolute Loyalität schwören müssen. Ich bin extrem loyal, aber ich bin auch neugierig und habe ja auch mit KA eine »gemeinsame« Vergangenheit. Wenn du ein Paar fast zwanzig Jahre kennst, dann lässt du eine Person nicht einfach so fallen, auch nicht bei einer Scheidung. Ich mochte dir das Thema jetzt nicht so vorsetzen, weil frisch getrennte Paare selten rational reagieren. Ich glaube sogar, dass ich unbewusst »vermitteln« wollte, wohl eine verrückte Idee, aber so sind Menschen nun mal. Man will gar nicht so radikale Änderungen in seinem Freundeskreis haben. »Bleib, wie du bist«, betteln wir alle eigentlich, »lass das vertraute schöne Bild nicht aus dem Rahmen kippen.« Wir redeten ein paar Stunden, tranken einen Wein, er heulte fast, und dann war ich ja wieder bei dir, wie du leider nicht genau nachkontrollieren kannst, denn du warst ja nicht da ...

Tut mir Leid, dass ich das nicht erzählt habe. Außerdem, warum solltest du auch wütend oder gar eifersüchtig sein, du liebst ihn doch nicht mehr. Ist ja sonst nichts weiter passiert.

Deine sich etwas schämende A.

Liebe A.,
du weichst mir aus, das spüre ich ganz deutlich. Bevor wir deshalb auf andere Themen eingehen, dein spannendes Single-Dasein, Männer, meine unerzogene Brut, meine ungeklärte Zukunft, möchte ich von dir klipp und klar wissen, warum du dich hinter meinem Rücken mit KA getroffen und Dinge getan hast, die du mir nicht erzählen willst. Vielleicht war es von meiner Seite auch nicht ganz richtig, aber ich konnte nicht an mich halten, also habe ich ihn angeru-

fen und konfrontiert. Er sagte schuldbewusst, »dass nichts weiter passiert ist außer ein paar ›harmlosen‹ Küssen«. Irgendwas verstehe ich an der ganzen Sache nicht. Warum küsst du KA? Hast du keine anderen Typen zur Hand, wie zum Beispiel deinen blöden Nachbarn? Geht das schon länger mit KA?

Du bist dran.

Deine S.

Liebe S.,
ich finde deinen Anruf bei KA hinter meinem Rücken auch nicht weniger einen »Vertrauensbruch« als mein Treffen mit deinem Ex. Und er ist dein Ex, oder? Ich habe auch nicht für alles immer rationale Erklärungen. Ich bin nicht perfekt. Ich wollte wirklich nur die andere Seite hören. Und irgendwie passierte etwas. Es war eine gewisse Stimmung ... so ganz intensive, unbeschützte Emotionen kommen ja an die Oberfläche, wenn das Leben der Leute durcheinandergewirbelt wird, und Scheidung ist ja traumatisch, auch für ihn. Und ich muss es wohl gestehen, da war zwischendurch immer mal so eine sexuelle Spannung zwischen ihm und mir über die Jahre. Und er hat mich auch mal angerufen, als du allein im Urlaub bei Anke warst. Ich finde das normal. Ja, irgendwann neulich lagen wir bei ihm in dem beschissenen kleinen Apartment quer auf dem Sofa und küssten uns leidenschaftlich. Das war's. Ich stand auf, dachte, ich bin in einem B-Movie, glättete meine Klamotten und ging schnell weg.

Das ist die Story, erschieß mich, biete den Stoff RTL an, wenn du willst. Ich kann's nicht ändern.

A.

Mein Gott, A.,
ich bin so sauer auf dich, dass ich erst mal eine Pause einlegen muss. Wie kannst du mir das antun? Du sprichst von »intensiven, unbeschützten Emotionen« zu meinem Mann, denn noch sind wir nicht geschieden, und tust so, als sei das ganz normal? Egal ob Trauma oder Trennung, so was tut man seiner besten Freundin nicht an. Ich finde dich widerlich, und ich finde mich unbegreiflich, dass ich dir vertraut habe.

S.

Meine liebe S.,
es tut mir in der Seele und im Herzen weh, dass du mich widerlich findest. Ich finde auch, dass du mir ein wenig Unrecht tust. Ich war jetzt sehr ehrlich, und dafür werde ich noch mehr bestraft. Ja, mir kommt diese Episode jetzt im Nachhinein auch nicht ganz richtig vor, aber hast du niemals etwas getan, was du nicht ganz verstehst? Ich lerne mit dem Alter immer mehr, dass man Menschen ganz einfach als fehlerhaft akzeptieren muss, auch die besten Freundinnen. Denn ich finde, dass man an Freundinnen wahnsinnige hohe, kaum zu erfüllende Erwartungen stellt. Wir werden immer mal wieder schwer enttäuscht von Menschen, die wir lieben. Das ist so ...

Es tut mir Leid ...

Deine traurige A.

Liebe S.,
es ist eine Woche später, und du hast nicht geantwortet. Bist du o. k.?

Deine A.

Halloooo!
Ich finde es ganz schlimm, dass du nicht antwortest und mich leiden lässt. Hast du die Premium-Edition von deinem Lieblingsfilm »Casablanca« gekriegt, die ich dir geschickt habe (und die Karte?). Ingrid Bergman hat auch einen anderen Mann als ihren eigenen geküsst, und Bogey eine verheiratete Frau, aber Paul Henreid war nicht sauer!

Ich vermisse dich!

Deine A.

Liebe A.,
ich würde dir gern verzeihen, aber ich brauch noch etwas Zeit. War doch ziemlich groß, der Schock, obwohl ich ja wirklich auch keine Heilige bin. Hatte nach deinen hitzigen, wortreichen Mails einfach zu blöde und sehr hartnäckige Bilder im Kopf, die alle mit dir und KA zu tun hatten und leider unangenehm erotisch waren. Igitt! Die Vorstellung, dass du womöglich die ganzen Jahre nach ihm geschmachtet hast, während ich dir, im Nachhinein, leider viel zu viele intime Details erzählt habe, ist mir so unangenehm gewesen wie ein juckender Hautausschlag. Mag melodramatisch klingen, war aber so.

KA, den ich natürlich sofort angerufen habe, hat natürlich versucht, dir die Schuld in die Schuhe zu schieben, so nach dem Motto: Kein Wunder, so ausgehungert, wie sie ist ... aber keine Angst, ich hab ihm kein Wort geglaubt. Okay, aber da ich kein nachtragender Typ bin, will ich versuchen, dir zu verzeihen, weil mir die Freundschaft immer noch wichtiger ist als mein berechtigter Groll.

Schlage vor, du schickst mir noch ein paar nette Versöhnungsgeschenke, und dann sehen wir mal weiter.

Deine S.

Liebste S.,
aber durchtrieben bist du trotzdem geblieben, oder? Noch mehr Geschenke? Ich glaube, ich habe da etwas in Arbeit, das dich entzücken würde ... Ich möchte aber schrecklich gerne wissen, wie es deiner Seele geht, dem Prinzenpaar und deinem Berufsleben. Ist das noch aktuell mit dem Laden? Muss ich unbedingt wissen!

P.S. Nein, ich habe NICHT all die Jahre nach »sexy Exi« geschmachtet, war viel zu beschäftigt mit meinen eigenen heißen Typen! Jetzt, wo du mir vergeben hast, fühle ich mich viel beschwingter. Ich glaube, es liegt was in der Luft ...

Deine A.

Liebe A.,
also, lass uns das Kriegsbeil begraben, habe sowieso im Moment ganz andere Sorgen. Geldsorgen, um genau zu sein. Das Angebot von Tausenschön liegt noch immer auf dem Tisch, und stell dir vor, meine süße, liebste, tollste Egal-was-passiert-Schwiegermutter hat mir angeboten, ihre Lebensversicherung in »meine Zukunft zu stecken«, wie sie es formulierte. Kann ich natürlich nicht annehmen, so unsicher, wie die Renten heutzutage sind, aber ich war schwerstens gerührt.

Was die Kinder angeht, Prinzessin ist verliebt, diesmal zum Glück in einen Jüngling, der mir sehr gut gefällt, weil er nicht so verdruckst und verschlafen ist wie so viele andere Jungmänner seiner Generation. Er gibt mir die Hand, wenn er kommt, er guckt mir in die Augen, wenn er Geschirr benutzt, stellt er es sogar ungefragt in die Geschirrspülmaschine. Hoffentlich hält er sich noch ein bisschen. Der Prinz hatte gestern seinen ersten Samenerguss im

»Spongebob«-Laken. Er hat nichts gesagt, ich hab nichts gesagt und das Laken heimlich gewaschen. Es geht also los mit der Pubertät.

Gruß an dich, mein Herz, und ich hoffe, dass dich deine Ahnung nicht täuscht und bald ein schöner Mann auf deinen Laken liegt.

Deine S.

Mein Schatz,
eine Frau wie du sollte keine Geldsorgen haben ... Ich sage noch mal ein Wort: Anke. Sie ist doch ein reiches Weib. Oder hat sie die eigenwillige Angewohnheit aller Reichen, dass Geiz ihr zweiter Name ist? Oder seid ihr doch nicht so dicke? Oder hast du sie nicht gefragt? Ich beneide dich um Ex-Schwiegermutti. Wir könnten auch einen kleinen Banküberfall planen und als die Thelma und Louise der norddeutschen Hemisphäre die blöden Banker Blut und Wasser schwitzen lassen.

Hände hoch!

Deine A.

Liebe A.,
Anke hab ich schon gefragt, aber leider hat ihr Mann einen Großteil ihres Vermögens in Ostimmobilien angelegt, und da liegen sie jetzt und schimmeln vor sich hin. Und seit Basel II ist auch an Kleinkredite bei der Bank nicht mehr zu denken. Lotto spiele ich seit zwanzig Jahren und habe noch nie, noch nicht mal drei Richtige gewonnen. Also bleibt nur der Bankraub.

Deine S.

Hallo mein Engel,
Entschuldige die Funkstille. Und danke für die süße SMS. Ich hatte mein Handy für volle 24 Stunden ausgeschaltet. Dafür kriegst du aber auch Soap Opera pur von mir geliefert. In zwei Teilen. Ich weiß nicht, wo ich anfangen soll. Die absolut irresten Sachen sind passiert. Hinternander weg. Ratatatat wie das Maschinengewehr des Schicksals – du siehst, mein Schreibstil wird nicht eleganter, wenn ich übersprudele.

Ich war vorvorgestern in einer sehr guten Stimmung. Der Artikel über Gwyneth Paltrow war fertig, ich hatte mir endlich mal wieder dieses feminine Vintage-Blumenkleid angezogen (das ich bald weggebe, bin zu alt dafür) und mir feuerrote Lippen gemalt und eine Flasche »Crystal«-Champagner aufgemacht, die ich seit letzten Weihnachten liegen hatte. Ich komme ja schnell mal in eine gewisse Laune, bei der ich mich in einem Anfall von Selbstüberschätzung als lustiges Bad Girl sehe. Just da rief Mister Mädel an, und ich kicherte und flirtete wie blöd. Ihm gefiel's. Schon klopfte es an der Tür, und Mädelmann stand da mit einem verlegenen, aber ansprechenden Grinsen. Wir hatten 17.34 Uhr. Der Rest der Geschichte ist wie ein Zeichentrickfilm, in dem ja immer alles wahnsinnig schnell passiert und wenig Sinn macht. Es war, als wenn ich eine Rolle spielte. Wir tanzten nach einem Carly-Simon-Song (die kannte er noch, oh Wunder!), ein Kuss ergab den nächsten, Kleidungsstücke wurden relativ hastig abgestreift, und ja ...

Teil 2 folgt!

Und was gab's bei dir Neues?

Deine A.

Liebe A.,
bei mir gibt's leider nichts Spannendes, außer der Tatsache, dass ich heute für 3300 Euro Klamotten verkauft habe. An eine einzelne Gattin. Sie rauschte herein, warf ihren Mantel über die Kasse und sagte nur: »Mein Mann geht fremd, und ich will ihm richtig wehtun.« Aber gerne doch, sagte ich, und dann legten wir los. Nach zwei Stunden schob sie mit einem süßen knallgelben Pradamantel, zwei Missonikostümen, drei Blusen, einem Rock und einem Paar Manolos wieder ab. »Ich freue mich auf sein dummes Gesicht«, sagte sie, als ich ihr half, die Tüten in ihr Porsche-Cabrio zu stopfen.

So, nun du. Wie war er? Hast du nicht mal erwähnt, dass Mister Mädel einen richtig kleinen Schniedel hat?

Deine S.

Liebe S.,
ihr Biester. Ja, der Teufel trägt wohl wirklich Prada – und Missoni und Dior, und leider auch C & A und Kaufhof. Du liebst diese Racheakte, gell? Und wärst gerne eine demnächst reich Geschiedene ...

Schniedel? Wie kommst du auf so was? Hatte ich ihn jetzt erwähnt? Du glaubst, du weißt, wie es weitergeht? Oh nein, das weißt du nicht!

Noch mehr folternde Spannung, oder?

Deine A.

Mensch A.,
nun mach es nicht so spannend, mein Mädel. Egal ob groß oder klein, ihr wart in der Kiste (warum heißt das eigentlich so, klingt irgendwie nach Sarg), und jetzt seid ihr was – ein Liebespaar, zwei frustrierte ältere Singles, zwei Freunde,

die eine Nummer geschoben haben, aber das Leben geht weiter?

Erzähl, Schniedel hin oder her.

Deine S.

Liebe S.,
irgendwie dachte, hoffte ich vielleicht sogar Liebespaar, aber ... Also, wir landeten natürlich im Bett, d. h. nein, wir blieben auf der Couch (Tipp: Nie Sex auf Ledercouchen haben!!!), und was soll ich sagen? Es war fantastisch! Mister Mädels Schniedel war weder zu groß noch zu klein, sondern einfach nur zielstrebig, munter und sehr begabt. Das Ganze ging relativ schnell (wir waren beide wohl ziemlich »entwöhnt« gewesen), der kleine Tisch fiel um, ich hörte irgendwas reißen. Aber wir lachten ziemlich viel, ob aus Lust oder wegen der gewissen Absurdität der Situation, das weiß ich nicht. Es war jedenfalls ein voll befriedigender und erfrischender Abend. Wenn man diese Zickzack-Vorgeschichte bedenkt! Gibt es da eine Lehre? Wer lange wartet, kriegt den Preis, oder so? Mir war eigentlich recht schmusig zumute, aber er wollte nicht bei mir schlafen und tapste dann nach Hause (ein Stockwerk tiefer). Errätst du das Ende?

Deine Scheherazade

Glückwunsch, meine Süße!
Klingt doch alles supergut. Genau so sollte Sex sein, unkompliziert, flutschig, angenehm. Und das noch Bessere an der Situation – er ist ungefähr dein Alter, ihr habt gleiche Interessen. Das wird der Beginn einer wunderbaren Liebesgeschichte. Bin ganz neidisch.

In meiner Wohnung hat im Moment nur eine Sex, und das ist meine Tochter. Unglaublich, wie enthemmt die Jugend sich Wand an Wand mit ihren Eltern benimmt, habe gestern wie eine alte Hexe energisch gegen die Wand geklopft.

Bist du glücklich?

Deine S.

Hallo S.,

heute Morgen nun klopfte ich bei ihm an der Tür – mit zwei frischen Buttercroissants in der Hand und der Idee im Kopf, dieses neue Sexabenteuer umgehend weiter auszubauen. Er war irgendwie komisch, etwas stimmt nicht, fand ich, und leider täusche ich mich selten. Nachdem er mein Croissant genüsslich verputzt hatte, kam er mit der Wahrheit heraus – und ich gebe sie schnell und schmerzhaft wieder: »Du bist mir zu alt.« Sagt der 53-Jährige. Es sei nämlich so, fuhr er fort, dass er sich ein wenig in eine 29-jährige TV-Producerin verliebt habe, aber Angst gehabt hat, dass er sexuell etwas »rostig« sei ... Zu dem Zeitpunkt wippte ich stark mit dem Fuß und hatte im Kopf bereits den Plot für das erste Buch in meiner Krimireihe, die ich vorhabe zu schreiben (ab heute!): Kleiner Mann wird aus Rache lebend in Gips gegossen und als Schneewittchens Lieblingszwerg am Märchenbrunnen des Friedrichshainer Parks aufgestellt. Aber, fuhr er fort, da ich »so eine heiße, erfahrene Frau sei«, wollte er praktisch einen kleinen Testfick einlegen. Dann guckte er mich zwinkernd an und sagte: »Du warst eine Wucht, Mädel.« Du glaubst nicht, wie wütend und eigentlich auch verletzt ich war! Ich mag ihn eigentlich sehr und hatte schon gedacht, wie schön, eine gemütliche, perfekte Beziehung direkt im Hause! Eigentlich wollte ich ihm eine scheuern, aber Ohrfeigen teile ich nicht mehr aus, seit ich dreißig bin. Rauschte türenschlagend ab wie eine Operndiva. Er sah aber auch nicht besonders glücklich aus.

So, da hast du meine Story. Wie gewonnen, so zerronnen. Ich glaube, ich lass das alles. Lass uns zusammen in eine WG ziehen und Schwamm drüber, was das Machopack angeht ... Bist du dabei?

Freedom Fighter A.

Liebe A.,
ich bin absolut fassungslos, und falls möglich, genauso heiß vor Wut wie du. Sag, was ich tun soll, ich komm sofort. Autoreifen aufschlitzen, Fischskelette in die Gardine einnähen, alles viel zu harmlos. Vielleicht solltest du der Producerin anonym eine Urologenrechnung (ich hab da Beziehungen) zuschicken – über GENITALHERPES! Dieser Scheißkerl, hoffentlich rottet ihm bald das Ding weg.

So, jetzt zu mir, mein Engel. Kein Sexualstress, Gott sei Dank, aber wenn ich nicht innerhalb von zwei Wochen mit der Kohle rüberkomme, muss sich Tausenschön, wir sind inzwischen beim Du und Marion, eine andere Partnerin suchen. Was bedeutet, dass ich keinen Job mehr habe. Also doch Banküberfall. Mist.

Meine Tochter schlug gestern beim Abendessen vor, ich könne doch als Callgirl für blinde Männer arbeiten, das wäre doch eine Marktlücke. Sie meinte es witzig, I was not amused. Na ja. Seit sie Sex hat, ist sie wie ausgewechselt, fröhlich, hilft gelegentlich im Haushalt, macht freiwillig ihre Schularbeiten. Der kleine Prinz ist im Moment auch superniedlich, heute Morgen hat er mich mit einer Fußmassage aufgeweckt. Da verzichte ich auf jeden Kerl, das sag ich dir. Muss ja vermutlich sowieso auf die Altersgruppe ab 95 zurückgreifen, für die jüngeren Jahrgänge sind wir ja wohl zu alt.

Mir fällt gerade ein schöner Satz ein, den du zu Mister Mädel hättest sagen können: »Ja, mit dir war es auch eine

Wucht, obwohl du der kleinste Schwanz bist, den ich je hatte. Vielleicht mag ja die neue Freundin so was.« Wir gegen den Rest der Welt!

Deine S.

Hallo du beste aller Freundinnen,
oh, bin ich froh, dass ich nicht den Schniedel-Scherz gebracht, sondern mich auf meine durch und durch raffinierte und erpresserische Natur besonnen habe! Und jetzt spanne ich dich noch mal auf die Folter. Und darf dir als Erste gratulieren, Frau Superbusinessfrau und Boutique-Mitbesitzerin!

A.!
Was, wie, wo, warum? Damit macht man keine Scherze. Was hast du getan, du gesetzeslose Ganovin? Sag es SOFORT!

Deine S.

Yes, yes, yes!
Ich habe das Geld zusammen! Ja! Also hat sich Sex doch endlich mal gelohnt – und meine drei Gast-Semester Psychologie als 23-Jährige. Ich wusste ja, dass Mädelmann aus gutsituiertem Elternhaus kommt und selber als Jurist sehr flott verdient hat, bis er fuffzig war. Vor allem hatte ich gespürt, dass er im Grunde eine ganz aufrechte Seele ist (und katholisch erzogen!) und demnach für Schuldgefühle sehr offen! Und an mir ist ja eine Schauspielerin verloren gegangen, wie du weißt (man spricht noch heute in gedämpften Tönen von mir als schwarz gekleidetes, existenzialistisches Gretchen in der Unterprima).

Ich also hin zu ihm, ganz dramatisch und tränenerstickt, und habe ihn schlicht gefragt, ob er meiner besten Freundin in Zeiten von tragischen Schicksalsschlägen (dein Mann ist mit einem Schlaganfall tot umgefallen. Ich hoffe, er hat jetzt kein schlechtes Karma) mit einem höheren Geldbetrag aushelfen kann. Dann ließ ich noch einfließen, wie sehr er mir wehgetan hat, seufzte sehr schön, und schon hatte ich ihn an der Angel. Er hat nicht mal überlegt, sondern mir einen Scheck über 18 000 gegeben! Der Vertrag wird nachgeliefert. Zinsen will er allerdings haben. Na ja. Den Rest kriegst du – halt dich fest – von mir. Auch mit Zinsen. Lieber weiß ich das Geld in deinem Laden als in der Dresdner Bank. Und durchbrennen wirst du mir ja nicht.

So, alles geritzt, alle sind happy. Vorhang zu, oder?

Deine Gutmenschin A.

Liebe Gutmenschin,
ich bin einfach überwältigt. Von dir sowieso, weil ich ja weiß, wie schwer auch du dein Geld zusammenschreibst, wie dürftig die Auftragslage im Moment ist, deshalb schwanke ich zwischen Freude und leichter Besorgnis. Übernimm dich bitte nicht meinetwegen! Nicht dass du auf deine alten Tage als Callgirl arbeiten musst.

Was das großzügige Angebot von Mister Mädel angeht, so fällt es mir, NICHT BÖSE SEIN!, einen Tick schwer, von rasender Wut zu rasender Dankbarkeit zu wechseln. Ich darf ihn jetzt ja nicht mehr hassen, sondern muss ihm die Füße küssen. Andererseits – einem geliehenen Schweinehund guckt man nicht in die Schnauze. Deshalb DANKE DANKE DANKE. Ich liebe dich. Alles wird gut.

Deine S.

Halloooo S.,

Komme gerade aus dem Krankenhaus und gehe auf Wolken. Nein, keine Drogen. Ich hetzte heute Morgen vom Bäcker zurück nach Hause, war wohl auch gedankenverloren, überkreuzte eine kleine Straße, hörte nur ein heftiges Fahrradgeklingel und ein lautes »Vorsicht!«, und schon lag ich am Boden, die Vollkornecken auf der Brust verteilt. Ich fluchte los, du weißt, wie ich die gefährlichen Fahrradmörder der Großstadt hasse, merkte aber, dass ich wohl nichts gebrochen hatte. Hatte nur einen hässlichen großen Riss am Unterarm, der höllisch wehtat. Der junge Mann im schmalen schwarzen Fahrrad-Outfit – scheinbar ein Bote, nein, Messenger sagt man ja – entschuldigte sich tausendmal, beugte sich sehr besorgt über mich und wollte mir aufhelfen. Ich schubste ihn erst kreischend weg, aber dann guckten wir uns an, und da war so was, nenne es Erkennen oder Leuchten, er hatte so ein offenes Lächeln und die schönsten blauen Augen. Schmelz. Ich war fast nicht mehr böse. Er half mir auf, ich stützte mich auf seine 1.90. Zum Arzt musste ich ja nun mit der Wunde. Er machte schnell einen Anruf, schloss sein Fahrrad ab, stoppte eine Taxe und begleitete mich ins Krankenhaus! War alles halb so wild. Er brachte mich nach Hause, und während wir ein wenig redeten, raste mein Herz mehr und mehr, und ich fühlte dieses magische Garn, das sich manchmal um dein Herz wickelt und dich ganz weich und friedlich macht. Er kam mit in meine Wohnung, hinterließ seine Nummer und küsste mich absolut filmreif mitten auf den Mund beim Abschied! Stefan heißt er, Student ist er (Medizin) und sooooo sexy. Ach so, ja, und 29! Siehst du, das Leben ist ironisch, verwegen, verzwickt und verzickt und ein einziges Nehmen und Geben. Und ich gebe gerne Mister Mädel gegen diesen goldigen Jungen ab! Wir sind für später heute verabredet!

Deine verliebte Träumerin

Hallo Schnarchnase,
Neid, Neid, Neid!!!! Wieso passiert mir so was nie? Wieso hast du in einer Nacht Sex mit einem Alten und wirst gleich am nächsten Morgen von einem Bike Messenger in hautengem Latex überfahren! Findest du 29 nicht ein bisschen sehr jung, du könntest ja seine Mutter sein? Sorry, das nehme ich sofort zurück, die grüne Missgunst sprach eben aus meinen Worten. Ich gönne dir alles Gute, ganz besonders alle Guten.

Muss leider aufhören, die Brut muss gefüttert werden. Halt mich auf dem Laufenden, ich will alles wissen, ALLES!!!!

Deine S.

Liebste S.,
du weißt doch sowieso immer alles! Weißt du auch, wie schön wir alles hingekriegt haben? Ich bin stolz auf uns! Wir sind ja dieses Jahr durch alles durch, Schmerz, Tod, Trennung, Tumult, Neuanfang. Kann es kaum glauben.

Ach ja, Life is a bitch und eine Zicke – aber eine wunderbare, aufregende, lustige, eigenwillige schöne Zicke! Ich liebe sie. Und dich! Und mich! Und deine Kinder. Und die Welt. Und Stefan (im Moment).

Deine A.

Liebe A.,
du hast Recht. Hätte es nicht besser ausdrücken können. Ich liebe dich auch, mein Engel. Mit dir an meiner Seite kann mir nichts mehr passieren. Und weißt du auch, warum?

Warum?

Deine A.

Weil das Schlimmste ja schon passiert ist!

Deine S.

Wart's ab!

Deine A.